Edda Helmke
Und dienstags immer Elternfrühstück

Zu diesem Buch

Passender geht's nicht: Zu ihrem fünfunddreißigsten Geburtstag bekommt Johanna Seidel-Krollmann von ihren drei besten Freundinnen ein Streßbewältigungs-Seminar geschenkt. Denn ihren Mann Dany, einen vielbeschäftigten, aber nur leidlich erfolgreichen Fotografen, kriegt sie kaum noch zu Gesicht. Er wiederum zeigt verdächtig viel Interesse für die mondäne Werberin Cooky. Und Johannas Mutterglück hat sowieso nichts mit Erholung zu tun: Lotta-Paulina (5) und Niklas (3) verknoten Mamas Blusen zu Strickleitern und haben gewöhnlich unbeschreiblichen Dreck an den Schuhen. Beruflich könnte es auch besser laufen: Die Umsätze von Johannas kleiner Buchhandlung haben einen neuen Tiefpunkt erreicht. Als Johanna wieder einmal mehr als genug hat von Kinderparty, Montessori-Diplom und Streichelzoo, taucht der dunkelgelockte, strahlend blauäugige und alleinerziehende Matts mit seinem wonnigen Sohn Malte in der Kindertagesstätte auf. Hat Johanna zu ihrem Glück eine Affäre mit Matts gefehlt? – Edda Helmkes Roman ist erfrischend und tröstlich wie ein Gespräch mit der besten Freundin.

Edda Helmke, geboren 1964 in Bad Marienberg, lebt mit zwei Töchtern als freie Schriftstellerin in Berlin. Sie veröffentlichte mehrere Romane, darunter »Bitte keine Umstände« und »Am Anfang war die Windel«. 1997 wurde sie mit dem Walter-Serner-Preis ausgezeichnet.

Edda Helmke
Und dienstags immer Elternfrühstück

Roman

Piper München Zürich

Von Edda Helmke liegen in der Serie Piper vor:
Bitte keine Umstände (2531)
Am Anfang war die Windel (2532)
Bitte keine Umstände/Am Anfang war die Windel (Doppelband; 3268)
Und dienstags immer Elternfrühstück (3945)
Alles hat sein Gutes (6074)

Für die Väter
meiner Töchter

Originalausgabe
November 2003

Umschlag/Bildredaktion: Büro Hamburg
Isabel Bünermann, Julia Martinez/
Charlotte Wippermann, Kathrin Hilse
Foto Umschlagvorderseite: Mieke Dalle/Getty Images
Foto Umschlagrückseite: Nelly Rau-Häring
Gesamtherstellung: Clausen & Bosse, Leck
Printed in Germany ISBN 3-492-23945-5

www.piper.de

1

März

Weibernetzwerk e.V.
Mommsenstraße 6
10628 Berlin

An
Frau Johanna Seidel-Krollmann
Hallandstraße 9
13187 Berlin-Prenzlauerberg
Mittwoch, 7. März

Liebe Frau Seidel-Krollmann,

hiermit übersenden wir Ihnen die Unterlagen für unser Blockseminar »Streßbewältigung für Frauen«, das vom 23. bis 25. März im Jagdschlößchen im Grunewald stattfindet.
Das beiliegende Tagebuch ist ein Begrüßungsgeschenk des Weibernetzwerks e.V., und gleichzeitig ein wichtiger Teil des Streßbewaltigungsprogramms, das Sie bei uns kennenlernen werden.
Die Dozentin bittet Sie, sich vorab einige Gedanken über Ihre persönliche Streßsituation zu machen und diese zu notieren.

Donnerstag, 8. März

Habe Dany heute morgen beim Frühstück mitgeteilt, daß ich vom dreiundzwanzigsten bis zum fünfundzwanzigsten mein Streß-Seminar habe und er auf die Kinder aufpassen muß.

»Muß das sein?«

Es muß.

Das Seminar haben mir Hanna, Emma und Simona zum letzten Geburtstag geschenkt und es hat inklusive Einzelzimmerzuschlag und italienischer Vollverpflegung dreihundert Euro gekostet.

»Kannst du das nicht verschieben?« muffelte Dany. »Wir sind mitten in der *Hoggenobb*-Kampagne.«

Dany ist selbständiger Werbefotograf und steckt immer mitten in irgendeiner Kampagne.

»Dämliches Geschenk«, murmelte er, während er fahrig in seinem Terminkalender herumblätterte und Croissantflöckchen auf seine Kampagnen schneiten.

Ehrlich gesagt, wäre mir eine Kleinigkeit von Chanel auch lieber gewesen (Dreihundert Euro!). Aber Hanna, Emma und Simona müssen sich ja was dabei gedacht haben.

Montag, 12. März

Dany hat so lange rumgemault, bis ich beim *Weibernetzwerk e.V.* angerufen habe, um zu fragen, ob zu dem Seminar eine Kinderbetreuung angeboten wird. Meine Freundinnen können sich nämlich nicht um Lotta-Paulina und Niklas kümmern. Hanna muß an diesem Wochenende ihre neue Baby-Kollektion auf der Berliner Off-Moden-Schau präsentieren, Simona bekommt Besuch von ihren Schwiegereltern und Emma leidet an Frühschwangerschaftsbeschwerden.

Die Dame vom *Weibernetzwerk* sagte, eine Kinderbetreuung sei nicht vorgesehen, aber man könne seinen

Hund mitbringen. Für Hunde sei es im Grunewald sehr schön, und wenn man zwanzig Euro extra überweise, erhielten sie auch Vollverpflegung. Ich verkniff mir die Frage, ob für die Hunde auch italienisch gekocht wird.

Donnerstag, 22. März

Habe heute abend meine Tasche für den Wochenendausflug in den Grunewald gepackt. Eigentlich wollte ich mich danach entspannen und mir ein paar Seminarziele ausdenken. Aber Dany ist eigens eine Stunde früher aus dem Studio gekommen, um mir das Seminar madig zu machen.

Er hat keine Ahnung von Streßbewältigung, sondern ist einfach sauer, weil er sich von Freitag bis Sonntag um seine eigenen Kinder kümmern soll.

Vor drei Jahren haben er und sein Freund Jens sich mit einem Fotostudio in Berlin-Mitte selbständig gemacht. Das *Studio im Loft* ist zwar nicht gerade eine Goldgrube, aber immerhin so schön, daß die beiden auch den größten Teil der Wochenenden dort verbringen.

»Hör endlich auf«, sagte ich genervt. »Sei doch mal ein bißchen kooperativ.«

»Ich denke gar nicht daran«, nölte er. »Ein Anti-Streß-Seminar! Deine Freundinnen haben sie doch nicht mehr alle.«

»Sie machen sich Sorgen um mich.«

»Ich mache mir auch Sorgen um dich«, konterte er. »Ein ganzes Wochenende lang meditieren. Glaubst du, du überlebst das?«

»Hauptsache, du überlebst das Wochenende mit den Kindern«, pampte ich zurück.

In Wirklichkeit hoffte ich, daß die Kinder und die Wohnungseinrichtung es überleben. Dany ist meine geringste Sorge.

Er holte sich seine abendliche Flasche Becksbier aus dem Kühlschrank und ließ sich neben mich auf die Couch fallen. Dann begann er in dem Seminarprogramm herumzublättern.

»Na, wenigstens gibt's gut zu essen. Und den ganzen Tag im Grunewald herumspazieren! Wieso nimmst du die beiden eigentlich nicht mit?«

»Weil keine Kinderbetreuung angeboten ist. Soll ich sie zum Meditieren in den Wald schicken?«

Er ließ das Programm sinken und blinzelte mich durch seine dicken Brillengläser empört an.

»Das gibt's doch wohl nicht. Ein Entspannungsseminar für Frauen ohne Kinderbetreuung! So was gehört boykottiert. Das ist doch absolut unzeitgemäß. Wer ist denn der Veranstalter? *Weibernetzwerk*. Wahrscheinlich haben die alle Hunde anstelle von Kindern.«

Obwohl mir dieser Verdacht auch schon gekommen war, verteidigte ich das *Weibernetzwerk e.V.*

»Das ist ein ganz seriöser Verein. Laut Stifung Warentest bieten sie die besten IT-Fortbildungen für Frauen an.«

»Ehrlich? Warum haben die dir dann kein IT-Seminar geschenkt? Damit könntest du wenigstens was anfangen, wenn dein Laden pleite ist. Aber egal, richte Hanna & Co. bitte aus, daß beim nächsten Seminar Kinderbetreuung das erste Kriterium sein muß.«

»Klar«, sagte ich schnippisch. »Und Essen auf Rädern für den Ehemann das zweite.«

Einen Moment lang sah er mich mit offenem Mund an. »Heißt das, du beabsichtigst, irgendwann mal wieder für mich zu kochen? Bitte nicht, Joe. Ich mag keine Spaghetti mit Fischstäbchen.«

Freitag, 23. März

Als ich heute morgen die Wohnung verließ, rief Dany mir hinterher: »Und sieh dich vor, wenn du im Grunewald spazierengehst, Schatz. Da gibt's Wildschweine und ganze Rudel freilaufender Dobermänner.«

Aber nur eine einzige Seminarteilnehmerin hat einen Hund mitgebracht, einen sabbernden Rottweiler namens Astro. »Mit Hunden ist es wie mit Kindern«, sagte sie lächelnd zu mir. »Man darf sie nicht lange allein lassen.«

Ich bin übrigens die einzige Mutter in dem Seminar, neben einer älteren Teilnehmerin, die einen verheirateten Sohn hat. Die anderen zehn sind zwischen fünfundzwanzig und einunddreißig, kinderlos, aber privat und beruflich voll im Streß. Einige haben Streß mit ihrer Beziehung, was sich negativ auf ihre Karriere auswirkt, einige haben so viel Karrierestreß, daß sie nicht mehr auf die Balz gehen können und einen Riesenhorror davor haben, als alte Karrierejungfern in die IT-Geschichte einzugehen.

Im Abendvortrag ging es dann auch um die verschiedenen Arten von Streß, die das Leben für uns Frauen bereithält. In Anbetracht der Teilnehmerinnenauswahl kamen kreischende Kinder nicht darin vor.

Die Dozentin, eine temperamentvolle Brünette mit wogenden Naturlocken, aufrührerisch blitzenden Augen und klirrenden Goldohrringen, behauptete, Streß sei größtenteils selbstverordnet. Ich wollte nicht gleich am ersten Tag widersprechen, zumal ich sie ganz sympathisch fand. Sie heißt Dr. Dorothea Matthäus, kommt aus Hamburg und hat laut Referentenliste einen dreijährigen Sohn und etliche Bücher geschrieben. Wir sollen sie duzen. Nach der ersten Runde Prosecco haben ihr die IT-Kichermäuschen den Spitznamen Dr. Dott verpaßt.

Samstag, 24. März

Das Motto des Tages lautete »Glück ist eine Organisationsfrage«. Dr. Dott behauptet, wenn wir unseren Alltag bis ins Detail organisieren, organisieren wir unser Leben en gros. Bei dem Zauberwort »organisieren« ging ein Aufatmen durch die Reihen meiner Mitseminaristinnen. An

Organisation glauben sie alle. Basis des Dottschen Organisationsmodells ist die gute alte Einkaufsliste meiner Mutter. Das Wichtigste steht zuoberst. Danach wird das Ganze im Supermarkt konsequent abgearbeitet, ohne sich von Lock- und Sonderangeboten ablenken zu lassen.

Nach dem Mittagessen (Wildkräutersuppe, Möhrengratin, Limonenschaum) bekamen wir die Aufgabe, drei dieser sogenannten Prioritätenlisten zu erstellen und im Workshop zu diskutieren.

Die erste Liste erforderte: »Nenne die fünf wichtigsten Menschen in Deinem Leben.«

Spontan schrieb ich auf: »Lotta-Paulina, Niklas, Dany, Olga«. Damit waren vier Listenplätze besetzt, und ich konnte Hanna, Emma und Simona nicht mehr unterbringen. Selbst wenn ich Olga, das russische Au-Pair, das einmal die Woche zum Putzen kommt, rausstrich, fanden meine besten Freundinnen keinen Platz mehr. Ich stand vor einem echten Problem, weil ich mir ein Leben ohne Hanna, Emma und Simona gar nicht vorstellen kann.

Dr. Dott sagte, ein wichtiges Kriterium für die Priorisierung unserer zwischenmenschlichen Beziehungen sei ihre Ersetzbarkeit.

Okay. Lotta-Paulina und Niklas sind durch nichts auf der Welt zu ersetzen, Olga mit gewissen Anstrengungen wohl schon – und Dany?

Da gibt es eigentlich nicht viel zu ersetzen. Ich sehe ihn morgens drei Sekunden, in denen er vom Schlafzimmer unter die Dusche huscht, während ich mit den Kindern beim Frühstück sitze, und abends ein bis zwei Stunden beim Fernsehen, in denen ich ihn nicht mal richtig sehe, da ich mich ja auf den Bildschirm konzentriere. Wenn er sich samstags oder sonntags frei nimmt, fahren wir mit den Kindern ins Spaßbad, was ich gern ersetzen würde, da ich das Spaßbad hasse. Dany hingegen hat panische Angst vor dem Ertrinken und will seinen Kindern so früh wie möglich das Schwimmen beibringen. Abgesehen von den Spaßbadausflügen besteht sein aktiver Anteil am Familienleben darin, die Selterskästen aus dem Supermarkt zu holen.

Ich ließ Danys und Olgas Köpfe rollen und hatte Platz für Hanna, Emma und Simona.

Bei der zweiten Liste ging es um die fünf meistgehaßtesten Alltagssituationen. Ich schrieb:

1. Abends zwischen acht und zehn Hundekacke aus Kinderschuhsohlen kratzen.
2. Elterndienst mit Andrea.
3. Schaufenster dekorieren.
4. Vor dem Fernseher auf Dany warten, wenn kein Krimi läuft.
5. Unterlagen für den Steuerberater zusammensuchen.

In der anschließenden Diskussion brauchte ich fünf Minuten, um meinen Mitseminaristinnen die Beschaffenheit von Kinderschuhsohlen zu erklären, und weitere fünfzehn Minuten, bis sie die Organisationsweise einer Elterninitiativkindertagesstätte kapiert hatten.

Nach einer halben Stunde würgte Dr. Dott die Diskussion meiner Liste mit dem Argument ab, wir würden uns jetzt auf zu exotischem Terrain bewegen.

In der dritten Liste sollten wir unsere Lebensziele für die nächsten Monate priorisieren. Meine Liste lautete wie folgt:

1. Zweiwöchiger Familienurlaub auf den Kanaren oder in Dänemark.
2. Meine Buchhandlung vor dem Bankrott retten.
3. Meine Kinder vollwertig ernähren.
4. Regelmäßige Friseurtermine einführen und durchhalten.
5. Hm. Vielleicht mal wieder Cunnilingus?

Punkt fünf hatte ich natürlich als Witz gedacht. Es war jedoch der einzige Punkt, der ernsthaft diskutiert wurde, weil auch alle anderen Teilnehmerinnen ihn thematisiert hatten, wenn auch dezenter. Sie nannten es »mehr, befriedigenderen oder überhaupt mal wieder Sex«. Außerdem wollten sie alle zwischen fünf und fünfundzwanzig Kilo abnehmen, ihr neues bzw. besseres Sexlife mit einem Baby krönen, ihre Karriere mit einem Chefsessel toppen und endlich mal wieder auf die Malediven oder zum Snowboarden fahren.

Zum Abendessen gab es Fenchelcremesuppe, Pilzrisotto, Pfefferminzsorbet auf Blaubeerspiegel und eine Käseplatte. Danach autogenes Training und Yoga in Kleingruppen.

Sonntag, 25. März

Letzter Tag. Nach einem brillianten Vortrag über positives Denken kam die Abteilung Seminarkritik und Anregungen. Eine Teilnehmerin wies darauf hin, daß die Prioritätenlisten gut mit Excel erledigt und dabei wöchentliche Prioritätenverschiebungen über das System ermittelt werden könnten. Und ob Dr. Dott für zukünftige Seminare an einer speziellen Streßbewältigungssoftware interessiert sei.

Dr. Dott ließ nachdenklich ihre Ohrringe klirren und sagte dann, sie persönlich sei nicht so interessiert.

»Ich möchte nämlich lieber Streßbewältigungsmethoden vermitteln, die auch eine objektiv überlastete und geistig ausgelaugte Hausfrau und Mutter anwenden kann, die noch nie eine Computertastatur unter den Fingern gespürt hat.« Dann blinzelte sie in meine Richtung.

Wie sich unmittelbar nach meiner Heimkunft zeigte, war das Seminar trotzdem nicht umsonst. Nachdem ich den Schlüssel im Türschloß gedreht hatte, betrat ich nämlich ein Hundert-Quadratmeter-Schlachtfeld, auf dem der Inhalt der Bücherregale, des Geschirrschranks, meine Garderobe und das komplette Kinderzimmerinventar verstreut war. Die Teppiche waren feucht, meine besten Blusen waren als Strickleiter verknotet durch den Raum gespannt und die Türklinken mit Pattex beschmiert. Es fühlte sich jedenfalls an wie Pattex.

Wenn ich nicht so von positivem Denken bedröhnt gewesen wäre, hätte ich zuerst meine beiden Kinder und dann den Vater über den Balkon geworfen.

Dany, der eine ähnliche Reaktion befürchtet haben muß, hatte sich schon ein paar Aktenordner unter den Arm geklemmt und verließ die Wohnung praktisch in derselben Minute, in der ich sie betrat.

Lotta-Paulina, fünfeinhalb, und Niklas, fast drei, musterten mich erschrocken.

Dann sagte Lotta-Paulina gefaßt: »Da bist du ja wieder« und Niklas spuckte mir eine Ladung durchgekauter Wachsmalkreide vor die Füße.

Ich brühte mir einen Kräutertee auf, nachdem ich festgestellt hatte, daß der Kaffee alle war. Während ich den Tee schlürfte, klopfte ich mir innerlich beruhigend auf die Schulter und sagte: »Was willst du, altes Mädchen? Die Wände stehen noch und eine Grundrenovierung ist sowieso seit drei Jahren überfällig.«

Inzwischen schlafen die Kinder, und bis der Krimi im Dritten anfängt, kann ich meine Prioritätenliste für morgen machen:

1. Kinder in die Kita bringen.
2. Wocheneinkauf nachholen.
3. Wäsche einsammeln, sortieren, waschen, was noch zu retten ist.
4. Geschirr einsammeln, in die Spülmaschine stellen, was noch zu retten ist.
5. Wohnzimmer aufräumen.
6. Kinderzimmer aufräumen.
7. Das Gröbste im Bad beseitigen.
8. Das Gröbste in der Küche beseitigen.
9. Teppichschaum und Polsterreinigungsmittel besorgen.
10. Friseurtermin ausmachen.

11. Entspannungspause mit Yoga.
12. Zur Nachmittagsschicht in den Laden gehen.

Wo, zum Teufel, haben die Kinder die Fernbedienung versteckt?

Montag, 26. März

Ich gab die Kinder pünktlich bei den *Apfelbäumchen*, unserer Elterninitiativkita am Rasputinplatz, ab, segelte durch den Supermarkt und erledigte die Listenpunkte drei bis acht in Rekordzeit.

Ich wollte mich gerade zur Entspannungsyoga auf den Wohnzimmerteppich sinken lassen, als mein Blick auf einen rosa Zettel an der Pinnwand über dem Sofa fiel.

Da war er ja! Er ist der Gutschein von *Stiletto & Scandalo*, den Dany mir zum letzten Geburtstag geschenkt hat und den ich prompt verloren hatte. Cirka drei Monate konnte ich das vor Dany vertuschen. Aber seit Dezember hat er mich so oft an die Einlösung erinnert, daß ich schließlich zugeben mußte, daß der Schein verschwunden war. Damit hatte unser letzter großer Ehekrach begonnen, in dessen Verlauf ich mich dummerweise zu der Bemerkung hatte hinreißen lassen, der Gutschein sei sowieso ein dämliches Geschenk gewesen.

Dany hat nämlich einen Schuhtick. Seitdem er das *Studio im Loft* hat, häufen sich im Eingangsbereich unserer Wohnung farbenfrohe Turnschuhe, Sneakers und Loafers. Seine jüngste Anschaffung ist aus himbeerrotem Wildleder mit türkisfarbenen Kringeln. Darin würde ich nicht mal Lotta-Paulina zu den *Apfelbäumchen* schicken. Hanna, die aus der Modebranche kommt, meint, Dany sei von dem in seinen beruflichen Sphären herrschenden Trend zum Infantilismus angesteckt worden und ich solle mich glücklich schätzen, wenn die Symptome nicht über Knöchelhöhe hinausgingen.

Ich sprang auf und riß den rosa Zettel von der Pinnwand.

Wenigstens war er wieder da. Aber, große Katastrophe, abgelaufen! Meine Erleichterung wich Wut. Glatte hundert Euro zum Teufel! Ich verzichtete auf die Entspannungsübungen, machte mir statt dessen eine Tasse Pulverkaffee und rauchte eine Zigarette am offenen Fenster. Dann stopfte ich den Gutschein in meine Handtasche und hetzte zu *bunt & spannend*. Es war schon höllisch spät, und ich hatte Emma versprochen, sie pünktlich abzulösen, weil sie zur Schwangerenvorsorge muß.

Gerade habe ich mit Simona telefoniert. Simona ist Stammkundin bei *Stiletto & Scandalo* und meinte, die seien eigentlich ganz nett da und würden mir den Schuhgutschein bestimmt verlängern.

Vielleicht kann ich den Besuch bei *Stiletto & Scandalo* mit einem Besuch im Salon *M.M.* verbinden. Das ist mein Stammfriseur und liegt nur ein paar Häuser weiter.

Da Simona demonstrativ in den Hörer schniefte, fragte ich »Was ist denn mit dir? Stimmt was nicht?«

Ich hätte gleich fragen können: »Stimmt was mit Jens nicht?«

Danys Kompagnon Jens ist nämlich Simonas Mann.

Sie flüsterte: »Ich glaube, er macht mit dieser neuen Saskia rum.«

Saskia muß eine der ständig wechselnden Praktikantinnen sein, von denen Jens nie den Hals voll zu kriegen scheint. Manchmal habe ich den Verdacht, er tut nur so, als ob er sie alle vögelt, um Simona zu ärgern. Auch Dany findet, daß sie sich über Jens' kleine Eskapaden nicht so aufregen sollte.

Also sagte ich: »Ach komm, Simona, da ist bestimmt gar nichts dran.«

»Du hast gut reden«, sagte sie bitter.

Das stimmt, denn Dany interessiert sich für Turnschuhe, aber nicht für Praktikantinnen.

Andererseits erlege ich ihm auch nicht so viele familiäre Zwänge auf. Während Dany jeden Abend bis neun oder zehn Uhr arbeiten darf, besteht Simona darauf, daß Jens um achtzehn Uhr auf der Fußmatte steht, pünktlich zum Abendessen mit ihrer vierjährigen Tochter Chiara. Simona ist Norditalienerin, ein sanfter, goldbrauner Typ, aber mit einem unerbittlichen Familiensinn ausgestattet. Wenn Jens sich durch den Feierabendverkehr verspätet, wird sie zur Furie. Falls er sich um mehr als eine halbe Stunde verspätet, muß er damit rechnen, daß die Polenta schon aus dem Fenster geflogen ist und auf dem Gehsteig liegt.

Prioritätenliste für Morgen:

1. Kinder in die Kita bringen.
2. Teppichschaum und Polsterreinigungsmittel besorgen.
3. Schuhgutschein bei *Stiletto & Scandalo* verlängern lassen.
4. Bei *M.M.* hereinplatzen und versuchen, spontan einen Termin bei Marian zu kriegen.
5. Zur Spätschicht in den Laden fahren.

Dienstag, 27. März

Punkt zehn stand ich vor dem Salon *M.M.*, dem In-Friseur im Berliner Szenebezirk Mitte, nur um festzustellen, daß sie erst um elf öffnen. Also beschloß ich, zuerst den Teppichschaum, das Polsterreinigungsmittel und eine Tube Zahnpasta zu kaufen. Da ich mich in Mitte nicht auskenne, stolperte ich durch einige Kilometer frischsanierter Gassen mit vielen schicken Läden, die alle erst um elf öffneten und nicht nach Teppichschaum und Zahnpasta aussahen. Vielleicht kratzen sich die Hippster, die hier arbeiten, die Ritzen zwischen ihren fluoreszierenden Siebziger-Jahre-Zähnen mit den japanischen Messern aus, die man an jeder Ecke nachgeschmissen bekommt.

Als ich kurz nach elf die Ladentür von *M.M.* aufstieß, saß mein alter Freund Marian am Empfangstresen und mampfte Bagels aus einer braunen Papiertüte. Er wischte sich die Hände an den Oberschenkeln ab und lächelte breit: »Was kann ich für dich tun, Joe, Darling?«

Vor Jahren hatte ich eine Affäre mit Marian. Damals war er ein mageres Kerlchen mit rotem Pumucklschopf. Inzwischen trägt er einen Schwimmring und Glatze mit Platinschimmer. Ich mag ihn immer noch. Er mich auch.

»Eine Typveränderung und einen Kaffee bitte.«

Er nickte verständnisvoll.

»Komm mit nach hinten.«

So unauffällig wie möglich folgte ich ihm in sein Büro. Dort gab es genau wie vorne im Salon freigelegtes Mauerwerk, künstlichen Rost und Tische aus Glas. Auf seinem Chefschreibtisch lagen Pappbecher und zusammengeknüllte Bageltüten zwischen mehreren Jahrgängen fleckiger Life-Style-Magazine. Er drückte mich in seinen Lederdrehstuhl und ließ sich selbst auf einer Ecke des Schreibtisches nieder, um mich fachmännisch zu mustern.

»Spitzen? Vorne leicht anschrägen?«

»Vielleicht mal etwas Progressiveres«, schlug ich vor. »Findest du nicht, daß ich zu sehr nach objektiv überlasteter Hausfrau und Mutter aussehe?«

Er beugte den Oberkörper zurück und kniff die Augen zusammen.

»Eher wie eine frustrierte, aber prinzipiell schöngeistige Buchhändlerin. Sag mal, wirst du an den Schläfen grau?«

Er rutschte von der Tischkante und nahm das Körbchen mit seinem persönlichen Werkzeug von einem Regal. Dann führte er mich zu dem im Wandschrank versteckten Waschbecken und duschte mir den Kopf. Während er an meinen Spitzen herumzuschnippeln begann, erzählte ich ihm von meinem Streßbewältigungsseminar und dem Listenprinzip.

»Wenn sich dieser Mist unter euch Frauen durchsetzt, kann ich dicht machen.« Er zerrte fester als nötig an einer Nackensträhne. »Listenkundinnen, die alle acht Wochen mit zusammengekniffenem Mund zum Nachschneiden kommen, sind doch für keine kreativen Veränderungsvorschläge offen...«

»Im Gegenteil...«

Er stupste mich sanft an die Schläfe: »Laß mich ausreden, Joe! Der Wunsch nach einem Friseurtermin muß spontan drängen. Nur am Rande der Hysterie kann die Kundin die entspannende Prozedur wirklich genießen. Sie begibt sich in meine Hände und verläßt drei Stunden später wie neugeboren den Salon...«

»Drei Stunden!«

»Ich weiß doch, daß du das nicht aushalten würdest. Wo bleibt eigentlich unser Kaffee?«

Er drückte einen Knopf an der Sprechanlage und brüllte: »Zwei Macchiato ins Büro!«

Ich wandte ein: »Mit zwei Kindern und einem Laden hast du keine Zeit für spontane Hysterie.«

»Weiß ich«, knurrte er. »Bin schließlich selber Vater.«

Was? So lange war ich nicht mehr bei ihm gewesen?

»Drei Monate alt ist der kleine Scheißer und schläft keine Nacht durch.«

»Oje«, sagte ich mitfühlend. »Und wie geht's Tanja dabei?«

»Prima. Kann immer noch nicht kochen und trägt jetzt einen klassischen Bob. Granatrot. Ohne Farbe geht bei Tanja ja nichts.«

In dem Moment flog die Tür auf und eine schlanke Blondine, Typ ewige Praktikantin mit bunten Plastikklemmen im Haar, brachte das Kaffeetablett herein.

»Cooky ist übrigens gerade gekommen.«

»Rühr mir zwei Abmessungen 537 für Strähnchen an«, sagte Marian streng, ohne sie auch nur anzusehen.

»Und was soll ich mit Cooky machen?«

»Eine Abmessung Prosecco, den teuren, ja?«

Die Blonde schob ab.

Cooky? Ob das *die* Cooky von *Cooky Coop.* war? *Cooky Coop.* ist eine der innovativsten Werbeagenturen Berlins, mit der das *Studio im Loft* seit ungefähr einem Jahr eng zusammenarbeitet. Dany spricht zu Hause selten von seiner Arbeit, wobei ich gestehen muß, daß ich auch nicht übermäßig viel Interesse heuchle. Für eine intellektuelle und schöngeistige Buchhändlerin wie mich ist Werbung nicht gerade ein zentrales Thema. Aber Simona hat mir mal erzählt, daß Cooky ungeheuer kreativ sein soll. Angeblich nimmt sie Tabletten, damit sie direkt vom Club wieder in ihre Agentur kann, ohne zwischendurch schlafen gehen zu müssen.

Während Marian in aller Seelenruhe einzelne Haarsträhnen mit einer rosafarbenen Paste einstrich und mit Folie umwickelte, fragte ich unschuldsvoll: »Wird deine Kundin nicht sauer, wenn du sie warten läßt?«

»Cooky? Die können wir ruhig ein bißchen zappeln lassen. Dann ist sie später um so zahmer.« Er schnaubte verächtlich. »Die will so Geschichten wie Haarverlängerung und Zöpfchen. Das neueste aus dem vorigen Jahrhundert. Hat ein völlig gestörtes Stilbewußtsein, das Mädel. Aber von irgendwas muß man ja leben. Dagegen sind Kundinnen wie du Labsal für meine haarige Seele. Das bißchen Rot, das du für dein Ego brauchst, wäscht sich sowieso in zwei Wochen raus.«

»Dafür verdienst du an mir auch nichts.«

»Macht nichts, Joe, Darling«, sagte er großmütig. »Schließlich kaufe ich bei dir auch keine Bücher.«

Donnerstag, 29. März

Gerade hat Simona angerufen.

»Jo-hanna! Stimmt es, daß du Olga sieben Euro die Stunde gibst?«

Au weia, das hatte sich aber schnell herumgesprochen! Ich hatte Olga für die vorgesehenen vier Stunden Arbeitszeit achtundzwanzig anstelle der üblichen vierundzwanzig Euro auf den Küchentisch gelegt. Ehrlich gesagt, waren mir die sechs Euro von Anfang an peinlich gewesen. Aber das war der Tarif von Simonas privater Putzhilfenvermittlung. Olga ist Au pair bei einer Familie in Zehlendorf, die sie auf einem Konversationskurs für Fortgeschrittene wähnt, während sie bei mir ihr kärgliches Taschengeld aufbessert. Das heißt, ich muß dem Mädchen nicht mal Fahrgeld geben, da die Au-Pair-Familie für die Monatskarte aufkommt.

»Ich konnte nicht anders, Simona. Sie hat neben dem üblichen Pensum die Sofapolster geschrubbt, ein Pfund Wachsmalkreide aus dem Berber gepuhlt und die ganze Wäsche gebügelt.«

»Also, war das jetzt eine einmalige Zahlung oder eine generelle Erhöhung?«

»Eine generelle Erhöhung«, sagte ich fest.

»Mist, dann muß ich das Polina auch geben.«

Polina ist Olgas beste Freundin, die bei Simona putzt.

»Komm, Simona! Eine erfahrene Putzfrau kriegt acht Euro die Stunde *plus* Fahrgeld.«

»Das sind aber keine erfahrenen Putzfrauen. Polina macht mehr Arbeit, als sie wegmacht.«

Simona stammt aus einer alten italienischen Adelslinie und hat eine andere Einstellung zu Haushaltshilfen als ich.

»Olga schickt jeden Cent, den sie bei mir verdient, an ihre Familie in Hinterkasachstan«, sagte ich kampfeslustig.«

»Unfug«, sagte Simona. »Erstens kommen sie beide aus Moskau. Zweitens kaufen sie sich für das Geld Glitzernagellack und Kondome mit Erdbeeraroma.«

Ich beschloß, das Thema zu wechseln.

»Du, mit dem Schuhgutschein habe ich Pech gehabt. Die akzeptieren den nicht mehr.«

Samstag, 31. März

Die Kinder lagen schon im Bett, als Dany aus dem Studio zurückkam. Ich sah gerade »Notting Hill« auf Video. Ich habe eine Schwäche für Hugh Grant und Julia Roberts stört mich nicht.

Dany holte sich sein Bier aus der Küche, ließ sich neben mich auf die Couch sinken, stöhnte laut und demonstrativ und begann in seiner Hosentasche herumzuwühlen. Schließlich wedelte er mir mit dem zerknitterten Schuhgutschein vor der Nase herum.

»Jetzt löse ihn aber auch ein«, sagte er in mahnendem Ton. »Ich glaube nicht, daß sie ihn nochmal verlängern.«

Achtlos legte ich den Gutschein auf der Sofalehne ab. Aus den Augenwinkeln sah ich, daß er nicht nur bis zum 1. Juli verlängert, sondern auch der Betrag um dreißig Euro erhöht worden war. Das war wohl der Deal gewesen. Leider würde sich die Kollektion des Geschäftes dadurch nicht ändern.

»Schuhe kann man schließlich immer gebrauchen«, stellte Dany fest. »Außerdem willst auch du nicht immer in Gesundheitslatschen herumlaufen.«

»Doch«, sagte ich.

Wenn ich im Buchladen stehe, durch den Supermarkt rase, mit den Kindern über den Spielplatz tobe und abends vor dem Fernseher sitze, ist bequemes Schuhwerk unerläßlich.

»Könnten wir mal was anderes machen, als in die Glotze gucken?« fragte Dany gereizt. »Jetzt bin ich extra eine Stunde früher aus dem Studio gekommen, und nicht mal zum Essen ist was da.«

»Im Kühlschrank sind noch ein paar Fischstäbchen«, sagte ich und konzentrierte mich auf Hugh Grants Augenfältchen.

2

April

Montag, 2. April

Prioritätenliste für den Monat April:

1. Klärung des Familienurlaubs im Juli/August, z.B. zwei bis drei Wochen Bornholm oder eine Flugreise auf die Kanaren.
2. Zukunft von *bunt & spannend* klären. Wie ist der Umsatzrückgang zu bremsen, ohne, wie Dany vorgeschlagen hat, gleich einen Videoshop daraus zu machen?
3. Mein Engagement bei den *Apfelbäumchen* zugunsten meiner privaten und beruflichen Ziele zurückschrauben. Jedenfalls werde ich morgen nicht zum Elternfrühstück gehen und auch für keine Dienste beim Oster- bzw. Frühlingsfest volontieren.

Donnerstag, 5. April

Bin heute morgen, als ich Lotta-Paulina und Niklas bei den *Apfelbäumchen* abgab, unserer Kitaleiterin Mona-Lisa in die Arme gelaufen. »Johanna, ich möchte dir gern einen neuen *Vater* vorstellen«, strahlte sie und zog mich ins Erzieherinnenzimmer. Dort saß ein dunkelhaariger Mann auf dem Futonsofa und blätterte in dem *Apfelbäumchen*-Jahresbericht 2000.

»Das ist Johanna Seidel-Krollmann, eine der Mitbegründerinnen unseres Elternkollektivs. Und das ist – Matts Thien!«

Sie hätte Tom Cruise nicht euphorischer vorstellen können.

Matts Thien schnalzte vom Futon und streckte mir seine Hand entgegen. Er hatte ungefähr mein Alter, war schlank und dunkelhaarig und lächelte gewinnend aus auffällig blauen Augen.

»Der Papa von unserem kleinen Malte«, erläuterte Mona-Lisa. »Malte ist drei. Er und dein Niklas sind schon dicke Freunde. Aber das hat Niklas dir bestimmt erzählt.«

»Ja, sicher«, schwindelte ich, denn Niklas erzählt nie irgendwas. Dieses Wesensmerkmal hat er, obwohl er angeblich nach mir kommt, von seinem Vater geerbt.

»Matts möchte sich im Elternkollektiv engagieren.«

»Nur wenn ich gebraucht werde«, sagte Matts bescheiden.

»Wir können so gut wie jeden gebrauchen«, sagte ich.

Matts lächelte und sah auf seine Armbanduhr. »Na, jetzt muß ich aber los. War nett, dich kennengelernt zu haben.« Und weg war er.

Mona-Lisa schüttelte den Kopf, vermutlich weniger über Matts als über mich. Kopfschütteln ist die deutlichste Form der Kritikäußerung, zu der sie sich hinreißen läßt.

Bereits beim ersten Vorstellungsgespräch hatten mich Monas (das »Lisa« haben wir später hinzuerfunden) ungebremster Enthusisasmus und ihr leises Lächeln noch mehr beeindruckt als ihr Montessori-Diplom. Damals fand ich, etwas Besseres als sie könne uns und unseren Kindern überhaupt nicht passieren. Inzwischen bin ich mir nicht mehr so sicher, denn ihre esoterischen Tendenzen haben ziemlich auf die Kinder abgefärbt. Manche dieser Erscheinungen sind rein äußerlich. So haben meine Lotta-Paulina, Hannas Milena und Simonas Chiara eine Vorliebe für leuchtende Flattergewänder mit farblich abgestimmten Stirnbändern entwickelt. Und kaum ein Kind will noch Strümpfe tragen, weil Mona-Lisa bis zum Frosteinbruch barfuß in Jesuslatschen herumläuft. Was die Eßgewohnheiten angeht, löffeln unsere Kleinen ihre vegetarische Vollwertkost im Yogisitz auf Reisstrohmatten.

»Matts ist ein *alleinerziehender* Vater«, sagte Mona-Lisa sanft. »Du könntest ihn ein bißchen unter deine Fittiche nehmen.«

Noch ganz unter dem Einfluß des Wochenendseminars fragte ich vorsichtig: »Wie meinst du das?«

Sie hob lächelnd ihre Schultern unter dem meerblaugrün geflammten Baumwollkaftan.

»Er ist der einzige alleinerziehende Vater in unserem Kiez. *Und* er ist gerade aus Hamburg hierhergezogen. Es ist unsere Pflicht, ihm bei der Integration zu helfen. Und du kennst doch so viele Leute, Johanna.«

Na ja, immerhin drei Dutzend Elternpaare von den einschlägigen Spielplätzen, zu denen ich nett sein muß, damit sie ihre Bilderbücher und Reiseführer in meinem kleinen Laden kaufen.

»Du meinst, ich soll ihn in den Buddelkasten auf dem Rasputinplatz einführen?«

»Nicht unbedingt«, sagte Mona-Lisa, die aus pädagogischen Gründen konventionelle Spielplätze ablehnt. »Ich dachte, ihr könntet zusammen die Organisation des Sommerfestes übernehmen. Das würde ihn fordern. Menschen müssen gefordert werden, damit sie ihr Potential erkennen.«

Tolle Idee. Ich schüttelte den Kopf.

»Aber so was hast du dir doch immer gewünscht«, sagte Mona-Lisa vorwurfsvoll. »Weißt du nicht mehr?«

Ich wußte nicht mehr.

»Du hast mehrmals gesagt, ein alleinerziehender Vater müßte her, damit mal Schwung in die Bude kommt.«

Oh Gott, warum hatte ich meinen Mund nicht halten können!

»Ich habe mich sehr bemüht um Matts und Malte. Malte hätte auch einen Platz bei den *Pfefferküßchen* haben können.«

Sie klang ehrlich bekümmert. Die *Pfefferküßchen* sind die zweite Elterninitiative auf der gegenüberliegenden Seite des Rasputinplatzes. Obwohl beide Kitas ellenlange Wartelisten haben, besteht eine Art ideologischer Wettbewerb zwischen ihnen.

Das Sommerfest würde ohnehin nicht an mir vorüberziehen. Hanna und Emma hatten das Weihnachtsfest organisiert, und Andrea und Simona waren gerade mit dem Frühlingsfest beschäftigt. Ich war einfach dran.

»Okay«, sagte ich. »Aber vielleicht können wir beim nächsten Meeting noch mal darüber reden.«

Es gab noch einen winzigen Hoffnungsschimmer: Andrea. Andrea ist richtig scharf auf Festorganisationen. Außerdem könnte sie dabei gleich die Grundmissionierung, die sie bei allen neuen Eltern vornimmt, an Matts Thien vollziehen.

»Natürlich«, stimmte Mona-Lisa zu. »Aber, ganz unter uns, Johanna, ich fände es nicht gut, gleich *Andrea* auf Matts loszulassen. Sie ist so dominant, da kann er sich gar nicht entfalten. Übrigens ist Matts fast dein Nachbar.« Sie lächelte wieder ihr traumhaftes Lächeln. »Hallandstraße zwölf, ist das nicht bei dir in der Nähe?«

Das war zwei Häuser von meiner Wohnung entfernt. Also würde mir auch Matts Thien auf Dauer nicht erspart bleiben.

»Dann ist ja alles geklärt«, lächelte Mona-Lisa.

Freitag, 6. April

Mist, der einzige noch freie Termin für den Elterndienst ist Mittwoch, der 11. April, an dem sich schon Andrea eingetragen hat.

Der Elterndienst wird immer von zwei Eltern gemeinsam übernommen. Es geht darum, einzukaufen, das Mittagessen zu kochen, abzuspülen und eventuell anfallende Sonderarbeiten zu erledigen. Da niemand mit Andrea zusammen kochen will, ist der Platz hinter ihr immer bis zuletzt frei. Wenn man sich zu früh einträgt, besteht die Gefahr, daß

Andrea sich zu einem auf die Liste setzt. Am sichersten ist es daher, sich gleich paarweise einzutragen. Hanna und Simona haben das für diesen Monat bereits getan. Emma hat sich wegen Schwangerschaftsbeschwerden vom Elterndienst freistellen lassen. Es ist die reinste Verschwörung.

Montag, 9. April

20.30 Uhr. Gerade hat Mama angerufen und gefragt, ob wir Ostern nicht doch nach Bremen kommen wollen. Dabei habe ich ihr schon dreimal erklärt, daß das nicht geht, da das ganze Ostergeschäft auf meinen Schultern ruht. Emma möchte über die Feiertage zu ihren Eltern fahren.

»Vielleicht im Sommer«, vertröstete ich sie.

»Dann gebt aber rechtzeitig Bescheid«, sagte sie etwas schnippisch. »Papa und ich haben schließlich auch Pläne. Es ist nicht so, daß wir nur dasitzen und auf euren Besuch warten.«

Mittwoch, 11. April

Ich habe einen klassischen Andrea-Elterndienst hinter mir. Klassisch heißt, Andrea bestimmt, was gekocht wird (meistens hat sie schon am Vortag eingekauft) und worüber geredet wird.

Nicht nur, daß sie mich zwei Stunden lang Kartoffeln schälen ließ, während sie mit sichtbarer Freude Soja-Kräuterbällchen knetete, sie wollte auch unbedingt wissen, was ich von Matts Thien hielt.

»Mona-Lisa sagte, du hast angeboten, ihn ein bißchen unter deine Fittiche zu nehmen.«

Daran konnte ich mich nun nicht gerade erinnern.

»Ich frage mich, wie der auf unsere Liste gekommen ist. Alleinerziehend *und* aus Hamburg. Sowas hatten wir doch noch nie, oder?«

Sie legte ihr schmales Köpfchen auf die Seite und musterte mich aus zusammengekniffenen Äuglein, als ob ich etwas Schlimmes zuzugeben hätte. Andrea ist klein und zäh, trägt praktische, naturbelassene Kleidung, die den Ernährungsplan ihrer Kinder widerspiegelt, und kommt selten dazu, ihre Haare zu waschen.

Ich zuckte wieder mit den Schultern. Soweit ich wußte, waren die einzigen Kriterien für unsere Warteliste, daß die Eltern sich zur Mitarbeit in der Kita bereit erklärten und den Vegetarismus akzeptierten.

»Ich habe noch nie einen alleinerziehenden Vater auf unserer Liste gesehen«, beharrte sie.

»Vielleicht haben sich seine Familienverhältnisse während der Wartezeit geändert«, murmelte ich.

»Ich bin gegen diesen Trend«, sagte Andrea energisch und streifte sich die Sojamasse von der mit einem dicken, glänzenden Ehering geschmückten rechten Hand. (Sie ist mit einem Krampfaderchirurgen aus Zehlendorf verheiratet.) »Wo kommt denn unsere Gesellschaft hin, wenn wir eines Tages nur noch aus Einelternfamilien bestehen?«

Ich guckte in meinen Kartoffeltopf und tat so, als murmele ich irgendwas, was sie ganz nach Belieben interpretieren konnte.

»Sieh doch mal Hanna an: Unterernährt, hypernervös und raucht wie ein Schlot. Du willst mir doch nicht erklären wollen, daß das keine Auswirkungen auf Milena hat?«

Ich holte tief Luft.

Da sagte sie zum Glück: »Und ein Mann kriegt das erst recht nicht hin. Ich möchte wirklich gern wissen, was mit dem los ist.«

Mittwoch, 25. April

Die Elternmeetings der *Apfelbäumchen* finden alle zwei bis drei Monate mittwochs statt. Die Teilnahme ist ebenso Pflicht wie der monatliche Elterndienst, trotzdem schaffen es immer wieder Eltern, sich zu drücken. Vor den Meetings räumt Mona-Lisa den größten Gruppenraum aus und bestückt den Fußboden mit ihrem Gesamtvorrat an orientalischen Sitzkisten und Matten, um eine kreative, entspannte Atmosphäre zu schaffen.

Hanna und ich betraten den Raum Punkt siebzehn Uhr. Emma war im Laden geblieben. Früher haben wir an Elternmeeting-Tagen früher geschlossen, damit wir beide teilnehmen konnten, aber seitdem klar ist, daß Emma nach Zepernick rauszieht, tun wir das unseren Kunden nicht mehr an.

Simona lehnte an einem Fenster. Neben ihr stand Andrea und gestikulierte auf sie ein.

»Bitte nicht«, stöhnte Hanna und hielt mich am Arm zurück. Sie verträgt Andrea noch schlechter als ich.

Simona war wie immer perfekt gestylt. Das goldbraun schimmernde Haar lag in sanften Wellen um ihr herzförmiges Gesicht, und sie trug einen eleganten frühsommerlichen Leinenanzug. Unterhalb ihres rechten Knies prangte der Abdruck eines staubigen Kinderschuhs. Scheinbar hatte Chiara, die wie alle anderen Kinder nebenan betreut wurde, sie wieder mit einem gezielten Fußtritt begrüßt.

Als sie uns entdeckte, winkte sie heftig. Ihr Gesicht trug einen gequälten Ausdruck.

»Komm«, sagte ich zu Hanna. »Erlösen wir sie.«

»Probiers doch mal mit Grenzen«, sagte Andrea gerade, als wir zu den beiden traten. »Das ist es nämlich, was Kinder brauchen: Grenzen, Grenzen, Grenzen!«

Wir nahmen Simona zwischen uns und plazierten sie zugriffsicher auf einem Tatami in der Mitte des Raumes.

»Lange halte ich das nicht mehr aus«, stöhnte sie. Sie meinte nicht Andrea, sondern Chiara. »Letzte Nacht hat sie wieder ins Bett gepinkelt, weil ich ihr nicht erlaubt habe, zwischen Jens und mir zu schlafen.«

»Die würde ich in der Badewanne einquartieren«, sagte Hanna.

Als Mona-Lisa das Meeting endlich eröffnen konnte, war es fast halb sechs. Ich zog meinen Protokollblock hervor und zählte kurz durch. Von siebenunddreißig Kindern waren siebenundzwanzig Mütter und drei Väter erschienen, das übliche Geschlechterverhältnis. Neben Mona-Lisa saß Matts Thien auf einem mit Brokatstoff bezogenen Sitzkissen. Er strahlte souveräne Lässigkeit aus in einem am Hals offen stehenden weißen Hemd und khakifarbenen Trekkinghosen, die genug Spielraum für den Yogi-Sitz boten. Eine dunkle Locke fiel ihm keck in die Stirn.

»Wer ist das denn?« wisperte Hanna in mein Ohr. »Der Vater von dem Neuen?«

»Ruhe bitte!« rief Mona-Lisa. »Wie ihr wißt, haben wir in diesem Meeting zwei Diskussionspunkte, nämlich unseren lange geplanten Streichelzoo und das Sommerfest –«

»Oh Gott, sind die Viecher immer noch nicht vom Tisch«, stöhnte Hanna rechts von mir.

»Wie ihr wißt, steht unser Sommerfest jedes Jahr unter einem besonderen Motto, weshalb es ja auch im ganzen Kiez so beliebt ist«, fuhr Mona-Lisa fort.

Das Sommerfest der *Apfelbäumchen* ist öffentlich. Jedes Jahr werden, dem internen Vegetarismus zum Trotz, Bio-Grillwürstchen und eine Riesentombola angeboten. Den Erlös verwenden wir für neue Tatamis oder die Gartengestaltung. Der Nachteil des Sommerfestes ist die arbeitsintensive, unbezahlte Vorbereitungsphase. Aus diesem Grunde hielten siebenundzwanzig der dreißig anwesenden Eltern den Blick auf ihre Fußknöchel gesenkt.

»Als besondere Attraktion schlage ich vor, das diesjährige Sommerfest mit der Einweihung unseres Streichelzoos zu verbinden. Was haltet ihr davon?«

»Nichts«, murmelte Hanna.

»Tolle Idee!« rief Andrea.

Leider fehlte Emma. Sie war von Anfang an eine entschiedene Gegnerin kitaeigener Haustiere gewesen.

»Also, ich bin dabei!« ließ Andrea ihre Stimme noch einmal durch den Raum schrillen.

Alle anderen Eltern schwiegen. Schließlich straffte einer der drei anwesenden Väter (nicht Matts Thien) seine Schultern und sagte: »Wir sollten abstimmen.«

»Aber das haben wir doch schon hundertmal gemacht«, kreischte Andrea.

»Deshalb sagte ich ja auch ›noch einmal‹«, entgegnete der Vater.

»Immer das gleiche Theater.« – »Nicht schon wieder.« – »Ja.« – »Doch.« – »Nein.«, schallte es durcheinander.

»Ruhe!« rief Mona-Lisa.

In der eintretenden Pause lehnte Matts Thien sich nach vorn und sagte mit angenehm klarer Stimme: »Eigentlich müßten über den Streichelzoo nicht wir, sondern die Kinder abstimmen.«

Mona-Lisa strahlte. »Das haben sie bereits getan«, verkündete sie. »Die Kinder sind dafür.«

»Na, dann ist die Sache doch geritzt«, jubelte Andrea, die immer dasselbe will wie ihre Madita und ihr Abbe.

Mona-Lisa bat lächelnd zur Abstimmung. Auch Simona und ich hoben unsere Hand für die Haustiere.

»Ihr habt sie doch nicht mehr alle«, zischte Hanna. »Wollt ihr während des Elterndienstes auch noch Karnikkelställe auskratzen?«

Die Mehrheit war überwältigend und Mona-Lisa ging zum nächsten Programmpunkt über.

»Netterweise hat Johanna angeboten, sich um die Organisation des Sommerfestes zu kümmern, aber wir könnten noch den einen oder anderen gebrauchen, der ihr zur Seite steht.«

Den einen oder anderen! Sie hielt ihre Brillengläser fest auf Matts Thien geheftet.

»Das würde ich gern tun«, sagte der artig.

Klar, zur Seite stehen war ja auch nicht schwierig. Den Rest würde ich schon erledigen. So lief das immer, wenn man mit Vätern zusammenarbeitete.

»Ich bin natürlich auch mit von der Partie«, kreischte Andrea. »Schließlich war der Streichelzoo meine Idee.«

»Sehr richtig«, nickte Mona-Lisa. »Du, Andrea, bist die Zooabgeordnete, und Matts und Johanna kümmern sich um den Grill, die Tombola, die Spiele und die Organisation des Kuchenbüffets. Sonst noch Fragen und Wünsche offen?«

Nach dem Meeting schlenderten Hanna, Simona, die Kinder und ich quer über den Rasputinplatz zu *bunt & spannend*, um Emma ihre Kinder zu bringen und über den Ausgang des Meetings zu plaudern.

Es war zwei Minuten vor halb sieben, und Emma wollte gerade abschließen.

»So voll war es hier den ganzen Tag nicht«, sagte sie wehmütig, als wir in den Laden stürmten. Die Kinder verzogen sich in die Spiel-und Bilderbuchecke.

»Wie wars denn?«

»Aufregend«, grinste Hanna. »Ich sehe es schon vor mir, wie Joe und unsere Andrea sich im Ringen um die Gunst des göttlichen Matts Thien zerfleischen.«

»Matts Thien?«

»Ein neuer Vater«, erklärte ich ihr. »Alleinerziehend.«

»Und ausgesprochen gutaussehend«, fügte Simona hinzu und mit einem Blick in Hannas Richtung, »nett, engagiert, solide.«

Wir alle finden nämlich, daß es Hanna bessergehen würde, wenn sie was Stabiles hätte anstelle der quartalsweise wechselnden Liebhaber, die sie entweder nach wenigen Wochen langweilen oder die sich nicht mit Milena vertragen.

Hanna schnaubte. »Ein Kerl wie aus dem Otto-Katalog. Tote Hose im Sonderangebot.«

»Okay, Hanna«, sagte Emma streng. »Und was ist mit dem Streichelzoo?«

»Gebongt.«

Emma schüttelte den Kopf. »Kinder, bin ich froh, daß ich aufs Land ziehe.«

In dem Moment ertönte Gebrüll aus der Kinderbuchecke. Lotta-Paulina kam, ein Bilderbuch in den hoch erhobenen Händen, auf mich zugestürmt. »Chiara hat dieses Buch zerrissen. Sie hat es absichtlich gemacht!«

Lotta-Paulina, der ich die Liebe zum Buch mit dem Fertigmilchfläschchen eingeflößt habe, versprühte ehrliche Entrüstung. Ich nahm sie in die Arme.

»Chiara!!!« gellte Simona.

»Reg dich nicht auf«, sagte Emma und klopfte ihr auf den Arm. »Das ruiniert uns auch nicht mehr. Um ehrlich zu sein, Mädels, eigentlich müßten wir euch für euren Kaffee hier zahlen lassen.«

»Wenn unser Laden in Berlin-Mitte läge, könnten wir glatt drei Euro pro Tasse verlangen«, fügte ich hinzu.

Donnerstag, 26. April

Mama hat mich heute im Laden angerufen, was sie nur im Notfall macht, weil ich immer sehr beschäftigt tue, auch wenn nichts los ist.

Sie teilte mir kurz mit, daß sie und Papa ab Mitte Juni einen zweiwöchigen Badeurlaub in einem Ort namens Abano Terme gebucht hätten und wir sie während dieser Zeit nicht in Bremen besuchen könnten.

Wir wollten während dieser Zeit ohnehin nicht nach Bremen fahren, aber das Telefonat hat mich an meine erste Monatspriorität erinnert. Daher bin ich am Nachmittag in ein Reisebüro gegangen und habe mir vier Prospekte für Ferienhäuser in Dänemark und sieben für Flugreisen auf die Kanaren besorgt. Die Reiseverkehrsfachfrau machte ein besorgtes Gesicht und sagte, für die Sommermonate sei, zumindest in Dänemark, schon das meiste ausgebucht, und ich solle möglichst schnell eine Entscheidung treffen.

Ich wünschte, so könnte ich meinen Kunden mal kommen.

Freitag, 27. April

Ich war im Reisebüro. Die bezahlbaren Häuser in den vier Dänemarkkatalogen sind ausgebucht. Die Kanaren sind für eine vierköpfige Familie im Juli ohnehin unerschwinglich.

Der Reiseverkehrsfachfrau fiel dazu auch nichts ein. Also wollte ich Simona anrufen, um mich nach der Bornholmer Adresse zu erkundigen, bei der sie ihr Ferienhaus gebucht hat. Während ich mich auf das Telefon zubewegte, rief meine Mutter an. Ich hörte schon am Klingeln, daß sie es war, hob aber trotzdem ab.

Sie kam wie immer ohne Umschweife zum Thema: »Also, Papa und ich haben beschlossen, daß wir an die zwei Wochen in Abano Terme noch zwei Wochen in Malcesine dranhängen und zwar in der schnuckeligen Pension, in der wir unsere Flitterwochen verbracht haben. Papa kam die Idee, daß du mit Dany und den Kindern auch an den Gardasee kommen könntest. Wenn ihr uns in Bremen besucht, ist es doch immer nur so, daß ich euch den ganzen Tag verköstigen und umsorgen muß und überhaupt nichts von meinen Enkelkindern habe.«

Mir blieb die Spucke weg. Schließlich bestand sie darauf, uns bei jedem Besuch dreimal täglich mit norddeutscher Hausmannskost zu beglücken. Und hatte sie nicht jede Menge von Lotta-Paulina und Niklas, während Dany schlief und ich die freie Zeit nutzte, in Bremen zu bummeln und alte Schulfreundinnen zu besuchen?

»Gardasee«, wiederholte ich verblüfft. »Wie habt ihr euch das denn vorgestellt?«

Vielleicht wollten sie uns einladen.

»Die großen Doppelzimmer kosten neunzig Euro pro Nacht. Da kriegt ihr gut zwei Zustellbetten für die Kleinen rein. Lotta-Paulina zahlt die Hälfte und Niklas ist frei. Allerdings Etagenbad. Aber so hygienebewußt sind deine Kinder ja nicht.«

Ich legte den Vorschlag umgehend zu den Akten. Mich mit Mann und Kindern vierzehn Tage lang in ein schweineteures Doppelzimmer zu quetschen, jeden Morgen mit meiner Mutter zu frühstücken und abends im lauschigen Pensionsgärtchen mit Papa Valpolicella zu picheln, entsprach nicht meiner Vorstellung von einem Familienurlaub. Ich würde es nicht mal tun, wenn sie uns einladen würden. Aber das hatten sie ja offenbar auch nicht vor.

»Hört sich toll an, Mama, wirklich, aber Dany kann bis Ende Juli nicht weg. Und ich muß Emmas Nachfolgerin einarbeiten.«

»Ach je«, jammerte sie. »Dabei hatte Papa sich das so schön ausgedacht. Na, vielleicht klappt es im Herbst.«

»Habt ihr eigentlich noch was anderes zu tun, als wegzufahren?« rutschte es mir heraus.

Seitdem sie ihren Lampenladen aufgegeben haben, jetteten sie durch die Landschaft wie Nobelrentner.

»Jetzt sag bloß, du mißgönnst uns das bißchen Urlaub!« rief Mama empört.

»Nein, nein, schon gut...«

»Den Aufenthalt in Abano hat mir dein Vater zum *Geburtstag* geschenkt. Das ist ein Kur- und Wellnessprogramm, Schlammbäder, Gesichtsmasken und so weiter.«

Ich schnappte nach Luft.

»Malcesine machen wir nur, weil Papa die Berge so liebt«, fuhr sie fort.

»Ja, ja, schon gut!«

»Hältst du uns etwa für verschwenderisch? Nachdem wir uns ein Leben lang für dich und deine Schwester abgerackert haben? Hans, deine Tochter hält uns für Verschwender!« rief sie meinem Vater, der vermutlich gerade friedlich vor dem Fernsehgerät saß, zu.

»Tu ich nicht!« brüllte ich. »Mir kommt es nur etwas üppig vor, weil wir uns gerade gar keinen Urlaub leisten können. Darf ich das denn nicht sagen?«

»Selber schuld«, ereiferte sich Mama. »Wir haben getan, was wir konnten, um dir deinen Buchladen zu finanzieren –.«

»Ihr habt mir sechstausend Euro dazugegeben, und das war angeblich mein Erbteil –«

»Wir haben den Laden finanziert, aber wir können nicht auch noch die Buchhaltung für dich machen. Ich finde deine Haltung ziemlich undankbar. Ah, da kommt Papa ja endlich.«

Sie drückte meinem Vater den Hörer in die Hand, aber wir wußten beide nicht, was wir sagen sollten. Mein Vater telefoniert sowieso ungern.

»Guten Abend, Johanna. Hast du finanzielle Probleme?«

»Ach Quatsch«, rief ich. »Da hat Mama nur was in den falschen Hals gekriegt.«

»Prima. Dann einen schönen Abend noch. Grüße an Dany.«

Er gab den Hörer wieder an Mama.

»Nun gut«, sagte sie in drohendem Ton. »Wenn du nicht mit deinem Vater über deine Geschäfte reden willst, kann ich dich genausogut warnen. Bei uns ist zur Zeit nichts lockerzumachen. Wir mußten im Frühjahr schon deiner Schwester unter die Arme greifen.«

Ich verdrehte die Augen. Meine Eltern waren wirklich die letzten, die Marianne bei Finanzproblemen anhauen würde. Aber da sie als Ökobäuerin ständig irgendwelche Subventionen kriegt, kann sie sich ganz gut über Wasser halten. Schafe kann man im Gegensatz zu Büchern essen. Mich hat noch niemand subventioniert.

»Als Papa in der Zeitung gelesen hat, wie sehr die Maul- und Klauenseuche die kleinen Landwirte beutelt, hat er ihr nämlich ihren Erbanteil überwiesen«, fuhr Mama fort. »Ich hoffe nur, daß sie klüger damit umgeht, als du mit deinem.«

Ich rauchte drei Zigaretten, trank ein ganzes Glas Rotwein und rief endlich Simona an. Je schneller ich das Haus auf Bornholm hatte, um so schneller konnte ich das Gardaseeintermezzo vergessen.

»Oh je«, sagte Simona, »ob du da jetzt noch was kriegst? Wir haben schon im Januar gebucht.«

Aber dann gab sie mir doch die Adresse durch.

»Am schönsten sind die Häuser am Strand mit Terrasse. Eine Terrasse haben wir in diesem Jahr leider nicht mehr bekommen, aber dafür machen wir eine Woche länger.«

»Eine Woche länger?«

»Insgesamt vier Wochen, vom achtundzwanzigsten Juli bis zum fünfundzwanzigsten August. Früher ging es nicht, weil bis Ende Juli diese *Hoggenobb*-Sache in der Endphase ist.«

Die *Hoggenobb*-Sache war der ominöse Auftrag, an dem Jens und Dany mit *Cooky Coop.* arbeiteten. Normalerweise wechselten sich die beiden mit dem Urlaub ab. Wenn im Juli eine Endphase herrschte und Jens und Simona den gesamten August mit ihrem Dänemarktrip belegt hatten, bedeutete das, daß Dany erst im September weg konnte.

»Ist doch prima. Da ist Bornholm schon wieder preiswerter«, freute sich Simona für uns.

»Im September kann ich aber nicht. Ich kann die neue Kraft nicht allein lassen, wenn das Herbstgeschäft losgeht.«

»Darum hättest du dich eben früher kümmern müssen.«

»Ich konnte doch nicht ahnen, daß ihr vier Wochen macht. Und, ehrlich gesagt, Simona, finde ich es auch nicht ganz fair –«

»Tut mir leid. Vier Wochen müssen sein. Chiara und ich haben das ganze Jahr noch nichts von Jens gesehen. Und im Gegensatz zu dir ist mir ein Familienleben wichtig. Wir brauchen diesen Urlaub, sonst entgleiten wir uns.«

»Aber Dany und ich können uns ruhig entgleiten, oder was?«

»Aber Joe«, sagte sie mitleidig. »Das ist doch schon längst passiert. Hast du es etwa nicht bemerkt?«

Samstag, 28. April

Habe meinen buchladenfreien Samstag in diversen Reisebüros verbracht. Fazit: zwei vorläufige Reservierungen in Jütland, da Bornholm bis auf das letzte Bett ausgebucht ist. Die jütländischen Häuser sind nicht gerade preiswert, klingen aber ganz komfortabel. Außerdem glaube ich mich zu erinnern, daß Dany mir auf der Silvesterparty bei Simona *versprochen* hat, daß es in diesem Jahr einen gemeinsamen Sommerurlaub geben würde. Wir waren Silvester allerdings beide ziemlich betrunken gewesen.

Sonntag, 29. April

Ich dachte, ein Abend nach einem netten Familientag im Spaßbad wäre der ideale Zeitpunkt für die Urlaubsdiskussion.

Dany nuckelte an seiner Bierflasche und blätterte in einer Fachzeitschrift.

»Du-u, wir müssen mal unseren Urlaub klarmachen.«

Träge sah er auf.

»Nervt deine Mutter schon wieder rum?«

»Ich meine nicht den Sommerbesuch in Bremen. Ich meine unseren Urlaub.« Ich bemühte mich, nicht zu scharf zu klingen.

»Aha.« Er nahm seine Brille ab und polierte beide Gläser mit dem Saum seines Sweatshirts. Ein Zeichen dafür, daß er sich bereits überanstrengt fühlte.

Ich griff nach den Computerausdrucken des Reisebüros und versuchte, den optimistischen Tonfall einer Touristikfachfrau zu treffen.

»Hier hätten wir noch ein Häuschen vom siebten bis zum einundzwanzigsten Juli. Liegt zwar ein bißchen ab vom Strand, aber so klein sind die Kinder ja nicht mehr. Es hat drei separate Schlafzimmer, offenen Kamin und Spülmaschine und kostet 350 Euro pro Woche. Die Alternative wäre dieses hier, vier Zimmer mit Seeblick, Spül- und Waschmaschine, ganz schick eigentlich, macht aber auch glatte 600 Euro die Woche und ist nur vom einundzwanzigsten Juli bis zum zehnten August buchbar. Allerdings fahren Simona und Jens am achtundzwanzigsten Juli ebenfalls in Urlaub und kommen erst am fünfundzwanzigsten August zurück. Das heißt, wenn wir das teure Haus nehmen, würden sich eure Urlaube um zwei Wochen überschneiden, und ihr müßtet vielleicht eine Vertretung organisieren.«

Tja, so einfach war das.

Dany war sprachlos. Nachdem er seine Sprache wiedergefunden hatte, krächzte er: »Wie kommst du darauf, daß Simona und Jens vom achtundzwanzigsten Juli bis zum fünfundzwanzigsten August in Urlaub fahren?«

»Das hat Simona mir gesagt. Also, besser das billige Häuschen?«

Obwohl es so billig nun auch wieder nicht war.

Dany glotzte mich immer noch entgeistert an und wiederholte: »Was heißt, Jens und Simona fahren vom achtundzwanzigsten Juli bis zum fünfundzwanzigsten August in Urlaub? Das geht doch gar nicht.«

Dann sprang er vom Sofa, rannte zum Telefon und sprach zehn Minuten mit Jens. Da wir ein schnurloses Telefon besitzen, verzog er sich rücksichtsvoller Weise in die Küche. Schließlich beendete er das Telefonat mit den Worten »Na, dann ist ja alles klar, alter Junge. Bis Morgen also. Nee, nee, kein Problem, muß nur mal sehen, wie ich ihr das beibringe. Okay, ja. Tschau-i.«

»Und?« sagte ich freundlich, als er sich wieder auf das Sofa fallen ließ. »Meerblick oder billig?«

»Hör mal, nimm das preiswerte für dich und die Kinder«, sagte er. »Für mich ist Urlaub bis Ende September nicht drin. Wenn alles gut läuft, komm ich mal für ein verlängertes Wochenende runter. Dänemark soll ja schön sein.«

Jetzt war ich sprachlos.

Er wollte zwei Wochen sturmfreie Bude genießen, während ich in einer Hütte in Jütland saß, kilometerweit vom nächsten Badestrand entfernt, mich tagsüber mit seinen Gören abrackerte und abends in romantischer Einsamkeit auf der Terrasse ein alkoholfreies Bierchen schlürfte. Und dabei zerstachen mir die Mücken die Waden. Dagegen war das Malcesine-Programm ja noch Gold.

»Du hast mir Silvester versprochen, daß wir diesen Sommer mindestens zwei Wochen zusammen wegfahren«, zischte ich.

»Das war ein bißchen blauäugig«.

Er rückte näher und legte mir einen Arm um die Schulter. »Es geht nicht, Joe. Die *Hoggenobb*-Sache läuft total beschissen. Wir haben 'ne Menge Probleme, und bis Anfang September müssen alle Details stehen. Sonst können wir dichtmachen.«

Ich stieß seinen Arm weg.

»Und wie kommt es, daß Jens und Simona ihr Haus schon im Januar gemietet haben? Und zwar für vier Wochen.«

Dany zuckte mit den Schultern.

»Da muß Jens blau gewesen sein.«

»Dany, bitte!«

Er seufzte: »Okay, aber sag es Simona nicht weiter. Jens wird sie und Chiara nach Dänemark bringen und vielleicht mal für ein Wochenende rausfahren. Simona weiß nur noch nichts davon.«

Er sah mir fest in die Augen und streckte versuchsweise wieder seinen Arm aus. »Joe«, stöhnte er, »*Hoggenobb* ist unser persönliches Jahrhundertprojekt.«

»Welche Rolle spielen die Kinder und ich eigentlich noch in deinem Leben? Was mich betrifft, na schön. Du bist auch nicht mehr der Traum meiner schlaflosen Nächte. Aber wie du dich den Kindern gegenüber verhältst, ist unfair!«

»Na hör mal«, sagte er empört. »Wegen denen habe ich mir heute im Spaßbad Fußpilz geholt.«

3

Mai

Freitag, 4. Mai

Morgen findet Jens' große Geburtstagsparty statt. Es ist sein Neununddreißigster, und er will es noch einmal richtig krachen lassen, bevor er vierzig wird. Das wollte er letztes Jahr auch schon. Das Ergebnis war ein fünfgängiges italienisches Menü im engsten Freundeskreis, für das Simona zwei Wochen in der Küche stand, und ein handfester Ehekrach um Mitternacht, weil sie ihm das falsche Fußballtrikot geschenkt hatte. In diesem Jahr haben sie einhundertundzwanzig Leute ins Studio eingeladen und ein fernöstliches Büffet bestellt.

Ich hatte Olga als Babysitter für Lotta-Paulina und Niklas vorgesehen, aber gegen Mittag rief sie im Laden an und sagte ab, weil ihre Au-pair-Eltern beschlossen haben, ebenfalls auszugehen.

»Ach, das tut mir leid.« Emma nippte an ihrem nach Lakritze duftenden Schwangerentee. »Ich würde Lotta-Paulina und Niklas ja nehmen, aber wir fahren doch am Samstag nach Zepernick raus. Die Küche wird endlich geliefert.«

Natürlich waren Emma und Jürgen auch eingeladen, aber seitdem die beiden das Grundstück in Zepernick haben, gehen sie nicht mehr auf Partys. Wozu auch? Das Grundstück grenzt an einen See und hat einen eigenen Bootssteg, auf dem man Wein trinken und den Mond angucken und ohne Babysittergebühren die Urform der ehelichen Romantik genießen kann.

»Vielleicht kennt Dany ja jemanden, der auf die Kinder aufpassen kann«, meinte sie.

Weil Schwangere immer so harmoniesüchtig sind, habe ich ihr noch nicht erzählt, daß Dany und ich seit unserem Krach am letzten Samstag nicht mehr miteinander sprechen. Bevor er mir nicht mit einem annehmbaren Urlaubsangebot entgegenkommt, wird sich daran auch nichts ändern.

Nicht gerade in bester Wochenendlaune verließ ich den Laden, um Lotta-Paulina und Niklas von den *Apfelbäumchen* abzuholen.

Natürlich wollten sie auf den Spielplatz. Der war zum Bersten voll, weil es Freitag und sonnig war und alle berufstätigen Eltern ihre Kinder früher abholten. Ich verzog mich zu einer Bank im Hintergrund, wo ich mich geräuschlos neben einem hinter seiner Zeitung verschanzten Wochenendvater niederließ, um verstohlen eine Zigarette zu rauchen.

Nach dem dritten Zug raschelten die Zeitungsblätter neben mir, und eine erstaunte Stimme sagte: »Ach, Johanna.«

Matts Thien, mein Sommerfestorganisationsbeisteher.

Er lächelte. »Spendierst du mir auch eine?«

Ich schob Packung und Feuerzeug über die Bank. Er hatte seine yogamattenkompatible Trekkinghose gegen gepflegte schwarze Jeans und ein schmales Tweedjackett getauscht. Darunter trug er einen schwarzen Rollkragenpullover, der zu seinem dunklen Haar paßte. Aus dem vielen Schwarz leuchteten seine Augen blau wie zwei Bergseen.

»Harte Woche gehabt?« erkundigte er sich teilnahmsvoll.

»Ich habe nur harte Wochen«, antwortete ich schnippisch.

»Wo arbeitest du denn?«

Ich deutete mit der Zigarette auf das Ladenschild von *bunt & spannend*, das provozierend durch das maigrüne Laub der Bäume schimmerte. Es war eine Farce. Wir sollten es durch eines mit dem Schriftzug »Spott & Hohn« ersetzen.

»Dann verstehe ich dich«, sagte Matts Thien mitleidig. »Acht Stunden am Stück in diesem Saftladen müssen die reinste Folter sein. Ich bin nach drei Minuten geflüchtet.«

»Und? Hast du dich hinter einer der Parkbänke übergeben müssen?«

Er lachte. »Nee, ich habe einen robusten Magen. Aber, ganz im Ernst, findest du das Sortiment nicht auch etwas bescheiden?«

Ich zog an meiner Zigarette und ließ ihn weiterreden.

»Dabei ist das die einzige Buchhandlung hier im Kiez. Da könnte man doch was draus machen. Oder hat dein Chef etwas gegen Literatur?«

Meine Zigarette war fast aufgeraucht, und ich konnte mir unmöglich gleich die nächste anstecken. Der Typ war offensichtlich einer dieser widerwärtigen, arroganten Hamburger, mit denen ich bereits in meiner Bremer Jugend einschlägige Erfahrungen gemacht hatte.

»Vielleicht solltest du den Alten in Kur schicken und den Laden gründlich umsortieren«, schlug er vor.

Ich stand auf und zerquetschte meine Kippe mit einer Drehung des Absatzes.

»Prima Idee, aber leider nicht durchsetzbar. Die Chefin bin nämlich ich.«

Dann flüchtete ich in den Buddelkasten. Ich würde Andrea bei der nächstbesten Gelegenheit erzählen, daß der alleinerziehende Mustervater Matts Thien auf dem Spielplatz Zigaretten schnorrte.

Zwei Stunden später gingen wir alle zusammen nach Hause. Nachdem Lotta-Paulina, Niklas und Malte in schönster Eintracht Cowboy und Indianer gespielt hatten, gab es keinen für sie nachvollziehbaren Grund zur Trennung. Wir gingen sogar nebeneinander her. Malte ist übrigens nicht schmal und dunkel, sondern ein semmelblonder Wonneproppen. Nur die blauen Strahleaugen hat er von seinem Vater. Außerdem ist er groß für sein Alter und im Gegensatz zu Niklas ziemlich eloquent.

Auf der Hallandstraße sagte Matts Thien schließlich: »Das vorhin war nicht persönlich gemeint, Johanna. Ich meine... also ich –.«

»Schon gut.«

»Ich bin manchmal etwas vorlaut –.«

»Kein Problem.«

Er seufzte.

»Wenn ich diesen Fauxpas irgendwie wiedergutmachen kann... Vielleicht könnte ich dich mal zu einem Kaffee einladen oder auf die Kinder aufpassen.«

»Au ja, morgen abend«, sagte ich spontan. »Mein Babysitter hat mich versetzt, und ich muß dringend auf eine Party.«

Er blieb mitten auf dem Zebrastreifen stehen: »Bist du etwa auch alleinerziehend?«

»Und wie!« Ich packte ihn am Arm und zerrte ihn zum Gehsteig. »Alleinerziehend *und* verheiratet, um genau zu sein.«

Er lachte kurz auf.

»Ich sehe schon, wir spielen in derselben Liga.«

Ein paar Schritte blieben noch bis zur Nummer zwölf. Die Kinder stürmten schon in die Hofeinfahrt.

»Laß uns doch einen Solidarpakt bilden, auch wenn wir nicht exakt denselben Literaturgeschmack haben.« Matts Thien lächelte fein und ließ seinen Wohnungsschlüssel um den ausgestreckten Zeigefinger rotieren, wobei er sehr smart und nur eine Spur arrogant aussah. »Wann mußt du morgen abend los?«

Ich winkte ab. »War nur ein Scherz.«

»Aber ich bin sowieso zu Hause. Seitdem ich mit Malte allein lebe, arbeite ich hauptsächlich nachts. Wenn du deine beiden gegen fünf vorbeibringst, können sie zusammen zu Abend essen und alle in Maltes Zimmer schlafen.«

Gemeinsam beobachteten wir, wie die Kinder auf die Mülltonnen kletterten. Ich sollte eine Entscheidung treffen, bevor sie hinunterfielen und sich die Arme brachen.

Außerdem würde mich ein Agentur-Babysitter fünfzig Euro kosten. Falls ich überhaupt noch einen bekam.

»Na schön.«

Matts Thien ließ noch einmal den Schlüsselbund rotieren und seine Bergseenaugen aufleuchten.

»Also, bis morgen, ihr Racker«, rief er triumphierend und fügte mit einem Zwinkern in meine Richtung hinzu: »Wird garantiert *bunt und spannend.*«

Garantiert, Niklas braucht in fremden Betten nämlich mindestens zwei Stunden, bis er einschlafen kann.

Als die Kinder im Bett lagen, kamen mir doch Zweifel. Schließlich kenne ich den Mann gar nicht.

Daher rief ich noch Emma an, die sich gerade bettfein machte.

»Ja-a«, gähnte sie. »Ich glaube, an den erinnere ich mich. So ein großer, dunkler Typ im Tweedjackett. Hat die letzten drei ›Männer-können-zwar-einparken,-haben-aber-andere-Verkehrsprobleme-Postkarten‹ gekauft.«

»So was führen wir?«

Mir stieg die Schamesröte ins Gesicht.

»Die war eben in der Serie dabei«, sagte Emma ungerührt. »Und jetzt ist sie ausverkauft. Über die Nachbestellung kannst du dann allein entscheiden.«

Mir kam der Verdacht, dass *bunt & spannend* sich tatsächlich auf einem fragwürdigen intellektuellen Niveau bewegte. Ich musste mich dringend um den Laden kümmern.

»Gewissensfrage, Emma: Würdest du deine Kinder bei einem Mann übernachten lassen, der so eine Postkarte kauft?«

Emma gähnte noch einmal ausgiebig, bevor sie sagte: »Ich gebe zu, daß die Karte Geschmacksache ist, aber ich glaube nicht, daß sie einen Hinweis auf Päderasten darstellt.«

Über Nacht (sozusagen im Schlaf) war ich zu dem Schluß gekommen, daß es doch fairer wäre, Matts Thien über Niklas Einschlafprobleme vorab zu informieren. Ich rief ihn noch während des Frühstücks an.

Er und Malte frühstückten auch gerade.

»Wundere dich nicht über das Knistern in der Leitung«, sagte er. »Das sind Maltes Schoko-Frogs. Essen deine auch sowas?«

»Leider.«

»Na, dann ist das Sonntagsfrühstück ja gerettet.«

Ich hörte ihn durch die Leitung seinen Kaffee schlürfen. Ich mag morgendliche Kaffeetrinker. Im Gegensatz zu Teetrinkern sind sie offene und kommunikative Menschen und zwar auch schon vor zehn Uhr morgens. Dany ist ein Teetrinker. Teetrinker sind in der Regel neurotisch und haben eine lange Anlaufzeit. Vor zehn Uhr braucht man Dany nicht anzusprechen, wenn man Wert auf eine Antwort legt. Bei Matts und Malte lief sogar schon das Radio im Hintergrund, Klassikprogramm.

»Da ist noch ein kleines Problem wegen heute abend«, begann ich. »Niklas macht immer ein Riesentheater, wenn er woanders einschlafen soll. Er ist so auf sein eigenes Bett fixiert.«

»Auf Maltes Matratzenlager haben bisher alle Kinder super geschlafen.«

»Mach dich trotzdem auf das Schlimmste gefaßt.«

»Und was wäre das Schlimmste?«

Er nahm wieder einen Schluck Kaffee.

»Ein bis zwei Stunden Zimmerfußball, Matchbox-Autorennen, Videos, Schoko-Frogs und literweise Malzbier.«

Matts lachte.

»Was hat er denn für ein Bett?«

»Ein ganz gewöhnliches Kinderbett.«

»Ich komme gegen vier bei dir vorbei«, versprach er, »baue das Bett bei dir ab und bei mir auf. Nicht, daß ich es für notwendig hielte, nur damit du beruhigt deine Party genießen kannst.«

Sonntag, 6. Mai

11.30 Uhr. Im Buchladen.

Das Amüsement begann bereits an der Tür von Aufgang A des Fabrikgebäudes, der zum *Studio im Loft* führt. Sie war von zwei bauchnabelfreien Praktikantinnen flankiert, die die Einladungskarten auf der Gästeliste abhakten.

Hanna, die von Simona vorgewarnt worden war, zückte artig ihre Einladung. Aber ich hatte erstens keine bekommen und stand zweitens auch nicht auf der Gästeliste. Ich war schließlich die Frau des Chefs.

»Na, ist ja interessant«, sagte das eine Blondchen amüsiert. »Einen schönen Abend noch, aber bitte woanders.« Sie wollte sich dem nächsten Gast zuwenden, aber ich packte sie am Handgelenk.

»Hör mal gut zu, Mädchen. Entweder du läßt mich jetzt hier rein, oder du kannst dein Praktikum in den Wind blasen. Ich bin nämlich Johanna Seidel-Krollmann.«

Erschrocken massierte sie ihren Unterarm und quäkte zu ihrer Kollegin rüber: »Sag mal, Saskia, ist euer Dany verheiratet? Die Dame hier sagt, sie sei seine Frau.«

»Dann läßt du sie wohl besser rein«, sagte Saskia, musterte mich kurz und fügte hinzu. »Ob's ihm paßt oder nicht.«

Die beiden sahen sich an und kicherten.

Hanna und ich schoben uns durch die Tür. »Und so was vögelt Jens in der Kaffeepause«, zischte ich ihr zu.

Sie gab mir einen Klaps auf den Arm. »Hör schon auf, Joe. Wir wollen uns doch amüsieren. Außerdem bin ich hungrig.«

Ich hätte es ahnen können. Hanna war seit Silvester solo. Wenn sie solo ist, ernährt sie sich fast nur von Zigaretten und Schokoriegeln. So wie ihr Magen knurrte, brauchte sie dringend einen Liebhaber.

»Hoffentlich hat Simona ihr Tiramisu gemacht.«

»Ich glaube nicht«, sagte ich. »Jens wollte zu seinem Neununddreißigsten keinen Italokram. Es gibt fernöstlich. Außerdem hat Simona das Büffet bestellt.«

»Fernöstlich?« Hanna blieb mitten auf der Stufe stehen. »Sushi und so ein Zeug?«

Auf der vierten Treppe hörten wir die ersten Stimmen und rhythmische, südamerikanische Klänge. Die fünfte Treppe war von Partygästen gesäumt, die an Cocktailgläsern nippten und die Neuankömmlinge musterten. Die meisten Männer trugen Glatze und bunte Turnschuhe. Die Frauen durchsichtige Sommerkleider mit Spaghettiträgern.

Über der zweiflügeligen Eisentür, die zum Loft führt, hing ein Transparent mit der Aufschrift »Jens 39 & *Studio im Loft* 3 Jahre«. Darunter stand Simona in einem duftigen Sommerkleid und küßte die Gäste.

»Macht schnell«, flüsterte sie mir ins Ohr. »Die Sushi sind schon fast alle.«

»Sushi?« rief Hanna entsetzt. »Und wo ist das Geburtstagskind?«

»Gute Frage«, sagte Simona und stürzte sich in die nächste Umarmung.

In dem größeren Raum, in dem Jens und Dany normalerweise ihre Klienten ablichten, wurde Salsa getanzt, im kleineren befanden sich eine Bar und mit Flokatis belegte Kuschelpolster, und im Büro- und Konferenzraum war das fernöstliche Büffet aufgebaut, für das Simona zweitausend Euro von dem Extrakonto ihrer spendablen, italienischen Mutter abgehoben hatte. Es glich einem verlassenen Schlachtfeld aus zerknüllten Papierservietten, umgestülpten Sushischüsselchen und zerfledderten Ananasscheiben, in das einige aus Rettichen geschnitzte Tauben abgestürzt waren.

Wir ließen uns in der Flokatibar eine Tüte Erdnußflips geben und sahen uns nach Leuten um, mit denen wir uns amüsieren konnten.

Schließlich erspähte ich auf der Dachterrasse Danys blonden Kopf. Er unterhielt sich mit einer großen, dünnen Frau in einem Kleid aus flatternden Lederstreifen. Neben ihr stand ein noch größerer Schwarzer mit wallenden Dreadlocks. Bevor ich die Richtung ändern konnte, hatte Hanna das Grüppchen ebenfalls entdeckt.

»Wow. Wer ist das?«

»Keine Ahnung.« Ich drehte mich um und versuchte, sie hinter mir herzuziehen.

»Jetzt sei nicht so ein Stimmungstöter«, schimpfte sie. »Wir wollten uns doch amüsieren, oder?«

»Nicht mit Dany.«

»Aber wir kennen sonst niemanden. Ich glaube, die Frau ist Cooky. *Die* Cooky.«

Wenn es Cooky war, machte Kreativität krank und müde. Die Frau sah aus, als bekäme sie kaum noch die Augen auf. Vielleicht hatte sie auch ihre Wunderpillen vergessen.

»Dieses Kleid«, hauchte Hanna. »Ich muß unbedingt wissen, wer das gemacht hat. Komm schon, Joe.«

Sie zog mich über die Terrasse. Beim Näherkommen entpuppte sich der dunkle Haarschopf der Frau als mehrere Hundertschaften mit Perlen verzierter Zöpfchen. Die Zöpfchen umklirrten einen langen, biegsamen Hals, auf dem giraffenartig ein herzförmiges Gesicht mit einer Knopfnase saß. Die Nase erinnerte mich daran, daß sie in Wirklichkeit gar nicht Cooky hieß, sondern Verena. Verena Meier oder so.

Hanna piekste meinen Ehemann mit dem Zeigefinger in die Rippen, sagte »Hi« und sprang ihm an den Hals.

»Mensch Hanna, das ist ja schön«, rief er scheinheilig und umarmte sie ebenfalls. Mir nickte er kaum merklich zu. Dann machte er sich hektisch an die Vorstellung.

»Hanna, das ist Cooky Meier von *Cooky Coop.*, mit der wir gerade an der *Hoggenobb*-Kampagne arbeiten, und dies ist Cookys alter Freund Patrice Bogumil aus Paris, der sich in Frankreich gerade als Installationskünstler einen Namen gemacht hat und hier in Berlin ... Na ja, Details später. Also Patrice, hier hast du Hanna, eine echte Vertreterin der Prenzlauer Berger Modeszene und eine ganz alte Freundin von Jens und mir.«

Er verschluckte sich fast, holte tief Luft und musterte verlegen seine himbeerfarbenen Spielschuhe, die er mit einer seiner ältesten Jeans und einem seltsam rosa schimmernden Hemd kombiniert hatte, das ich entweder noch nie gesehen oder versehentlich in die Kinderbuntwäsche gesteckt hatte. Scheinbar überlegte er angestrengt, wie er mich in die kreative Gesellschaft einführen konnte, ohne sich als mein Ehemann zu outen. Aber für mich interessierte sich ohnehin niemand. Der Rastafari griff nach Hannas Hand, hauchte einen Kuss auf das knochige Gelenk und sagte mit französischem Akzent: »Das *Studio im Loft* hat viele bezaubernde Freundinnen.«

Hannas Knie begannen unter den Netzstrümpfen zu zittern.

»Ich bedauere es immer mehr, daß ich nach Paris zurück muß«, gurrte der Schwarze weiter.

»Wann denn?« fragte Hanna.

»Morgen. Darf ich den Damen etwas von der Bar holen?«

»Laß mal, Patrice. Das mache ich«, sagte Dany und stürzte davon.

Hanna begann sofort, auf Patrice einzureden.

»Und was machst *du* so?« fragte Cooky gähnend und ließ träge ihre Zopfperlen klirren.

»Ich bin Buchhändlerin.«

»Buchhändlerin?« Sie wiederholte das Wort so langsam, als höre sie es zum ersten Mal in ihrem Leben. Dann gackerte sie: »Buchhändlerin. Das ist ja niedlich.«

Ich ergriff ebenfalls die Flucht.

Auf der Toilette traf ich Simona, die sich mit einer Puderquaste den Schweiß aus dem Ausschnitt tupfte. Obwohl sie krampfhaft lächelte, sah ich sofort, daß sie geheult hatte.

»Na, amüsiert ihr euch?« fragte sie mit belegter Stimme.

»Hanna schon. Ich habe gerade Cooky kennengelernt. Sie sieht aus wie eine Giraffe auf Schlaftabletten.«

Simona rang sich ein Lachen ab. »Sie ist aber sehr kreativ. Wahrscheinlich ein bißchen down, weil ihr Patrice morgen nach Paris zurückfliegt.«

Ihr Patrice. Arme Hanna. Ich sollte sie warnen.

Simona puderte sich die Nase.

»Hast du zufällig Jens gesehen?«

»Nö. Hattet ihr Krach?«

Es brach aus ihr heraus wie ein Wasserfall.

»Er hat mir eine Szene gemacht, weil ich das Büffet zu knapp kalkuliert hätte. Aber ich hatte für hundertzwanzig Leute bestellt und wußte nicht, daß er zusätzlich die halbe Kunsthochschule eingeladen hat. Ungefähr achtzig Leute haben sich ohne Einladung hereingeschmuggelt. Da waren die Sushi natürlich im Handumdrehen weg. Was will er bloß mit dem ganzen jungen Gemüse? Glaubst du, er leidet an einer Midlife-Crisis?«

»Gut möglich mit neununddreißig. Wie sind die Kunsthochschüler denn an deinen Türsteherinnen vorbeigekommen?«

»Die Praktikantinnen sind doch auch alle von der Kunsthochschule. Ach, Mist, Joe. Vor acht Jahren war ich selber an der Kunsthochschule. Und wo bin ich jetzt?«

»Krieg bloß nicht auch noch eine Midlife-Crisis.« Ich schlüpfte in eine der Kabinen.

»Punkt zehn ist er wütend abgehauen und nicht mehr aufgetaucht«, rief sie mir nach. »Wahrscheinlich macht er eine Spritztour mit einer seiner Praktikumsanwärterinnen.«

Sie begann, laut zu schluchzen. Ich drückte auf die Spülung und kam heraus, um sie zu trösten.

»Und wenn schon«, säuselte ich, während ich ihr übers Haar strich. »Die können dir doch alle nicht das Wasser reichen.«

»Um zwölf soll der Toast stattfinden, und es werden Reden gehalten. Was mache ich bloß, wenn er bis dahin nicht da ist? Der Sekt ist auch fast alle. Ach, Joe, was mache ich bloß?«

»Keine Ahnung.«

Ich beschloß, Hanna nicht zu warnen, sondern nach Hause zu gehen.

Alles wäre glimpflich ausgegangen, wenn ich auf dem Weg über den Firmenparkplatz nicht über Jens' Auto gestolpert wäre. Vor kurzem hat er die Familienkutsche großzügig Simona überlassen und sich einen schwarzen Alfa gekauft. Mit Liegesitzen, wie Simona immer betont.

Sie besaßen nicht mal den Anstand, die Innenbeleuchtung auszuknipsen. Als ich mich dem Wagen näherte, senkte sich ein blonder Scheitel langsam hinter der Windschutzscheibe nach unten. Jens Silhouette auf dem Beifahrersitz war unverkennbar.

Ich machte einen Sprung auf den Wagen zu, riß die Beifahrertür auf und schrie: »Es wäre wahnsinnig rücksichtsvoll, Jens, wenn du deine Ejakulation so weit beschleunigen könntest, daß du um zwölf oben auf der Terrasse bist. Simona möchte gern mit dir anstoßen!«

Jens starrte mich entgeistert an. Er hielt einen gelben Plastikpiekser in der Hand. Das Mädchen hatte den Kopf über eine große Schale mit feisten Pommes rot-weiß gebeugt, die sie zwischen die Sitze geklemmt hatten. Es war diese Saskia.

Als ich kurz nach zehn heute morgen aufwachte, war die Wohnung menschenleer. Während ich versuchte, mir die peinlichen Erinnerungen an den vergangenen Abend mit einer heißen Dusche von der Haut zu spülen, stellte ich mir vor, wie die Kinder an Matts Thiens Küchentisch saßen und trockene Schoko-Frogs zwischen ihren Backenzähnen zermahlten. Schoko-Frogs mit Milch mögen sie nämlich nicht. Das Positive an so miesen Abenden ist, daß man sich danach so richtig auf seine Kinder freut.

Während ich mir die Haare frottierte, beschloß ich, mit den beiden zum Picknicken an unseren Lieblingsbadesee in der Wuhlheide zu fahren. Leider war der Kühlschrank leer. Über die Aufregung um die Party hatte ich den Wochenendeinkauf vergessen. Vielleicht hatte Matts noch ein paar Vorräte. Ich würde ihm vorschlagen, mit an den See zu kommen. Ich verzichtete auf meinen Morgenkaffee, da ich sicherlich gleich bei Matts einige vorzügliche Tassen bekommen würde, nahm den Wohnungsschlüssel vom Haken und lief beschwingt die Treppe hinunter. An unserem Klingelschild neben der Haustür fand ich einen Zettel:

Hallo, Johanna. Wir wollten dich so früh nicht wachklingeln. Sind in den Park gefahren. Wollen picknicken und Hirsche füttern. Bis heute nachmittag. Gruß Matts und Kinder.

Was blieb mir anderes übrig, als in den Laden zu gehen und die Unterlagen für den Steuerberater zu sortieren?

21.00 Uhr. Als ich nachmittags aus dem Laden zurückkam, waren die Kinder gerade nach Hause gekommen, aber Matts schon wieder gegangen. Dafür war Dany anwesend, bleich, mit geröteten Augen und schweigsam. Nachdem er Niklas' Bett wieder aufgebaut und den Kindern ein paar Fischstäbchen gebraten hatte, wollte er noch einmal ins Studio fahren, um den Rest aufzuräumen. Bereits mit einem Fuß im Treppenhaus murmelte er irgendwas von frustrierten Kampfmüttern, die nicht wüßten, wie man sich auf Partys beträgt, geschweige denn amüsiert.

Ich beschloß, Simona und Hanna anzurufen.

Bei Simona ging nur Polina dran. Sie sagte, Jens und Simona seien ins *Maison Blanche* essen gegangen und im Notfall über Jens Handy erreichbar. Ob ich die Nummer haben wolle? Ich sagte, ich brauche die Nummer nicht und sie solle Simona einfach schön grüßen.

Hanna war zwar zu Hause, aber nicht in der Lage zu telefonieren.

»Sorry, Joe«, flüsterte sie heiser. »Ich habe seit achtundvierzig Stunden kein Auge zugetan, bin gerade vom Flughafen zurückgekommen und *kann* einfach nicht reden.«

»Was hast du am Flughafen gemacht?«

»Patrice zum Flieger gebracht. Bitte, Joe, ich *kann* nicht reden.«

Dienstag, 8. Mai

Das Elternfrühstück findet jeden ersten Dienstag im Monat statt. Es beginnt mit einem Morgenkreis, in dem die Kinder neue Lieder und Spiele vorführen. Danach gibt es ein Frühstücksbüffet aus besonderen Leckereien, die die Eltern mitgebracht haben. Am Anfang waren alle Eltern ganz begeistert von dieser Idee, aber inzwischen hat das Interesse abgenommen, und die Büffets werden immer kärglicher. Heute waren nur Andrea, Matts, Simona und ich da. Ich war eigentlich nur hingegangen, weil ich mich bei Matts für seine Babysitterdienste bedanken wollte.

Für das Büffet hatte ich unsere letzte Schachtel Schoko-Frogs mitgebracht, da ich nicht die Nerven hatte, in aller Herrgottsfrühe einen Fruchtquark zusammenzumanschen. Wider Erwarten sagte Andrea kein Wort dazu. Vielleicht, weil Matts ebenfalls eine Schachtel mitgebracht hatte.

Simona hatte es immerhin geschafft, ein paar Erdbeeren in einem Kilo Quark zu verrühren, von dem sie behauptete, dass er bio sei, aber das sieht man dem Quark ja nicht an.

Andreas Kinder dürfen übrigens nur *Soja*quark essen, weil sie Veganer werden sollen. Andrea hatte zwei große Schüsseln Obstsalat mit Weizenkeimen zubereitet, wofür sie angeblich um fünf Uhr aufgestanden war. Der gute Matts, der ihr gegenüber saß, kriegte vor Bewunderung den Mund gar nicht mehr zu. Sie hielt ihm einen Vortrag über kindgerechten Urlaub. »Nichts geht über Mecklenburg. Wir haben dort einen Stammbauernhof, reiner Ökohof natürlich. Früher haben wir Eurocamping gemacht. War auch nett, aber die Ernährungssituation echt katastrophal. Einmal ist mein Mann für ein paar Tropfen *Zie-*

*gen*milch hundertachtzig Kilometer durch die Provence gefahren. Außerdem wurde es immer schwieriger, Madita von dem Kinderanimationsprogramm wegzulotsen.«

»Kann ich mir vorstellen«, murmelte Simona, die sich nie traut, Andrea ehrlich ihre Meinung zu sagen.

»Wir machen in diesem Sommer auch einen ganz ruhigen Familienurlaub in Dänemark. Endlich mal die Seele baumeln lassen.«

Sie tupfte sich mit einem Papiertaschentuch Joghurt von ihrem Rock. Wahrscheinlich verwechselte sie Seele mit Nerven. Die würden bei vier Wochen Strandurlaub mit Chiara ganz mächtig baumeln.

»Und du, Johanna?« fragte Andrea.

»Gardasee«, nuschelte ich.

»Gardasee!« rief Simona. »Davon weiß ich ja noch gar nichts. Ich dachte –«

»Neueste Entwicklung.«

»Und wo da?« überschrillte Andrea, die es nicht ausstehen kann, wenn andere sich in ihrer Gegenwart unterhalten, unseren Dialog.

»Malcesine.«

»Malcesine? Das ist doch was für Nobelrentner, nur dicke Autos und hochnäsige Kellner. Das kannst du deinen Kindern nicht antun!«

»Ja, so was ist gräßlich«, stimmte Matts ihr zu. »Ich fahre mit Malte immer Zelten. Bloß kein Touristenrummel.«

»Du, da geb ich dir mal die Adresse von unserem Stammhof«, jubelte Andrea. »Die haben einen kleinen Privatzeltplatz auf der Obstwiese.«

Als Matts sich verabschiedet hatte, folgte ich ihm in die Garderobe, um mich unter vier Augen für seinen Wochenendeinsatz zu bedanken.

»Kein Problem«, sagte er. »Ich war nur etwas perplex, als ich am Sonntag deinen Exmann in deiner Wohnung antraf. Taucht er öfters so überraschend auf?«

»Immer seltener«, sagte ich.

Nach dem Frühstück lotste ich Simona zu einem kleinen Plausch zu *bunt & spannend*. Ich wollte wissen, was am Samstag noch auf der Party passiert war.

»Nicht viel«, sagte Simona schnippisch, »abgesehen davon, daß Saskia überall herumerzählt hat, mit was für einer Schreckschraube der arme Dany verheiratet ist. Da hast du ihm echt nichts Gutes getan, Joe.«

»Was hab ich denn getan?«

»Jetzt tu nicht so! Du hast irgendwas von Jens' Orgasmus gesagt –«

»Ejakulation. Das ist was anderes.«

»... dabei waren er und Saskia nur zum Spätverkauf gefahren, um Sekt zu besorgen. Und Saskia ist nur mitgekommen, weil Jens schon zu viel getrunken hatte, um zu fahren.«

»Ach so, alles ganz harmlos, verstehe«, höhnte ich.

»Allerdings. Die beiden haben nur die Pommes gegessen, die sie sich unterwegs besorgt hatten, weil das Büffet alle war.«

»Woher weißt du, daß sie nur Pommes gegessen haben?«

»Du denkst von allen Leuten nur das Schlechteste, Joe. Und ich verbitte mir hiermit ausdrücklich, daß du dich in meine Eheangelegenheiten einmischst –.«

»Aber Simona...«, begann Emma, die seit zwei Minuten mit einer Kanne Schwangerentee in der einen und zwei Tassen in der anderen Hand unschlüssig zwischen uns stand.

»Prima, ich erinnere dich übermorgen daran, wenn du dich bei mir darüber ausheulst, daß seine Wäsche nach dem Thierry-Mugler riecht, das du nicht ausstehen kannst, und du genoppte Pariser in seiner Jackentasche gefunden hast«, schrie ich.

»Joe, nicht doch«, flehte Emma.

»Jedenfalls stehe ich zu meinem Mann, während du mit deinem nicht mal sprichst«, schrie Simona zurück. »Du und Hanna, ihr seid doch beide nicht ganz normal!«

»Ich weiß nicht, ob es richtig ist, jetzt auch noch Hanna mit hineinzuziehen«, versuchte Emma erneut zu vermitteln.

»Hanna hat sich aufgeführt wie eine Nymphomanin«, kreischte Simona. »Sie hat in ihrem Spitzen-BH auf der Terrasse Salsa getanzt und einen der Ehrengäste in ihre Wohnung abgeschleppt.«

»Hanna kann sich eben amüsieren. Wenn dir das nicht paßt, hättest du sie nicht einladen dürfen.«

»Ich werde sie nie mehr einladen. Womöglich verliert das Studio durch ihren Auftritt seinen wichtigsten Auftrag. Die *Hoggenobb*-Sache ist ernsthaft in Gefahr.«

»Nur weil Hanna mit diesem Neger abgedampft ist?«

»Patrice ist zufällig Cookys Freund. Und Dany, dieser Trottel, hat Hanna auch noch als eine alte *Freundin* von ihm und Jens vorgestellt!«

»Außerdem sagt man nicht Neger, Joe«, fügte Emma hinzu.

Am Abend habe ich Mama angerufen und gesagt, daß ich mir das mit dem Gardasee überlegt hätte und sie ein Zimmer für uns in ihrer Flitterwochenpension buchen könne.

»Wenn jetzt noch eins frei ist«, sagte sie nicht gerade begeistert. »Ich dachte, Dany kriegt keinen Urlaub.«

»Wir kommen ohne Dany.«

»Habt ihr euch etwa schon wieder in der Wolle?«

»Aber Mama, wie kommst du denn darauf?«

Donnerstag, 10. Mai

Gegen zwölf fiel ich bei *Gutschi & Verrutschi* ein, um Hanna unter dem Vorwand, daß ich gerade in der Gegend zu tun hätte, zum Mittagessen zu überreden.

Sie verhandelte gerade mit einem hochschwangeren Paar, das sich für einen chromblitzenden italienischen Luxuskinderwagen interessierte, den Hanna schon als unverkäuflich eingestuft hatte, weil er für die Berliner Treppenhäuser schlicht zu breit war.

»Ein bißchen groß ist der Wagen schon«, sagte die Schwangere unsicher.

»Dein Baby bleibt auch nicht so klein.« Hanna deutete auf den schon ziemlich runden Bauch der Frau. »Und Babys wollen sich bewegen. Ein toller Bauch übrigens.«

Die Frau lächelte geschmeichelt.

»Aber nicht, daß ich mit den Rädern in jeder Eingangstür hängenbleibe.«

»Wenn ihr euch ein neues Auto kauft, ist die Parklücke ja auch nicht das erste Kriterium«, hielt Hanna dagegen.

»Apropos Auto«, murmelte der werdende Vater. »In den Kofferraum kriegen wir den nicht.«

»Für den Kofferraum braucht ihr sowieso ein Zweitmodell. Oder wollt ihr immer rein- und rausräumen?«

»Ach du Schreck«, sagte die Schwangere. »Da hat sie recht.«

»Jetzt wird's aber echt teuer«, stöhnte der werdende Vater.

»Das hättest du dir früher überlegen müssen«, sagte Hanna. »Bis zur Volljährigkeit verfrißt so ein kleiner Scheißer den Gegenwert eines Jaguars.« Sie warf mir einen genervten Seitenblick zu und fuhr fort: »Und da wir gerade beim Thema sind. Geh doch schon mal los und hol uns zwei Pizzas, Joe. Das wird hier nämlich eine ganz schwierige Geburt.«

Erleichtert verließ ich den Laden. Hannas Mundwerk ist mir immer etwas peinlich, obwohl es sogar im Stadtmagazin als prenzlauerbergische Spezialität gepriesen wurde und *Gutschi & Verrutschi* zum berühmtesten Second-Hand-Kinderladen Berlins gemacht hat.

Hanna hat eine sadistische Freude daran, naiven Schwangeren, die um der Hippness willen sogar aus dem großbürgerlichen Zehlendorf angereist kommen, erst verbal einzuschenken und ihnen dann den abgelegten Kram ihrer reichen Nachbarn anzudrehen. Anfang diesen Jahres hat sie eine Filiale namens *Calvin Kleinst & Co.* in dem Szenenachwuchsbezirk Friedrichshain eröffnet. Außerdem hat sie gerade ihre erste eigene Babykollektion entworfen, kleine T-Shirts aus ökologisch angebauter Baumwolle, die sie in einer Art Kartoffeldruckverfahren mit Sprüchen wie »Ich bin ein Hipp-ster« oder »Nieder mit allem Grünen« verziert.

Als ich mit den Pizzas zurückkam, war das Paar samt italienischem Luxusgefährt verschwunden.

»Idioten«, sagte Hanna. »Haben sich eine Dachwohnung in Friedrichshain ohne Aufzug gekauft. In spätestens drei Wochen hat man ihnen die Karre aus dem Hausflur geklaut.«

»Warum hast du ihnen nicht abgeraten?«

»Joe, sie haben sich eine Dachwohnung in Friedrichshain *gekauft*. Erwartest du, daß ich mich mit solchen Leuten solidarisiere?«

»Du bist echt skrupellos.«

»Nur als Geschäftsfrau.«

Heißhungrig klappte sie den Deckel des Pizzakartons hoch.

»Da habe ich in letzter Zeit aber andere Sachen gehört«, stellte ich in den Raum.

Sie klimperte scheinheilig mit den Wimpern.

»Ach?«

»Angeblich hast du der berühmten Cooky den Mann ausgespannt.«

»Ich wußte nicht, daß es ihrer ist.« Sie leckte sich die Tomatensauce von den Fingern.

»Und hast mit einem Spitzen-BH bekleidet Salsa getanzt –.«

»O-Ton Simona«, tippte sie ganz richtig. »Wenn jemand seine gesamten Modekenntnisse aus dem Otto-Katalog bezieht, kann er natürlich ein Versace-Mieder nicht von einem BH unterscheiden!«

»Jetzt sei doch mal ernst«, drängte ich. »Wie läuft es mit diesem Patrice?«

»Ihr hängt euch da alle viel zu sehr rein. Das war einfach ein netter Fick. Du weißt doch, daß ich für was Stabiles zur Zeit keine Zeit habe.«

Sie schob den Pizzakarton beiseite und griff nach ihren Zigaretten.

»Herrgott, jetzt iß doch wenigstens erst auf«, fuhr ich sie an.

Freitag, 11. Mai

Zwei Nachrichten zum Wochenende auf dem Beantworter: Die erste von Andrea, die mir förmlich mitteilt, daß am nächsten Dienstag das erste Treffen zur Vorbereitung des *Apfelbäumchen*-Sommerfestes stattfindet. Wer hat denn nun eigentlich die Organisationsleitung? Und wieso soll das Treffen in Matts Thiens Wohnung stattfinden?

Die zweite Nachricht war von meiner Mutter, die mir ohne akustisch wahrnehmbares Bedauern mitteilte, daß die Pension am Gardasee ausgebucht sei. Tja, dann muß ich eben mit den Kindern zum Zelten fahren.

Dienstag, 15. Mai

Andreas Hauptargument dafür, unser Sommerfestvorbereitungstreffen auf zwanzig Uhr abends in Matts Thiens Wohnung zu legen, ist, daß er alleinerziehend sei. Wir könnten schließlich unsere Männer bitten, auf die Kinder aufzupassen.

Ich verzichtete darauf, ihr zu erklären, daß mein Mann ein konjunkturgebeutelter Kreativer ist, der bis in die Puppen arbeiten muß, um nicht bankrott zu gehen. Daher mußte ich Olga organisieren, die mich sieben Euro die Stunde kostet. Außerdem fand ich in Anbetracht der ungewohnten Uhrzeit, ich hätte nichts Passendes anzuziehen. Also ging ich in das gräßliche Einkaufszentrum in der Schönhauser

Allee und kaufte mir eine kirschrote Stretchbluse für neunzehn Euro neunzig. Danach erstand ich in dem italienischen Delikatessenladen am Rasputinplatz eine Flasche Weißwein im Sonderangebot für acht Euro und ein Beutelchen Käsecracker für vier Euro. Als ich am Abend mit Lotta-Paulina und Niklas im Schlepptau von der Kita nach Hause ging, wischte ich noch mal kurz in den Drogeriemarkt an der Ecke und besorgte einen zum Farbton der Bluse passenden Lippenstift gehobener Qualität. Insgesamt belaufen sich die Unkosten für dieses Sommerfestvorbereitungstreffen auf zweiundvierzig Euro neunzig ohne Babysitter.

Als ich genau fünf Minuten nach acht Matts Thiens Küche betrat, saßen die beiden scheinbar schon seit Stunden gemütlich beim Tee. Auf dem Tisch lagen Prospekte von Andreas Stammökobauernhof in Mecklenburg.

Sie starrte auf meine Bluse und schrillte los: »Oh, Johanna, hast du heute noch was vor?«

»Schon möglich«, sagte ich geheimnisvoll und war froh, daß ich den Wein und die Cracker nicht gleich an der Wohnungstür überreicht hatte. Dabei war nicht zu übersehen, daß sie sich die Haare gewaschen und ein Ringel-T-Shirt fast ohne Flecken angezogen hatte.

»Na, dann wollen wir mal zur Sache kommen.« Matts nahm ein weiteres Teegedeck aus dem Hängeschrank. »Darf ich dir eine Tasse von dem vorzüglichen Lemongrass-Tee anbieten, den Andrea mitgebracht hat, oder möchtest du lieber Kaffee?«

»Kaffee«, sagte ich.

Während Matts sich an seiner funkelnden Espressomaschine zu schaffen machte, sah ich mich unauffällig um. Die Küche war picobello aufgeräumt und mit einer neuen stahlgrauen Kochzeile und hellen Lederschwingern um einen schwarzen Tisch möbliert. Das Teegeschirr war von Ikea, aber die Lampe über dem Tisch sah nach echtem Design aus. Ein paar Zeichnungen von Malte, mit Magneten am Kühlschrank befestigt, gaben dem kühlen Interieur einen kinderfreundlichen Touch.

»Möchtest du dich vielleicht mal umsehen?« fragte Matts.

»Nein, nein, wirklich nicht nötig.«

Er lachte. »Na, komm schon. Ich weiß doch, wie Frauen auf Wohnkultur abheben. Andrea hat auch schon alles inspiziert.«

Außer der Küche gab es noch zwei spärlich möblierte Zimmer. In einem lag der schlafende Malte auf seinem großzügigen Matratzenlager, das andere war Matts Schlaf- und Arbeitszimmer. In einer Ecke stand ein Computertisch mit einem Laptop, in einer anderen ein fahrbarer Kleiderständer mit Hemden und Jacketts. Gut die Hälfte des Raumes wurde von Metallcontainern, Kamerataschen und Stativen eingenommen.

»Hast du etwa auch mit Fotografie zu tun?« fragte ich erschrocken.

»Gelegentlich.«

»Matts arbeitet fürs Fernsehen«, rief Andrea aus der Küche. »Ein echter Filmregisseur.«

Filmregisseur? Seit wann arbeiteten die nachts?

»Zur Zeit schreibe ich Drehbücher«, erklärte er schnell »weil ich wegen Malte nicht mehr so flexibel bin.«

»Verstehe«, sagte ich und ging zurück in die Küche.

Während er mir geschäumte Milch in eine Tasse goß, fuhr er fort: »Ich bin immer wieder fasziniert davon, wie ihr Frauen Kinder und Karriere unter einen Hut kriegt.«

»Übung macht den Meister«, ermunterte ich ihn.

»Eine zweifelhafte Meisterschaft«, sagte Andrea spitz. »Sie geht nämlich auf Kosten unserer Kinder. Als diplomierte Ökotrophologin weiß ich, wovon ich rede.«

Herausfordernd sah sie mir ins Gesicht. »Meine Devise ist, erst die Kinder, dann die Karriere. Karriere kann ich immer noch machen, wenn sie aus dem Gröbsten raus sind.«

»Klar, wenn du einen Ehegatten hast, der dir die unbegrenzte Mutterschaft finanziert«, murmelte ich in meine Tasse.

»Also hör mal, Johanna, wir sind doch keine Karnickel! Wir können uns doch vorher überlegen, ob unsere soziale Situation es uns erlaubt, eine Familie zu gründen. Und wenn es ein wenig eng wird, kann man sich schließlich auch einschränken. Eltern sein, bedeutet Opfer bringen. Das war schon immer so.«

»Natürlich«, stimmte ich ihr zu. »Dann wird eben nicht mehr im Bioladen eingekauft, sondern bei Aldi. Ganz einfach, oder?«

»Apropos Karnickel und Bioladen«, warf Matts ein. »Wollen wir nicht mal zur Sache kommen? Sommerfest und so?«

Donnerstag, 17. Mai

Hanna rief heute im Laden an und fragte, ob sie Milena von Freitag bis Sonntag bei mir unterbringen könne. Das Blöde ist, daß ich mich für Sonntag mit Matts und Malte zu einem Ausflug in die Wuhlheide verabredet habe und nicht gerade scharf darauf bin, dabei noch ein Kind mehr am Bein zu haben. Außerdem erzählt Hanna mir nicht mal, was sie in ihren kinderfreien Nächten anstellt. Die Gnädigste hüllt sich, was die Patricegeschichte betrifft, in vornehmes Schweigen. Also erklärte ich ihr freundlich, daß ich am Wochenende so viele Termine hätte, daß mir meine eigenen Kinder schon fast zu viel seien, leider.

»Kein Problem«, sagte sie. »Ich habe noch ein paar andere Eisen im Feuer, aber ich glaube, bei euch ist Milena am liebsten.«

Sofort zwickte mich das schlechte Gewissen.

Ich beschloß, ihr noch eine Chance zu geben: »Bekommst du wieder Besuch aus Paris?«

»Nein. Diesmal fliege ich rüber.«

»Ah, zu einem netten Fick?«

»Für einen würde es sich kaum lohnen, oder?«

Soll sie zusehen, wo sie ihr Balg unterkriegt.

Matts hat den Picknickausflug abgesagt. Er mußte in familiären Angelegenheiten spontan nach Hamburg fahren. Also bin ich mit Dany und den Kindern ins Spaßbad gegangen.

Am frühen Nachmittag kamen wir endlich zum Picknicken. Die Kinder hielten jedes ein Schälchen fettiger Imbißfritten auf den Knien, während Dany und ich die mitgebrachten, zähen Vollkornbrötchen mit lauwarmem Thermoskaffee hinunterspülten. Sehnsüchtig dachte ich an Hanna, die irgendwo im siebten Himmel zwischen Paris und Berlin schwebte, und prompt übermannte mich das schlechte Gewissen wegen Milena. Um mich abzulenken, begann ich ein Gespräch mit Dany.

»Wie läufts denn so im Studio?«

Er musterte mich wachsam über seine Brillengläser hinweg. »Falls du auf Urlaub anspielst: In dieser Hinsicht hat sich nichts geändert.«

»Und sonst?«

»Wie sonst?«

»Simona hat angedeutet, daß die *Hoggenobb*-Sache in Gefahr ist, weil Hanna Cooky den Freund ausgespannt hat.«

»Hä?«

»Stimmt es etwa nicht?«

Dany ließ seinen Blick kurz über die Kinder schweifen, die aber ganz in ihre Pommes vertieft waren, und zischte: »Glaubst du allen Ernstes, daß *deine* Freundin Hanna einer Frau wie Cooky den Freund ausspannen könnte?«

»Jedenfalls ist sie übers Wochenende nach Paris geflogen.«

»Was?«

Einen Moment lang sah er richtig erschrocken aus.

»Na ja«, er spülte den Rest seines Brötchens mit einem Schluck Kaffee hinunter. »Weit wird sie nicht kommen.«

»Wieso?«

»Okay, unter dem Siegel der Verschwiegenheit: Patrice ist ein typischer Künstler, gebeutelt von Bindungsängsten. Cooky leidet schon ihr halbes Leben lang darunter.«

»So lange kennen die sich schon?«

»Sie sind zusammen in Paris zur Schule gegangen, als ihr Vater noch im Diplomatischen Dienst tätig war.«

Eine Diplomatentochter! Deshalb wurde sie überall so gehypt. Deshalb krochen Jens und Dany ihr in den Hintern, und deshalb konnte sie es sich erlauben, Buchhändlerinnen »niedlich« zu finden.

»Also hat die ganze Geschichte mit dem *Hoggenobb*-Projekt gar nichts zu tun?«

»Eigentlich nicht«, sagte er. »Aber die Zusammenarbeit ist einfacher, wenn Cooky sich in emotional ausgeglichenem Zustand befindet, verstehst du?«

Das verstand ich, ehrlich gesagt, nicht. War sie nun noch mit diesem bindungsunwilligen Typen zusammen oder hatte sie ihn erleichtert an Hanna abgegeben? Bevor ich diese entscheidende Frage stellen konnte, sagte Lotta-Paulina: »Mama, ich glaube, mir wird schlecht« und erbrach sich auf die Decke.

Dienstag, 22. Mai

Heute hatten Matts und Andrea Elterndienst. Hoffentlich trägt sie sich jetzt immer hinter ihm in die Liste ein. Das wäre eine große Erleichterung für alle anderen.

Als ich Lotta-Paulina und Niklas um neun Uhr abgab, werkelten die beiden bereits in der Küche wie ein altes Ehepaar. Es sollte Reibekuchen aus echten Kartoffeln von Andreas Mecklenburger Stammhof mit Kräuterquark geben.

Lotta-Paulina verweigerte das Mittagessen, angeblich weil ihr Magen noch etwas »von den Pommes im Spaßbad« weh tat. In Wirklichkeit verabscheut sie Reibekuchen. »Ach du armes, kleines Ding!« hat Andrea angeblich gerufen. »So was gibt dir deine Mama zu essen?«

Mittwoch, 23. Mai

Heute hatten Simona und ich Elterndienst. Wir kochten Tortellini mit Tomatensoße ohne Zwiebeln und stinknormalen Schokoladenpudding zum Nachtisch, nicht den aus dem Bioladen, der gar nicht nach Schokolade, sondern nur braun schmeckt, wie Lotta-Paulina es ausdrückt.

Simona gab sich höflich reserviert, weil sie noch wegen unseres Streites nach Jens' Party sauer war. Ich hasse diesen nachtragenden Zug an ihr. Die Stimmung hob sich auch nicht, als Mona-Lisa uns mit ihrem sanftesten Lächeln bat, die Küche besonders gründlich sauberzumachen. Sie rechne täglich mit einer Hygieneüberprüfung, und gestern sei die Küchennachbereitung etwas zu kurz gekommen. Das konnte man wohl sagen. Die Fettspritzer an den Fliesen und die festgetretenen Kartoffelschalen auf dem Fußboden waren sogar mir aufgefallen. Dabei war Andrea doch sonst so hundertprozentig.

»Die beiden waren den ganzen Nachmittag im Garten«, sagte Mona-Lisa lächelnd, »um auszumessen, wo die Kaninchen-, Meerschweinchen- und Ziegenställe hin sollen.«

»Ziegenstall?« fragte ich verblüfft.

Mona-Lisa hob gleichmütig die Schultern. »Das solltest du besser wissen als ich. Ich finde eine Ziege zwar ein bißchen aufwendig, aber vielleicht kann sie den Rasenmäher ersetzen.«

»Andrea bringt mich noch ins Grab«, sagte ich zu Simona, nachdem Mona-Lisa die Küche verlassen hatte.

»Sie hat auch ihre guten Seiten«, antwortete sie, konsequent jede Solidarität verweigernd.

Beim Abwasch hielt ich das verkniffene Schweigen nicht mehr aus und erzählte ihr von Hannas Parisausflug.

Der Teller, den sie gerade abwusch, klatschte ins Wasser zurück. »Wieso Paris? Mir hat sie erzählt, sie sei nach Polen gefahren, weil ihre Tante im Sterben liegt.«

»Fängt ja auch beides mit P an«, kicherte ich.

»Milena hat nämlich das Wochenende bei uns verbracht. Das arme Kind! Wenigstens hat sie bei uns etwas harmonisches Familienleben geatmet. Am Samstag waren wir im Spaßbad und am Sonntag zum Picknicken am See in der Wuhlheide. Jens hat sogar ein Ruderboot gemietet. Es hat riesigen Spaß gemacht, und wir haben beschlossen, von jetzt ab jedes Wochenende gemeinsam etwas zu unternehmen. Man entgleitet sich sonst. Das würde ich dir und Dany übrigens auch dringend empfehlen.«

»Sehr witzig«, sagte ich trocken. »Wenn Jens seine Wochenenden jetzt en famille verbringt, bedeutet das doch, daß Dany noch öfter ins Studio muß!«

»Unfug! Jens sagt, so viel arbeitet er gar nicht. Die meiste Zeit hängt er bei Cooky rum. Nur, daß du Bescheid weißt, Joe.«

Sie beugte sich tief über das Spülbecken, aber ich konnte trotzdem sehen, daß sie rot angelaufen war, wie immer, wenn sie meint, eigentlich zu viel gesagt zu haben.

»Wie bitte?«

»Wahrscheinlich tauschen sie sich ja nur über berufliche Sachen aus. Ach, ich kann dir auch nicht mehr sagen, als Jens mir erzählt.«

Ich fragte mich, ob Jens ihr wohl schon erzählt hatte, daß sie ihren großzügigen Dänemarkurlaub zu neunundneunzig Prozent allein mit Chiara verbringen würde. Wahrscheinlich machte er deshalb so auf Familienmensch. Aber leider hatte ich Dany versprochen, den Mund zu halten. Trotzdem knallte ich die Teller auf die Anrichte, als seien sie aus Eisen und nicht aus Porzellan.

»Hör auf, Joe«, flehte Simona. »Wahrscheinlich ist es wirklich rein beruflich. Du kannst dich ja am Sonntag selbst davon überzeugen. Du kommst doch zum Agenturbrunch, oder?«

Den blöden Agenturbrunch hatte ich ganz vergessen. Er findet vierteljährlich an einem Sonntag statt. Da der Brunch als privates Treffen gilt, sind Partner und Kinder ausdrücklich miteingeladen. Aber ich war am kommenden

Sonntag mit Matts und Malte in der Wuhlheide verabredet.

»Ich weiß nicht«, sagte ich zögernd. »Irgendwie sind diese Veranstaltungen nichts für Kinder.«

»Dann besorg dir einen Babysitter. Es ist doch kein Wunder, daß eure Ehe den Bach runtergeht, wenn du dich nicht für seine Arbeit interessierst.«

Freitag, 25. Mai

Dany meinte, ich müsse selber entscheiden, ob ich zu dem Brunch kommen wolle oder nicht. Er stelle nur zwei Bedingungen, ich dürfe weder die Praktikantinnen fertigmachen noch Jens öffentlich des Ehebruchs bezichtigen. Ich antwortete: »Aber er begeht öffentlichen Ehebruch. Mit Praktikantinnen.«

»Gewisse gesellschaftliche Spielregeln muß man trotzdem einhalten.«

Kein Problem, ich fahre mit Matts und den Kindern in die Wuhlheide.

Sonntag, 27. Mai

Da Dany für den Agenturbrunch kein Auto brauchte, konnten wir mit unserem alten Kombi in die Wuhlheide fahren, was praktisch war, denn bei vier Kindern fiel eine Menge Gepäck an. Im letzten Moment war noch Milena zu uns gestoßen, da Hanna einen Sonderangebotsflug nach Paris ausnutzen wollte.

Als die Kinder keine Lust mehr zum Rollern und Herumtoben hatten, fuhr Matts mit ihnen im Schlauchboot auf den See hinaus. Ich lag so lange auf der Decke und las einen Krimi. Nach der Schlauchbootfahrt waren die Kinder hungrig wie Bären und aßen brav die mitgebrachten Vollkornbrötchen, Karottenschnitze und hartgekochten

Eier. Die vierundzwanzig kleinen Buletten, für die ich bis Mitternacht in der Küche gestanden hatte, rührten sie allerdings nicht an. Mein einziger Trost war, daß sie Matts Kräuterquark auch nicht mochten.

Nach dem Essen gingen wir zum »Familienerholungszentrum Wuhlheide«. Während die Kinder sich eine Puppentheateraufführung ansahen, tranken wir einen Cappuccino im Terrassencafé. Irgendwann fiel mir auf, daß Matts sich immer wieder suchend umsah.

»Erwartest du jemanden?«

»Ich rechne damit, daß Andrea aufkreuzt. Sie hat mir das Puppentheater empfohlen. Aber vielleicht haben wir Glück, und ihre Kinder kennen das Stück schon. Sie kann ein bißchen penetrant sein, nicht?«

»Hm«, machte ich und rührte verlegen in meinem Kaffee. Grabenkämpfe unter Müttern sind eigentlich nicht mein Ding.

»So eine richtige Übermutter«, fuhr er fort. »Total fixiert. Während unseres Elterndienstes wollte sie mir weismachen, daß die Ernährungsweise die intellektuelle Entwicklung eines Kindes stärker beeinflußt als die Gene. Ist das nicht hanebüchen?«

»Aber ganz und gar nicht«, sagte ich. »Wer zu viel Kotelett ißt, fängt an zu grunzen, wußtest du das nicht?« Matts grinste.

»Sag mal, Joe, können wir uns für den nächsten Elterndienst nicht zusammen eintragen?«

4

Juni

Prioritätenliste für den Monat Juni

1. Nachfolgerin für Emma finden.
2. Zelturlaub mit den Kindern im Juli/August organisieren.
3. Andrea bei der Organisation des Sommerfests keinesfalls daran hindern, alles an sich zu reißen.

Montag, 4. Juni

Gleich am Morgen habe ich folgendes Inserat an den Stellenmarkt der »Berliner Zeitung« gefaxt:

Anspruchsvolle Kiezbuchhandlung sucht enthusiastische Jungbuchhändlerin/dynamische Studentin für 15-20 Wochenstunden. Zeitliche Flexibilität, Innovationsgeist und Anteilnahme am kulturellen Zeitgeschehen Voraussetzung. Per sofort.

»Innovationsgeist?« fragte Emma mißtrauisch. »Willst du etwa doch in einen Videoshop umfirmieren?«

Dienstag, 5. Juni

Trotz meines dritten Monatsvorsatzes bin ich zum Elternfrühstück gegangen, weil ich schon mal die Liste für das Kuchenbüffet und die Salate herumreichen wollte.

Das Frühstück war gut besucht. Außer Andrea, Hanna und mir waren noch sieben Mütter gekommen. Simona fehlte unentschuldigt, und Matts ließ über Andrea (!) ausrichten, daß er in familiären Angelegenheiten spontan nach Hamburg fahren mußte.

Als ich meine Liste für die Kuchen- und Salatspenden über den Tisch reichte, zückte Andrea ebenfalls eine Liste, auf der sich freiwillige Helfer für den Bau eines Ziegenstalls eintragen sollten.

»Ich dachte, wir hätten uns darauf geeinigt, erst mal mit Kaninchen und Meerschweinchen anzufangen.«

»Du brauchst dich nicht darum zu kümmern, Johanna«, entgegnete sie freundlich. »Es reicht, wenn du die Kuchen und Salate organisierst. Das mit der Ziege hat sich spontan ergeben.«

»Ziege?« wiederholte Hanna, die neben mir an einem Mascarpone-Brötchen lutschte. »Sprecht ihr von so einem stinkenden, behörnten Tier, das hemmungslos den Garten vollköteln wird?«

Bei dem Wort »Köteln« wurden auch die anderen sieben Mütter hellhörig.

»Das Tier kriegt natürlich einen abgezäunten Bereich«, sagte Andrea.

»Haben die Kinder dann auch noch genug Platz zum Spielen?« fragte eine Mutter besorgt.

»Und was ist im Winter?« eine andere.

»Wer füttert die denn? Und wer bezahlt den Stall?«

»Dafür werden wir ein eigenes Spendenkonto einrichten. Der Erlös des Sommerfestes ist ein solider Grundstock«, erklärte Andrea geduldig.

»Und am Wochenende?«

Die Idee des Streichelzoos war gewesen, daß die Kinder am Wochenende abwechselnd einen Hasen oder ein Meerschweinchen mit nach Hause nehmen durften, was den Eltern die Anschaffung eines eigenen Haustieres ersparte. Mit einer Ziege auf dem Balkon hatten die meisten nicht gerechnet.

»Wir werden einen Plan aufstellen, wer die Ziege wann am Wochenende versorgt«, erläuterte Andrea. »Es dürfte nicht zu viel verlangt sein, wenn jede Familie ein bis zweimal im Jahr am Wochenende in die Kita fährt, um Schecki zu füttern und den Stall sauberzumachen.«

»Schecki?« Hanna grinste.

»Sie heißt Schecki, ein weibliches Jungtier. Stinken tun im übrigen nur die Böcke, liebe Hanna«, sagte Andrea spitz.

Hanna grinste immer noch. »Ganz wie im richtigen Leben, was? Aber falls du meine unbedeutende Meinung hören möchtest, Andrealein, so fällt mir nur ein adäquater Platz für eine Ziege ein.«

»Und der wäre?«

»Der Grill!«

Das Ergebnis der Diskussion war, daß alle Mütter sehr schnell aufbrachen und keine einzige sich auf irgendeine Liste eintrug.

»Das kommt davon, wenn man Dinge über den Zaun brechen will«, sagte Mona-Lisa mit feinem Lächeln. »Ihr müßt etwas sensibler vorgehen, Johanna.«

Als ob ich etwas dafür könnte!

Nach dem Frühstück kam Hanna noch zu einem kleinen Plausch mit in den Laden.

»Oh Hanna!« rief Emma, die Hanna über eine Woche nicht gesehen hatte. »Das ist ja eine irre Frisur. Dürfen wir jetzt davon ausgehen, daß es etwas Ernstes ist?«

Hanna hat sich während ihres letzten Paristrips Dreadlocks machen lassen. Sie reichen ihr knapp bis zur Schulter, sind orange und kommen einem flammenden Bekenntnis gleich.

»Mal sehen«, sagte sie. »Übernächstes Wochenende kommt er nach Berlin. Und er ist extrem kinderlieb. Er will sogar selber irgendwann ein Kind.«

»Erstaunlich. Wo er doch so unter Bindungsängsten leidet«, rutschte es mir heraus.

Hanna musterte mich mißtrauisch. »Wer sagt so was?«

»Ach, das habe ich nur so gehört.«

Sie nickte. »Verstehe schon. Santa Simona. Na, an ihrer Stelle wäre ich auch neidisch.«

Donnerstag, 7. Juni

Heute morgen haben wir Matts und Malte auf dem Weg zur Kita getroffen. Die beiden sind gestern erst aus Hamburg zurückgekommen. Kurz bevor wir den Rasputinplatz erreichten, fragte er, ob ich nicht Lust hätte, mit ihm und Malte und den Kindern im Juli zum Zelten zu fahren. Zu mehreren Erwachsenen bringe das mehr Spaß, als wenn man mit seinem Kind allein losziehe. Wir könnten auch noch Hanna und andere alleinerziehende Mütter bei den *Apfelbäumchen* fragen.

Außer Hanna gibt es keine alleinerziehenden Mütter bei den *Apfelbäumchen*, und sie interessiert sich gerade nicht für Zeltlager. Ich beglückwünschte Matts trotzdem zu der Idee und sagte, ich würde Hanna fragen.

Freitag, 8. Juni

Die Anzeige ist heute in der Zeitung. Ich hoffe, daß ich bis Mitte des Monats jemanden finde, den ich mit Emma allein lassen kann, wenn ich im Juli mit den Kindern (und Matts) zum Zelten fahre. Dany hält das mit dem Zelten auch für eine gute Idee, vor allem für eine preiswerte.

Samstag, 9. Juni

Im Laden. Es ist mal wieder überhaupt nichts los. Die Leute drücken sich alle in Straßencafés herum. Aus Langeweile habe ich mit den Einladungen zu Niklas' Geburtstagsfeier angefangen. Am 16. Juni wird er drei. Wir wollen auf der Grillwiese im Volkspark feiern. Matts ist auf alle Fälle mit von der Partie, Dany voraussichtlich, und Hanna will Patrice mitbringen, der an diesem Wochenende in Berlin ist. Simona und Emma kommen natürlich auch, und außerdem habe ich eine E-Mail an meine Schwester Marianne und ihre Freundin Regula geschickt, die beiden Patentanten von Niklas und Lotta-Paulina.

Das einzige Problem ist, daß Niklas Andreas Sohn Abbe einladen will. Ich fragte ihn dreimal in ganz verschiedenen Zusammenhängen, wer seine besten Freunde seien, und er antwortete, störrisch wie ein Maulesel, dreimal »Malte und Abbe«.

In meiner Verzweiflung wandte ich ein: »Aber mit Abbe habe ich dich noch nie spielen sehen.« Worauf Lotta-Paulina sagte: »Mit Abbe spielt er nur, wenn du nicht da bist. Ich sehe sie *dauernd* miteinander spielen.«

Nicht, daß ich etwas gegen Abbe hätte, aber Andrea gehört mit Sicherheit nicht zu den Müttern, die froh sind, ihre Kinder für ein paar Stunden abgeben zu können, und ganz schnell verduften. Im Gegenteil, sie wird bis zur letzten Minute bleiben, um die ökotrophologische Unbedenklichkeit der angebotenen Nahrungsmittel und die pädagogische Vollwertigkeit der Spiele zu überwachen.

Deshalb habe ich für Abbe eine besondere Einladungskarte entworfen:

Lieber Abbe,
am Samstag, den 16. Juni, lade ich Dich ganz herzlich zu meiner Geburtstagsparty ein. Sie findet auf der Grillwiese im Volkspark (gleich am Spielplatz) statt.
Es gibt Würstchen, Kuchen und Schokolade, und wir wollen viele lustige Spiele machen.
Deine Mama soll Dich bitte um fünfzehn Uhr in den Park bringen und um neunzehn Uhr wieder abholen.
Alles andere regeln wir Kinder unter uns.
Ich freue mich schon auf Dich,

Dein Niklas

Montag, 11. Juni

Als Lotta-Paulina, Niklas und ich heute morgen die Kita betraten, grinste uns von der Pinnwand im Flur die Farbfotokopie eines Ziegenkopfes entgegen.

Darunter stand folgender Text:

Liebe Apfelbäumchen,
Ich bin Schecki vom Bauernhof Storchennest in Mecklenburg und möchte gern Urlaub in Berlin machen. Da ich noch sehr jung bin, wäre eine Kindertagesstätte genau der richtige Aufenthaltsort. Ich bin ein Ziegenmädchen, rieche also überhaupt nicht, fresse alles, was in Eurer Kitaküche oder bei Euch zu Hause für mich abfällt, bin unternehmungslustig, neugierig und sehr witzig. Alles, was ich brauche, ist ein kleiner Stall und ein wenig Bewegungsspielraum in Eurem schönen Garten.
Bitte laßt Eure Eltern auf der Liste unterschreiben, ob Ihr mich bei Euch aufnehmen dürft.
Ich bin sicher, wir können viel Spaß miteinander haben.

Eure Schecki

Neben den Brief hatte Andrea eine Liste gepinnt, die in eine Pro- und eine Contra-Spalte unterteilt war. Gerade wollte ich zum Kugelschreiber greifen, um einen mutigen Anfang zu machen, als Lotta-Paulina losquietschte: »Was für eine süße Ziege! Au ja! Du bist doch dafür, oder Mama?«

Mittwoch, 13. Juni

Heute hatten Matts und ich unseren ersten gemeinsamen Elterndienst. Wir machten Spiralnudeln mit Tomatensoße ohne Zwiebeln und stinknormalen Schokoladenpudding.

Nach dem Essen sprach ich ihn auf Andreas Ziegenplakat an.

»Wieso Andreas' Plakat?» fragte er beleidigt. »Das habe *ich* gestaltet, um die träge Elternschaft zu motivieren.«

Ich erklärte ihm, daß niemand in der sogenannten trägen Elternschaft Bock auf diese Ziege habe, außer Andrea. Und solange der Ziegenmist in der Luft hinge, würden *sämtliche* Listen für das Sommerfest konsequent ignoriert. Mit Recht, schließlich sei das eine Elterninitiativkita, und wenn die Mehrheit der Eltern keine Initiative für eine Sache ergreifen wolle, sei das zu respektieren.

»Du hast selbstverständlich recht«, sagte er sofort. »Ich fürchte, Andrea hat mir das Problem etwas anders geschildert.«

Wir gingen nachsehen, ob sich wirklich noch niemand auf den Listen eingetragen hatte.

Es hatten sich inzwischen doch zwei Leute eingetragen, Hanna und Emma. Hanna hatte in die Contra-Spalte gekritzelt: »Paß auf, Schecki! Du landest auf dem Grill!«, und Emma hatte einfach nur ihren Namen reingesetzt.

»Schon mal drei«, sagte ich und setzte meinen Namen ebenfalls in die Contra-Spalte.

Als ich abends mit Lotta-Paulina und Niklas nach Hause ging, standen schon sieben Namen in der Contra-Spalte.

Donnerstag, 14. Juni

Inzwischen sind acht Bewerbungen um Emmas Nachfolge eingetroffen. Vier davon wanderten gleich in den Müll.

Zwei weitere mußte ich aufgrund indiskutabler Gehaltsvorstellung zur Seite legen, und mit zwei Bewerbern machte ich Vorstellungsgespräche aus. Zu allem Elend hat Emma eine Zahnwurzelentzündung bekommen und kann nicht arbeiten. Ich hasse es, ganztags im Laden zu stehen.

Kurz nach achtzehn Uhr, als die Kita geschlossen hatte, brachte Mona-Lisa Lotta-Paulina und Niklas vorbei. Sie sagte, es stünden inzwischen neunzehn Namen in der Contra-Spalte, und sie habe sich erlaubt, die Liste zu entfernen.

»Solche Negativlisten vergiften das Klima.«

Außerdem ist eine E-Mail von Marianne eingetroffen. Sie will zu Niklas' Geburtstag kommen. Regula hat sich noch nicht gemeldet.

Freitag, 15. Juni

Nachmittags um vier wurde die Ladentür so heftig aufgestoßen, daß ich einen Moment lang befürchtete, Opfer eines Raubüberfalls zu werden. Aber es war nur Regula mit ihren zwei Reisetaschen. Sie brüllte, sie käme direkt aus dem Patriarchat Zürich und lechze nach einem Kaffee. Dann umarmte sie mich herzlich.

Wir kennen uns aus dem Studium. Im Gegensatz zu mir hat Regula inzwischen mehrere akademische Grade errungen und ist eine begehrte Referentin im Bereich Gender Studies. Seit ungefähr sechs Jahren sind sie und meine Schwester Marianne ein ungleiches gleichgeschlechtliches Paar. Während Marianne ihre Lebensmitte auf einer Schafsfarm im Bremer Hinterland gefunden hat, tingelt Regula als Vortragsreisende durch die internationale Hochschullandschaft. Wenn die beiden ein Heteropaar wären, hätten sie schon fünf Kinder und dreimal die Scheidung zurückgezogen.

Regula ist eine große, schöne Naturblondine mit einer Schwäche für modische Extravaganzen.

Sie schwang sich auf meinen Schreibtisch, nahm ab und an einen Schluck Kaffee und berichtete mir davon, daß man ihr eine Stelle als Kulturbeauftragte in einem Hamburger Frauenzentrum angeboten hat, die sie annehmen will, um endlich mit Marianne zusammenleben zu können.

»Zwar nur eine halbe Stelle, weil mal wieder nicht genug Geld für eine ganze da ist, aber so bleibt mir der notwendige Freiraum, mein Leben in physischer und psychischer Hinsicht zu vervollkommnen. Ahnst du, wovon ich rede?«

»Schönheitsoperation?« tippte ich vorsichtig.

»Wie kommst du denn darauf? Ich will endlich Mutter werden!«

Ich versuchte, mein Erschrecken zu verbergen.

»Ich kann mein Leben und meine Arbeit nicht fortführen, ohne diese einschlägige Erfahrung gemacht zu haben.«

»Dann mach sie.«

Ich erhob mich von meinem Hocker und ging zu der jungen Frau hinüber, die, über Regulas Reisetaschen hinweg, etwas in der Bilderbuchecke zu suchen schien. Es war ein Pokémon-Kartenspiel, das wir natürlich nicht führten, und ich schickte sie ins Einkaufszentrum an der Schönhauser Allee.

»Du weißt doch, wie ich an Lotta-Paulina und Niklas hänge«, fuhr Regula fort. »Das ist kein hirnrissiges Experiment, sondern ich will mit einem Kind leben.«

Also hatte Marianne ihr Vorhaben bereits als »hirnrissiges Experiment« abgekanzelt. Marianne ist ein bodenständiges Wesen und allem Neuen gegenüber eher unaufgeschlossen.

»Sag doch endlich was!« rief sie.

»Was denn?«

»Daß ich eine gewissenlose Egoistin bin, an präklimakteriellem Hormonüberschuß leide, irgendwas in der Art.«

»Warum? Schließlich habe ich selber zwei Kinder.«

Sie sprang vom Schreibtisch und warf sich an meine Brust.

»Ach Joe, ich wußte, daß ich mich auf dich verlassen kann! Meinst du, daß du sie überzeugen kannst?«

Marianne ist drei Jahre älter als ich, und ich habe sie noch nie von irgend etwas überzeugen können. Aber versuchen konnte ich es ja.

Als wir kurz nach sieben mit den Kindern zu Hause ankamen, saß Marianne bereits auf der Treppe vor meiner

Wohnungstür. Sie trug die Holzclogs, in denen sie schon während ihrer Pubertät herumgetrampelt ist. Bei Regulas Anblick legte sich ihre Stirn in Gewitterfalten.

»Was willst du denn hier?«

»Vermutlich dasselbe wie du. Mit meinem Patenkind Niklas Geburtstag feiern«, grollte Regula zurück.

Lotta-Paulina rettete die Situation, indem sie sich auf meine Schwester stürzte und sie stürmisch umarmte.

Ein paar Minuten später bereiteten die beiden Lebensgefährtinnen in schönster Eintracht mit den Kindern das Abendessen zu, Spaghetti mit Tomatensoße *und* Fischstäbchen. Die Mahlzeit verlief friedlich, aber kaum war Regula mit den Kindern im Badezimmer verschwunden, schüttete Marianne mir ihr Herz aus.

»Stell dir vor, sie will ein Kind, ausgerechnet sie!« Marianne drehte das Küchentuch in ihren Händen zu einer wütenden Wurst.

»Ich wußte gar nicht, daß du etwas gegen Kinder hast.«

»Habe ich auch nicht, im Gegenteil. Ich habe mich bereit erklärt, eins zu adoptieren. Aber es geht ihr gar nicht um das Kind, sondern um ihre verdammten Gene.«

Ich beugte mich tief über einen Topf mit hartnäckigem Spaghettibodensatz.

»Sie will sich von irgendeinem notgeilen Kerl inseminieren lassen.«

»Inseminieren?«

»Oh, vergiß es«, fauchte Marianne. »Sag mir lieber, in welcher Schüssel ich die verdammten Steaks marinieren kann.«

Zu ihrer Ehre muß gesagt werden, daß Marianne auch in den schlimmsten Lebenskrisen nie ohne eine ordentliche Portion Lammfleisch bei mir einfällt.

Leider ging die Debatte weiter, sobald die Kinder eingeschlafen waren. Ich hatte die letzten beiden Flaschen italienischen Rotwein und die extragroßen Kristallgläser von Mama hervorgeholt und hoffte auf die erotisierende Wirkung des Alkohols. Schließlich wollten die beiden die nächste und vielleicht sogar mehrere Nächte auf unserem Schlafsofa verbringen.

»Sie hat im Internet die Adressen von sämtlichen US-Samenbänken recherchiert«, zischte Marianne aus unserem einzigen Sessel heraus. »Da kann man sich aussuchen, ob man blonden, blauäugigen, puertoricanisch schmalhüftigen oder schwarzen, musikalischen Samen will. Die Schweinereien, die in der Viehzucht laufen, sind gottesfürchtig dagegen.«

Regula, die sich auf der Couch schutzsuchend an mich gekuschelt hatte, verdrehte die Augen.

»Das war nur zu Informationszwecken. Diese Samenbänke sind sowieso zu teuer für uns. Aber ein bißchen Samen brauche ich schon.«

»Ich kann das Wort Samen nicht mehr hören«, schrie Marianne.

»Was schlägst du denn vor? Zellteilung, Fremdbestäubung?«

Besänftigend tätschelte ich Regulas Arm: »Jetzt erzähl doch mal, wie *du* dir das vorgestellt hast.«

»Sie will sich von einem hergelaufenen, sabbernden Zuchtbullen inseminieren lassen, und ich soll die Brut großziehen und den Klinikaufenthalt bezahlen«, wütete Marianne.

Regula schüttelte indigniert ihren Kopf.

»Natürliche Methode. Kein Reagenzglas, keine Klinik, sondern ein parareligiöses Zeugungsritual zu dritt. Diese sogenannte ›bewußte Methode‹ wurde in den vergangenen Jahren von vielen Lesbenpaaren erfolgreich praktiziert. Studien besagen...«

»Du hörst es«, sagte Marianne, »total durchgeknallt.«

»Das einzige Problem ist deine negative Haltung«, rief Regula, »die du völlig ungerechtfertigter Weise auf die Person des Inseminators überträgst. Kannst du dir nicht einen netten zeugungsfähigen Menschen mit angenehmen Erbanlagen vorstellen? Am besten einen, der bereits problemlos Vater geworden ist. Stell dir zum Beispiel Dany vor –.«

»Wie bitte?« rief ich.

»Da siehst du es«, sagte Marianne düster.

»Nur als Beispiel, Joe, um das Prinzip zu erläutern –«

In diesem Augenblick drehte sich der Schlüssel in der Wohnungstür. Es war Dany. Er streckte den Kopf ins Wohnzimmer, rief: »Oh, hoher Besuch«, küßte Marianne und Regula flüchtig auf die Wange und ging in die Küche, um sich ein Bier zu holen. Dann ließ er sich zwischen uns auf dem Teppich nieder.

Marianne musterte ihn nachdenklich, Regula eher skeptisch. Während Marianne sich hervorragend mit ihrem Schwager versteht, ist sein Verhältnis zu Regula schon immer schwierig gewesen. Ich glaube, der Grund für diese Animosität ist, daß er sie vor fünfzehn Jahren mal von der Bettkante gestoßen hat, was allerdings beide hartnäckig abstreiten. Zu mir hat er mal gesagt, Regula hätte sich nur den Gender Studies zugewendet, weil sie psychisch nicht in der Lage sei, die natürlichen Unterschiede zwischen Männlein und Weiblein zu begreifen.

Schließlich räusperte sich Regula.

»Dany, würdest du mir etwas Samen spenden?«

Er sah sie verblüfft an. »Was für Samen denn?«

»Sie sucht einen Inseminator«, sagte Marianne hämisch.

Er blinzelte verständnislos durch seine Brillengläser.

»Sperma«, versuchte ich ihm auf die Sprünge zu helfen.

»Marianne und ich wünschen uns ein Kind«, brachte Regula es auf den Punkt.

Dany lief rot an.

»Du meinst, ich soll mit dir ins Bett gehen?«

»So würde ich es nicht ausdrücken.«

»Ich hab dir doch schon vor fünfzehn Jahren erklärt, daß ich keine Lust habe, mit dir ins Bett zu gehen. Bist du schwer von Begriff oder was?«

Seine normalerweise gleichmäßig ruhige Stimme war mit jedem Wort lauter geworden. Die geballte Aggression entlud sich dann natürlich in meine Richtung: »Hast du eigentlich nicht mehr alle, Joe? Soll das wieder einer deiner kleinen Witze unter Freundinnen sein? Darf ich dich daran erinnern, daß ich einen zehnstündigen Arbeitstag hinter mir habe? Außerdem ist es ein total blöder Witz. Wißt ihr was? Ihr könnt mich mal, ihr abgedrehten Schachteln.«

Er sprang auf, riß seine Jacke vom Garderobenhaken, Schlüssel klirrten, und weg war er.

»Ich hatte vollkommen vergessen, daß er keinen Humor hat«, sagte Regula erschrocken. »Entschuldige bitte, Joe.«

Samstag, 16. Juni

Marianne und Regula haben sich für Niklas Party mächtig ins Zeug gelegt, eine Riesenerdbeertorte gebacken, den ganzen Spielplatz mit Luftballons dekoriert und die Wettspiele vorbereitet. Regula hat sich mit Matts um die Kinder gekümmert und Marianne sich um Andrea. Sie haben sich über ökologischen Landbau, artgerechte Viehzucht und die unterschiedlichen Nährwerte von Schafs-, Ziegen-, Kuh- und Sojamilch unterhalten. Andrea war so von meiner Schwester fasziniert, daß sie gar nicht auf die Idee kam, sich bei den Kinderspielen einzumischen.

Emma konnte wegen ihres Zahns nicht kommen, und Simona und ich hatten alle Hände voll damit zu tun, Hanna zu trösten.

Hanna war am Boden zerstört, wegen Patrice. Der war, wie geplant, am Freitagnachmittag aus Paris angekommen und hatte mehrere Tüten mit Geschenken für Milena im Gepäck, unter anderem eine batteriebetriebene Disco-Barbie, einen Kindertennisschläger und einige Pferdebücher mit französischem Text. Nach einem wirklich harmonischen Nachmittag hatten sie alle zusammen Spaghetti gekocht. Aber als es Zeit zum Schlafengehen war, wollte Milena nicht erlauben, daß Patrice bei ihnen in der Wohnung übernachtete. Sie hatte alle Pferdebücher aus dem Fenster geworfen und geschrien, daß Hanna ihr geschworen habe, daß nie mehr ein fremder Kerl in ihrer Wohnung schlafen dürfe.

»Hast du das wirklich mal gesagt?« fragte ich.

»Ich fürchte ja. Aber ich hätte niemals gedacht, daß sie sich das merkt.«

»Oh, Kinder merken sich alles«, seufzte Simona.

»Schließlich war Patrice mit den Nerven am Ende und hat sich nach einer anderen Übernachtungsmöglichkeit umgesehen. Zuerst hat er im *Studio im Loft* angerufen. Zum Glück war Dany noch da. Er meinte, Patrice könne gern kommen und im Studio schlafen, ein paar Flaschen Becks seien auch noch übrig. Seitdem habe ich Patrice nicht mehr gesehen.«

Anklagend sah sie mich an. »Wo steckt Dany eigentlich? Was treiben die Kerle?«

»Keine Ahnung«, sagte ich.

Montag, 18. Juni

Emma ist immer noch krank. Die Bewerberinnen, mit denen ich mich für heute vormittag im Laden verabredet hatte, sind beide nicht gekommen. Gegen Mittag rief Dany an und erkundigte sich, ob Marianne und Regula noch da seien. Als ich ihm sagte, nein, antwortete er: »Na, wunderbar, da kann ich ja mal nach Hause gehen und meine Unterhosen wechseln.«

Mittwoch, 20. Juni

Am Nachmittag kam Andrea ganz aufgeregt in den Laden geflattert und zischte mitten in ein Kundengespräch hinein: »Johanna, hast du etwa die Tombola vergessen?«

»Wieso?« fragte ich zurück, nachdem ich den Kunden zu Ende bedient hatte. »Ich sollte mich doch nur um den Kuchen und das Salatbüffet kümmern.«

»Aber du hast doch jedes Jahr die Tombola organisiert!« jammerte sie. »Und ich habe den Erlös fest einkalkuliert. Es wird ohnehin schon so teuer mit den Tieren.«

Ich hätte sie am liebsten aus dem Laden geschmissen.

Andrea schnüffelte in der Kinderbuchecke herum, während ich einem Kunden ein paar Weinführer zeigte. Der, den er haben wollte, war natürlich nicht dabei.

»Ich habe einen Satz von dreihundert Losen mit hundert Gewinnen besorgt«, sagte sie, als der Laden wieder leer war. »Hundert davon sind unnumerierte Trostpreise. Aber fünfzig Gewinne müßtest du numerieren.«

»Und wie soll ich in elf Tagen hundert Trostpreise und fünfzig Gewinne aus dem Hut zaubern?«

Ich kniete mich hinter den Ladentisch, um einer Kundin ihr Buch aus dem Abholfach zu suchen.

»Ach, das schaffst du schon. Ich frag mal meinen Mann, ob er noch was in der Praxis hat, ein paar Kugelschreiber oder alte Wandkalender. Sag mal, könnte ich diesen Kinderatlas bis morgen ausleihen? Wenn er mir gefällt, würde ich ihn vielleicht für Madita kaufen.«

»Aber bitte schön«, sagte ich. Ausleihen! Das sollte sie mal bei der Kette im Einkaufszentrum probieren.

Donnerstag, 21. Juni

Ich habe am Infobrett einen Zettel aufgehängt mit der Bitte, Spenden für die Sommerfesttombola im Erzieherinnenzimmer abzugeben. Außerdem habe ich mich in jeweils einem halbstündigen Telefonat bei Simona, Hanna und Emma über Andrea ausgekotzt.

»Ich habe noch einen Tischstaubsauger von *Otto* da«, sagte Simona. »Den kannst du als Hauptpreis nehmen. Sag mal, Joe, findest du es eigentlich normal, daß Dany jetzt auch schon im Studio übernachtet?«

Grrr. Er hat nur zwei Nächte dort übernachtet, wegen Regula.

»Ich spende Patrice' Pferdebücher«, kicherte Hanna. »Die Barbie wird Milena aber nicht rausrücken wollen, die fiese, kleine Schlange.«

Freitag, 29. Juni

Hatte zwei grauenvolle Vorstellungsgespräche mit den dümmsten Studenten, die mir seit meiner eigenen Studienzeit untergekommen sind. Morgen habe ich nochmal drei. Zum Glück ist Emma zur Nachmittagsschicht erschienen, so daß ich zu den *Apfelbäumchen* hinüberlaufen konnte, um die fünfzig Hauptgewinne zu numerieren. Matts hat mir geholfen. Er hat gesagt, das Geheimnis einer erfüllten Mutter- oder Vaterschaft liege darin, daß man sich auch für den größten Blödsinn nicht zu schade sei. Außerdem hoffe er schwer, diesen genialen Tischstaubsauger zu gewinnen. So was wollte er schon immer haben.

Während ich versuchte, über einem Fernsehkrimi die Geheimnisse meiner erfüllten Mutterschaft zu vergessen, rumorte Dany, der ungewöhnlich früh aus dem Studio zurückgekommen war, im Schlafzimmer herum. Er rief irgendwas, das klang wie: »Joe, hast du meine schwarzen Socken gesehen?«

»Nein«, murmelte ich und starrte angestrengt auf den Bildschirm.

Dany kam aus dem Schlafzimmer und stellte sich mit dem Rücken vor den Fernseher.

»Ich brauche sie aber. Ich fliege morgen nach Paris.«

»Geh aus dem Bild!«

»Joe, ich fliege morgen nach Paris.«

Etwas an dem Satz war falsch. Dany flog nie. Und schon gar nicht morgen. Und wieso Paris?

»Was heißt, du fliegst morgen nach Paris?«

»Ich fliege morgen nach Paris, heißt, daß ich morgen nach Paris fliege. Und ich brauche die schwarzen Socken zu dem Anzug.«

Er besaß gar keinen Anzug. Er war ein Anzugsverweigerer, nicht einmal zu unserer Hochzeit hatte er einen getragen. Ich folgte ihm ins Schlafzimmer. An der Tür des Kleiderschrankes hing ein mokkafarbener Anzug, und auf der zerknüllten Bettdecke lag ein originalverpacktes lavendelfarbenes Hemd. Ich rieb mir meine überanstrengten Buchhändlerinnenaugen.

»Es handelt sich um so ein Kulturdings, und im Auftrag von *Hoggenobb* muß ich da im Anzug hin. Von Armani, gar nicht schlecht, oder?«

»Aber morgen ist das Sommerfest bei den *Apfelbäumchen*! Du kannst gar nicht nach Paris fliegen.«

»Joe, allmählich glaube ich wirklich, du hast sie nicht mehr alle«, sagte er in mitleidigem Ton. »Geh rüber und guck dir deinen Krimi an. Kauf ich mir eben am Flughafen ein Paar Socken.«

Samstag, 30. Juni

Punkt sieben piepste mein Wecker. Ich wartete, bis Dany im Bad verschwunden war, dann lief ich in die Küche und machte das Frühstück. Die Kinder schliefen bei Matts, der sie bis zu Beginn des Sommerfestes betreuen wollte.

Ich schob zwei Croissants in den Backofen und achtete darauf, daß Danys Edeldarjeeling, den ich normalerweise nicht anrühre, exakt dreieinhalb Minuten zog.

»Das ist ja echt nett«, muffelte er, als er sich an den festlich gedeckten Tisch setzte. »Wäre aber nicht nötig gewesen.«

»Ich fahre dich zum Flughafen.«

»Quatsch, ich nehme den Bus.«

»Dann verknittert der Anzug.«

»So teure Anzüge knittern nicht.«

Auf dem Weg zum Auto sagte er: »Mußt du nicht in den Laden?«

»Erst um halb zehn. Außerdem wollten wir doch noch Socken kaufen.«

Punkt neun waren wir am Flughafen. Der Flieger ging um halb elf. Es gab drei Sockenboutiquen in der Shoppingmeile. Ich kaufte ein Paar schwarze, ein Paar braune und ein Paar braun-schwarz melierte.

»Herrgott, Joe, ich bleibe nur eine Nacht.«

»Sicher?«

»Natürlich. Mußt du nicht langsam den Laden aufschließen?«

Mußte ich eigentlich. Zumal ich um halb zehn mein erstes Vorstellungsgespäch hatte. Aber dafür war es ohnehin schon zu spät.

»Es ist noch Zeit für einen Kaffee.«

Als wir den Kaffee getrunken hatten, war es kurz vor zehn.

»So, Joe, jetzt mußt du aber los, sonst treten deine Kunden dir die Tür ein.«

»Ich bring dich noch zum Terminal.«

Am Terminal stand inzwischen eine Schlange von etwa vierzig Menschen. Daß Cooky nicht dabei war, sah ich auf den ersten Blick. Eine Giraffe ist schließlich gut zu erkennen. Ich musterte auch alle anderen. Niemand, den ich kannte. Niemand, der Dany zu kennen schien. Sicherheitshalber küßte ich ihn trotzdem ausgiebig.

»Herrgott, es ist kein Abschied fürs Leben«, sagte er. »Mach endlich, daß du in deinen Laden kommst.«

Als ich bei *bunt & spannend* ankam, war es zwanzig vor elf. Mein halb-zehn-Vorstellungsgespräch hatte ich natürlich verpaßt, aber die halb-elf-Kandidatin hätte ruhig einen Moment warten können. Daß sie es nicht getan hatte, zeugte von geringem Engagement. Den dritten Termin hatte ich um zwölf, ein Ethnologiestudent, der am Telefon ziemlich forsch gewesen war, aber ich wollte sowieso lieber mit einer Frau zusammenarbeiten.

Ich vertrieb mir die Zeit, indem ich alle zehn Minuten Simonas Nummer wählte. Wenn dieser Parisflug berufliche Gründe hatte, wußte Simona etwas darüber. Zumindest würde sie wissen, warum Dany dorthin geflogen war und nicht Jens, der normalerweise die Repräsentantenrolle des *Studio im Loft* innehatte. Wahrscheinlich saß Simona beim Friseur. Sie geht vor allen *Apfelbäumchen*-Festen zum Friseur, und wenn Jens mitkommen will, muß er sich auch die Haare schneiden lassen.

Zehn nach zwölf bekam ich sie endlich an die Strippe. Im selben Moment flog die Tür auf, und mein Zwölf-Uhr-Vorstellungsgespräch betrat den Laden. Er sah genauso aus, wie er am Telefon geklungen hatte. Kahlkopf, eckige Hornbrille, Ziegenbärtchen, ein T-Shirt mit dem Vereinsemblem eines ausländischen Fußball-Clubs und rote Turnschuhe. Ich deutete mit dem Telefonhörer zur Teeküche und flüsterte, er solle schon mal Kaffee machen.

»Natürlich weiß ich Bescheid«, versicherte mir Simona am anderen Ende der Leitung. »Irgendein Kulturevent, für das Cooky einen Schleppenträger braucht. Ich glaube, dieser Patrice, du weißt schon, der Installationskünstler, mit dem sie mal zusammen war, kriegt einen Preis verliehen.«

Zusammen war! Das zumindest war raus. Aber darum ging es mir nicht.

»Cooky fliegt also auch mit?«

»Ich glaube, die ist schon seit ein paar Tagen in Paris. Du, Joe, wir wollten eigentlich gerade essen –.«

»Warum ist Jens nicht mitgeflogen?«

»Wegen des Sommerfests natürlich. Außerdem hat er keine Lust, dauernd als Cookys Equipage herzuhalten. Und Dany macht das ja gern.«

»Gern?«

»Du, Joe, unsere Minestrone wird kalt. Wir sehen uns heute nachmittag! Ciao.«

Als ich den Hörer an seinen Platz zurücklegte, waren meine Finger eiskalt und zitterten wie Espenlaub. Schleppenträger, Equipage, gern machen! Und ich organisierte in der Zeit eine Tombola für das Sommerfest unserer gemeinsamen Kinder mit fünfzig numerierten Hauptpreisen. Wenn er jemals aus Paris zurückkam, würde ich ihn erschießen.

Das Bürschchen in der Teeküche fiel mir ein. Der hatte mir gerade noch gefehlt. Ich wollte keine juvenile Vollglatze mit roten Turnschuhen in meinem Laden. Aber reden mußte ich wohl mit ihm.

Er saß vor einem dampfenden Kaffeebecher und blätterte im Börsenblatt.

»Tut mir leid, aber Kekse sind keine da«, sagte er. »Dafür habe ich zwei Tassen gespült.«

»Das Geschirr wird jeden Abend komplett gespült, bevor die Spätschicht den Laden verläßt«, sagte ich streng. »Und die Spätschicht wären in der Regel Sie, da ich gegen vier meine Kinder aus dem Kindergarten abholen muß.«

Ich griff nach meiner Tasse. Der Kaffee war zumindest nicht schlechter als Emmas. Der Ethnologe sah mir aufmerksam ins Gesicht.

»Daher brauche ich eine Aushilfe täglich von fünfzehn bis neunzehn Uhr, dazu jeden zweiten Samstag und bei Notfällen auf Abruf. In Stoßzeiten, wie zum Beispiel im Weihnachtsgeschäft, setze ich erhöhte Arbeitsbereitschaft voraus.«

Er nickte. »Logisch. Aber wieso erzählen Sie mir das?«

»Haben Sie sich nicht als Aushilfskraft beworben?«

»Ich wollte eigentlich ein Buch kaufen.«

Das war zu viel. Ich schlug beide Hände vors Gesicht.

Nach ein paar Minuten hemmungslosen Heulens spürte ich ein sanftes Streicheln an der Schulter.

»He, he«, brummte er. »So schlimm ist das nun auch wieder nicht. Sie brauchen wohl dringend jemanden?«

Ich zog ein zerknülltes Papiertaschentuch aus der Hosentasche und putzte mir die Nase.

»Das kann man wohl sagen.«

Nachdenklich strich er sich mit den Fingerspitzen über sein Ziegenbärtchen.

»Vielleicht könnte ich es mal probieren, obwohl ich bisher nur in der Gastronomie gejobbt habe. Spülen kann ich, Kaffee kochen auch, aber am liebsten zapfe ich Bier. Ihr macht nicht manchmal Veranstaltungen mit Freibier?«

Wir gingen nach vorne, und ich schlug das Buch, das er haben wollte, irgendein ausgefallenes Fischkochbuch, im Katalog nach. Dann füllte ich einen Bestellschein aus. Er hieß Frank irgendwas, was ich nicht richtig verstand, aber das machte nichts. Ich würde ihn mit Sicherheit wiedererkennen, wenn er das Buch abholen kam.

Außer Atem und durchgeschwitzt kam ich im Garten der *Apfelbäumchen* an. Der Duft vom Grill wehte mir direkt in die Magengrube. Über die Aufregungen des Vormittags hatte ich vollkommen vergessen, etwas zu essen.

Auf der Fläche zwischen dem nagelneuen Kaninchenstall und dem nagelneuen Meerschweinchenstall stand Andrea und hielt die Rede, die eigentlich ich halten sollte. Den Mienen der Zuhörer nach zu urteilen, sprach sie schon eine Weile. In einer der hinteren Reihen entdeckte ich Matts in einer Grillschürze. Als ich neben ihm stand, stöhnte er demonstrativ und verdrehte die Augen. Andrea erzählte gerade, wie wichtig der Kontakt zum Tier für die physische und psychische Entwicklung des Kindes sei. Alle, die diesen wichtigen pädagogischen Ansatz unterstützen wollten, sollten bitte ein Los für unsere tolle Tombola kaufen. Der Erlös der Tombola sei für den Bau eines Ziegenstalls vorgesehen. Und die Ziege, die dann darin wohnen solle, sei heute zu Besuch gekommen!

»Mona, bring doch mal Schecki nach vorn!«

Ich sah Mona-Lisa zwischen den Johannisbeer- und Holunderbüschen hervortreten. Sie hielt einen Strick in den Händen, an dem sie versuchte, eine kleine Ziege hinter sich herzuziehen. Als rund um mich herum der Applaus losbrach, traf eine weitere Bö vom Grill meinen Magen. Meine Knie wurden weich und knickten ganz langsam ein.

»Johanna, ist dir nicht gut?« war das letzte, was ich hörte. »Um Himmels willen, Johanna, was ist denn mit dir?«

Dann fing mich ein Paar starker Arme auf.

5

Juli

Sonntag, 1. Juli

21.15 Uhr. Das Telefon. Ich bin nur rangegangen, weil ich dachte, es wäre Matts, der mir noch etwas sagen möchte.

Aber es war Dany. Aus Paris. Er hat den letzten Flieger nach Berlin verpaßt, sich aber auf die erste Maschine morgen früh umbuchen lassen.

»Ach so. Soll ich Jens Bescheid sagen, daß du später ins Studio kommst?«

»Den ruf ich schon selber an. Wie geht's den Kindern? Alles klar?«

»Alles bestens«, flötete ich. »Schönen Abend noch!«

21.30 Uhr. Wieder nicht Matts. Simona. Bevor ich sagen konnte: »Falsch verbunden«, schnatterte sie schon los. Den ganzen Tag habe sie es bei mir klingeln lassen, aber niemand sei rangegangen. Sie sei schon richtig krank vor Sorge.

Natürlich ist niemand rangegangen. Ich war den ganzen Tag mit Matts und den Kindern am See.

»Noch nie in meinem Leben habe ich jemanden so in Ohnmacht fallen sehen. Ein Glück, daß Matts direkt hinter dir stand. Was war denn los? Hattest du nichts gegessen?«

»Ach, ich habe gerade ziemlich Streß wegen des Ladens.«

»Das hat Emma auch gesagt. Und sie meinte, du ißt zu wenig. Fang jetzt bitte nicht *du* mit diesem Quatsch an, nachdem Hanna sich gerade eingekriegt hat. Hör mal, ich habe mit Jens geredet. Ab sofort wird Dany abends zum Essen nach Hause fahren. Ich bestehe darauf.«

»Das ist wirklich lieb von dir«, sagte ich schwach.

»Dany hat übrigens gerade angerufen. Er kommt erst morgen vormittag zurück«, fiel ihr noch ein.

»Stell dir vor, mich hat er auch angerufen.«

»Ach ja, und Jens meint, du sollst diese Sache nicht überbewerten.«

»Welche Sache?«

»Na, die Geschichte zwischen Cooky und Dany. Jens meint, sowas könne schon mal vorkommen, wenn man Monate lang so eng zusammenarbeitet. Das ist nichts von Bedeutung.«

»Da bin ich ja beruhigt.«

»Gut, dann gehe ich jetzt ins Bett. Jens hat sich nämlich schon hingelegt.«

»Prima. Paß auf, daß ihr euch nicht entgleitet.«

21.47 Uhr.

»Matts?«

»Na, Süße! Ein heißes Wochenende gehabt?«

»Fünfundzwanzig Grad im Schatten«, sagte ich würdevoll. »Ein netter Tag mit den Kindern am See.«

Hanna lachte schallend. »Na, vielleicht klappts beim nächsten Mal.«

»Stell dir vor, ich vernasche keine Väter anderer Kinder.«

»Das kannst du Andrea erzählen«, sagte sie trocken. »Die ist nämlich blaß vor Neid geworden, als du ihm in die Arme gesunken bist.«

»Diese Ziege.«

Wir mußten beide lachen.

»Was von Patrice gehört?« fragte ich, um das Thema zu wechseln.

Montag, 2. Juli

Als ich am Nachmittag mit den Kindern nach Hause kam, wartete Dany schon. Der braune Anzug hing mit dicken Knitterfalten im Schlafzimmer. Ich verzichtete darauf, ihn auf Parfümspuren abzuschnuppern und die Taschen zu kontrollieren.

Die Kinder begrüßten ihren Vater wie einen von den Toten Auferstandenen. Er war so gerührt, daß er versprach, am kommenden Wochenende am Samstag *und* am Sonntag mit ihnen ins Spaßbad zu fahren.

Wir bereiteten alle zusammen das Abendessen zu, Spagetthi mit Tomatensoße *und* Fischstäbchen. Während ich meine Spaghetti in der Soße drehte, überlegte ich angestrengt, was ich jemals an Dany gefunden hatte. Es fiel mir nichts ein, aber es ist ja auch schon eine Weile her. Lotta-Paulina erzählte ausführlich, was am Wochenende passiert war.

»Und als Mona-Lisa die Ziege nach vorne brachte, ist Mama vor Schreck in Ohnmacht gefallen. Deshalb hat Matts Mama nach Hause gebracht, und Matts und Malte haben bei uns übernachtet. Am nächsten Morgen ging es Mama zum Glück besser, und wir konnten an den See fahren.«

»Ach du lieber Himmel«, sagte Dany geistesabwesend. »Das sind ja Geschichten.«

Dann brachte er seine Kinder ins Bett und fuhr noch mal »kurz im Studio vorbei«.

Dienstag, 3. Juli

Elternfrühstück. Von Matts wußte ich schon vorher, daß er nicht erscheinen würde, da er mit seinem Drehbuch in der Endphase angelangt ist. Trotzdem bin ich mit zwei Kilo türkischen Süßkirschen zu dem blöden Frühstück gegangen, damit die anderen nicht denken, ich hätte mich von Andreas Ziege außer Gefecht setzen lassen.

Mona-Lisa begrüßte mich wie eine verlorene Tochter und Andrea sagte:

»Das Wichtigste ist, daß du dich ordentlich ernährst.« Dabei hielt sie mir eine Platte mit Sojaquarkschnittchen unter die Nase. »Und regelmäßig«, fügte Simona hinzu.

»Bewußt und regelmäßig«, verbesserte Andrea. »Das kann man üben. Der Urlaub ist eine gute Gelegenheit dazu.«

»Genau, wann fahrt ihr denn, Joe?« rief Simona.

»Ich weiß nicht mal, wohin«, sagte ich matt. »Im Moment kann ich gar nicht weg, wegen des Ladens.«

Ich will im Moment auch nicht weg, dachte ich, sondern in zwei Wochen, wenn Matts das Drehbuch fertig hat. Er hat einen Abenteuercampingplatz in der Uckermark aufgetan. Idyllisch, abgeschieden und für Kinder genau das Richtige.

»Du mußt auch mal an dich denken«, sagte Andrea streng. »Eine Woche andere Luft, andere Gedanken und vollwertiges Essen kann Wunder wirken.«

Ich wollte mich gerade aus dem Staub machen, als Mona-Lisa aus ihrem Büro rief: »Johanna, Telefon!«

Es war Emma, die behauptete, daß seit einer halben Stunde ein Bewerber im Laden auf mich wartete. Dabei war ich mir sicher, daß ich für Dienstag vormittag gar keinen Termin ausgemacht hatte.

Es war Frank, der Nicht-Ethnologe vom Samstag.

Er streckte mir zur Begrüßung seine Hand entgegen. »Ich habe darüber nachgedacht. Ich nehme die Stelle.«

»Aber Sie hatten sich doch gar nicht beworben!«

Aus der Plastiktüte zu seinen Füßen zog er ein zusammengefaltetes Exemplar der Wochenendzeitung hervor. Meine Anzeige war mit einem Kugelschreiberkreuz markiert.

»Enthusiastisch, dynamisch, Flexibilität, Innovationsgeist und Anteilnahme am kulturellen Zeitgeschehen. Ich bin Ihr Mann!«

»Was studieren Sie eigentlich?«

Er musterte verlegen seine roten Turnschuhe.

»Noch nichts«, sagte Emma sanft. »Aber Frank macht demnächst sein Abitur nach.«

»Zweiter Bildungsweg. Im August geht's los. Der Kneipenjob ist dann sowieso nichts mehr. Eine Tätigkeit in einer gepflegten, kleinen Buchhandlung dagegen –.«

Er schnalzte mit den Fingern und strahlte mich aus offenherzigen blauen Augen an. »Mit schrägen Kunden habe ich auch jede Menge Erfahrung.«

»Wir haben keine schrägen Kunden«, sagte Emma pikiert.

Das stimmte zwar nicht, aber die schweißtreibende Einarbeitung, die dieser Frank brauchen würde, konnte ich mir nicht leisten, wenn ich Mitte des Monats in Urlaub fahren wollte.

Um ihn nicht vor den Kopf zu stoßen, sagte ich: »Kann ich Sie in ein paar Tagen anrufen?«

Er zog erst eine Schnute, aber dann kritzelte er seine Telefonnummer auf den Quittungsblock und verließ fröhlich seine Plastiktüte schwenkend den Laden.

Emma sah ihm kopfschüttelnd nach.

»Er hat ein Kugelfischkochbuch bestellt. Gruselig, nicht?«

Mittwoch, 4. Juli

Von Claire dagegen, die sich heute vorstellte, waren wir auf Anhieb begeistert. Sie schreibt gerade ihre Doktorarbeit in Philosophie, hat mehrere Artikel in germanistischen Zeitschriften veröffentlicht, und ihre Eltern besitzen eine Kunstbuchhandlung in Bielefeld.

Einschlägige pädagogische Erfahrungen hatte sie während eines Au-pair-Aufenthaltes in Kanada erworben. Sie liebte Kinder und wollte mindestens drei. Denn trotz ihrer akademischen Karriere würde sie nicht auf ein erfülltes Privatleben verzichten.

Ihr Anstellungsvertrag war so gut wie besiegelt, als sie ganz beiläufig fragte: »Es ist doch in Ordnung, wenn ich meinen Hund mitbringe? Sie wird depressiv, wenn ich sie allein zu Hause lasse.«

Zwar hatten wir den »Hundefreie Zone«-Aufkleber wieder von der Ladentür abgepuhlt, nachdem sich einige Stammkunden darüber aufgeregt hatten, aber eigentlich mochten wir keine Hunde.

»Tjaaa«, sagte Emma nur, da ja ich es war, die langfristig mit Claires Hund auskommen mußte.

»Nike ist ein Lämmchen!« versicherte sie schnell, »Aggressionen gegenüber anderen Hunden kennt sie so gut wie gar nicht, und kinderlieb ist sie auch.«

»Im Falle, daß jemand, der ausgesprochene Angst vor Hunden hat, den Laden beträte, könnte man Nike schnell in die Teeküche sperren«, schlug ich vor.

»Das kommt auf keinen Fall in Frage«, sagte Claire scharf. »Oder sperren Sie etwa Ihre Kinder ein?«

Ich wollte schon sagen »klar, andauernd«, aber Emma kam mir zuvor: »Was ist Ihre Nike denn für eine Rasse?«

»Eine Rottweilerin, dreieinhalb Jahre alt, ein bißchen verspielt, aber sehr lieb.«

»Oh, die sind aber ganz schön groß«, sagte Emma erschrocken.

»Ich verstehe nicht, warum Mütter in bezug auf Hunde so hysterisch sind«, rief Claire. »Kinder und Hunde sind absolut kompatibel.«

»Bis auf den Punkt, daß Eltern nicht in den Knast kommen, wenn ihre Kinder Rottweiler ins Gesicht beißen«, sagte ich.

Unsere große Hoffnung raffte ihre akademischen Bescheinigungen zusammen und stürzte aus dem Laden.

Bedröppelt sahen wir ihr nach.

»Dann doch lieber den Kugelfischkoch«, seufzte Emma.

Sonntag, 8. Juli

Ein komplettes Wochenende im Spaßbad mit vier Kindern! Aber Dany war total in seinem Element. Milena und Malte störten ihn überhaupt nicht. Im Gegenteil, als wir alle zusammen auf der Decke saßen und fettige Spaßbad-Pommes in uns hineinstopften, sagte er: »Der Malte hier ist schon ein richtig guter Schwimmer. Wessen Sohn ist das noch mal?«

»Matts Thiens«, sagte ich. »Malte und sein Vater kommen aus Hamburg.«

»Matts Thien, Thien, Thien«, überlegte Dany laut.

»Irgendwie kommt mir der Name bekannt vor. Ist das nicht so ein Psychofuzzi aus dem Fernsehen?«

Ich mußte laut lachen.

»Nein. Er schreibt Drehbücher.«

»Dann hab ich ihn wohl verwechselt.«

Montag, 9. Juli

Um der leidigen Personalsuche ein Ende zu bereiten, rief ich Frank an.

»Na also!« jubelte er ins Telefon. »Wollen wir uns jetzt duzen? Ich bin Frank-*y*.« Er fängt morgen an.

Als ich nachmittags Lotta-Paulina und Niklas von den *Apfelbäumchen* abholte, traf ich Hanna, die gerade Milena abholte. Mehr der Form halber fragte ich sie, ob sie nicht Lust hätte, mit in die Uckermark zu kommen.

Wie ich erwartet hatte, lehnte sie ab.

»Ach nee. Aus dem Alter bin ich raus. Früher fand ich Sex im Zelt ja affenscharf. Aber mit so viel Kindern an der Hacke dürfte es ein bißchen anstrengend werden.«

Die Befürchtung habe ich zwar auch, aber Sex ist schließlich nicht alles im Leben.

Dienstag, 10. Juli

Matts ist mit seinem Drehbuch ins Schwimmen geraten, und Malte wohnt diese Woche bei uns. Da Dany auf Simonas Betreiben hin jeden Tag zum gemeinsamen Abendessen nach Hause kommt (um danach noch mal mindestens bis Mitternacht ins Studio zurückzufahren), bekam er es natürlich mit.

Nachdem er heute die Kinder ins Bett gebracht hatte, fragte er: »Wer ist nochmal der dritte Mann in unserem Kinderzimmer?«

»Malte«, sagte ich, »der, der schon so gut schwimmen kann. Malte *Thien.*«

Dany sagte: »Ach ja, richtig. Gibt's da nicht so einen Fernseh-Psychiater, der so ähnlich heißt?«

»Drehbücher, Dany, Drehbücher.«

»Ach ja, erinnere mich. Hast du mir ja schon mal gesagt!«

Kann es sein, daß übermäßiges Fotografieren die Gehirnsynapsen verschmort?

Mittwoch, 11. Juli

Abends rief Matts an, weil ihm gerade eingefallen war, daß er sich für morgen zum Elterndienst eingetragen hat. Dabei hat er am Vormittag einen wichtigen Termin mit seinem Produzenten. Ganz zerknirscht fragte er, ob ich ausnahmsweise für ihn einspringen könnte.

Ich muß sofort Franky anrufen und ihn bitten, die Ladenschlüssel morgens bei den *Apfelbäumchen* abzuholen, damit er aufschließen kann.

Donnerstag, 12. Juli

Als ich bei den *Apfelbäumchen* ankam, mußte ich feststellen, daß Matts mit Andrea zum Elterndienst eingeteilt war.

Sie walkte schon den Teig für hundertzwanzig Sojabällchen durch. Auf mich warteten ein Sack Kartoffeln und eine gemischte Gemüsekiste, die zu einer Rohkostplatte »Bugs Bunny« verarbeitet werden sollte.

Aufgrund übertriebener ökologischer Kontrolle hatten die Kartoffeln ihr Wachstum eingestellt, als sie die Größe von Tischtennisbällen erreicht hatten. Es mußten mehrere hundert sein.

Natürlich wollte Andrea wissen, wo Matts steckte.

»Ach, sein Drehbuch wird demnächst fertig? Das sind ja gute Nachrichten. Ist es das über die verwahrlosten Jugendlichen?«

Soweit ich seinen Andeutungen hatte entnehmen können, arbeitete er an einer Art Großstadtseife mit kriminalistischer Nebenhandlung. Vielleicht kamen auch verwahrloste Jugendliche darin vor. Also grunzte ich zustimmend.

Während ich die lehmigen Tischtennisbälle einweichte, fiel mir ein, daß sich für den Vormittag ein Verlagsvertreter angekündigt hatte. An seinem dritten Arbeitstag konnte ich Franky unmöglich mit einem Vertreter allein lassen.

»Nimm eine Bürste«, sagte Andrea. »Naturbelassene Nahrungsmittel bedürfen liebevoller Zubereitung. Finde ich übrigens klasse, daß Matts sich dieses Themas annimmt. Abgesehen von Milchschnittenreklame bringen die doch im Fernsehen nie was Spannendes über Ernährung.«

Ich zuckte mit den Schultern und ließ das Wasser ab.

Matts und ich hatten noch keine Gelegenheit gehabt, uns über seine Drehbücher zu unterhalten. Aber das konnten wir ja nachholen, wenn wir in der Uckermark vor dem langsam verglimmenden Lagerfeuer saßen.

Die erste Hälfte der Kartoffeln kollerten in ein Sieb. Mein Verlagsvertreter brannte mir auf der Seele. Aber Andrea würde toben, wenn ich sie jetzt allein ließe.

»Können wir nicht einfach Pellkartoffeln daraus machen?«

»Von mir aus gern«, sagte sie lächelnd. »Aber dann müssen wir sie ihnen auf die Teller pellen. Außer meinen ißt nämlich keines der Kinder die Schalen mit. Heutzutage wissen die meisten Kinder nicht mal, daß Kartoffeln Schalen haben.«

Nach zweieinhalb Kartoffeln und drei ruinierten Fingernägeln kam endlich Franky.

»Du hältst den Schäler falsch«, sagte er.

»Bitte, du kannst gern weitermachen!«

Ich knallte den Schäler auf den Tisch und lief zur Garderobe, um den Ladenschlüssel zu holen. Ich steckte ihn in die Hosentasche und schlich mich in den Hausflur, um schnell eine Zigarette zu rauchen.

Als ich zurückkam, war der Boden des Kochtopfes von gelb schimmernden Kartoffelmurmeln bedeckt. Franky arbeitete, daß die Schalen nur so flogen.

»Erinnert mich an meine abgebrochene Karriere als Küchenfee«, grinste er.

Mir kam eine Idee.

»Franky, könntest du mich ausnahmsweise hier vertreten? Ich habe um elf einen Termin mit einem Verlagsmenschen.«

»Nur, wenn ich auch so ein paar Rübenhäschen basteln darf.«

»Ach, das zeig ich dir gern«, schnurrte Andrea. »Auch wenn es nicht so einfach ist, wie es aussieht.«

Kurz vor zehn, die Kinder schliefen, und Dany war sicher außer Haus, rief Matts an. Ich erzählte ihm, daß ich den Elterndienst an Franky delegiert hatte, worüber er sich köstlich amüsierte. Das Treffen mit seinem Produzenten war auch erfreulich verlaufen.

Wir versicherten uns, wie sehr wir uns auf unseren Urlaub freuten und daß wir ihn wirklich nötig hatten, und legten auf, damit er weiterarbeiten konnte.

Dann fiel mir ein, daß ich vergessen hatte, ihn um Wechselwäsche für Malte zu bitten. Ich rief ihn also noch einmal zurück.

Aber er hatte den Anrufbeantworter eingeschaltet. Obwohl ich zweimal rief: »Hallo Matts, ich bin's, nicht Andrea!« ging er nicht ran.

Samstag, 14. Juli

Am Vormittag waren wir mit unseren eigenen Kindern, Malte und Milena im Spaßbad.

Als Dany mit einem Riesentablett vom Imbißstand zurückkam, sagte er: »Vielleicht könnten wir Kindergeld für die beiden beantragen.«

Matts kam wie verabredet kurz nach vier zum Abholen. Er wirkte überarbeitet und geistesabwesend, bemerkte aber trotzdem sofort, daß Malte von Kopf bis Fuß in Niklas Sachen gekleidet war: »Oh Gott, Wechselklamotten. Die habe ich ganz vergessen.«

Ich sagte, ich hätte ihm das mehrmals auf den Anrufbeantworter gesprochen.

Schuldbewußt senkte er den Kopf. »Tut mir leid, Johanna. Aber wenn ich in Klausur bin, höre ich nicht mal das Band ab.«

Dany musterte ihn von Kopf bis Fuß und verschwand in seiner Dunkelkammer. Später sagte er: »Dann soll er das Band doch gar nicht erst laufen lassen. So ein Schwachsinn.«

Hanna kam erst kurz vor acht. Wir hatten Milena schon ihren Schlafanzug angezogen, um sie für eine weitere Nacht in unserem Kinderzimmer unterzubringen.

»Sorry, der Luftraum war mal wieder total überlastet.«

Sie ließ sich am Küchentisch nieder, griff nach einem der übriggebliebenen Fischstäbchen, die noch auf einem Teller herumlagen, und schielte zum Weinregal hinauf.

»Patrice läßt euch herzlich grüßen.«

»Bäh«, sagte Milena, rutschte von ihrem Schoß herunter und rannte ins Kinderzimmer.

Hanna seufzte und schielte wieder zum Weinregal.

Ich öffnete eine Flasche Chianti und nahm zwei Gläser aus dem Schrank.

»Und, wie war's in Paris?«

Dany lehnte mit vor der Brust verschränkten Armen am Kühlschrank und beobachtete uns. Eigentlich war es Zeit, daß er ins Studio fuhr.

»Ich war doch in London«, sagte Hanna und nahm einen großen Schluck.

»Nicht in Paris?«

»Patrice gibt gerade ein Sommerseminar in London. Hab ich dir das nicht erzählt?«

Jedenfalls konnte ich mich nicht daran erinnern.

»Hör mal, Hanna«, sagte Dany plötzlich. »Wir müssen wenigstens wissen, wo du dich herumtreibst, wenn Milena am Wochenende bei uns ist. Es könnte ja mal was sein. Ich hoffe, du hast dein Handy dabei.«

»Natürlich nicht«, entgegnete sie. »Was soll ich damit in London oder Paris? Ist doch viel zu teuer. Ich kann euch Patrice' Nummer geben.«

»Ich möchte aber deine.« Dany klang richtig aggressiv. »Und ich erwarte, daß du täglich deine Mailbox abrufst. Du bist Milenas *Mutter*.«

»Hehe«, sagte Hanna. »Tut mir leid, daß mein Leben gerade ein bißchen kompliziert ist.«

»Mein Leben ist auch kompliziert«, platzte Dany heraus. »Aber ich kümmere mich trotzdem um meine Kinder.«

»Ach nee!« rief Hanna empört. »Und was ist, wenn du deine kleinen Agenturausflüge machst?«

»Wenn ich nicht rund um die Uhr erreichbar bin, höre ich zweimal täglich meine Mailbox ab«, erklärte Dany würdevoll. »Meine Reisen sind übrigens beruflicher Natur.«

»Was noch zu beweisen wäre.« Ungerührt griff Hanna nach dem nächsten kalten Fischstäbchen.

»Dir brauche ich überhaupt nichts zu beweisen«, sagte Dany kalt. »Und meine Kinder haben sich bisher noch nicht über Vernachlässigung beschwert.«

»Milena etwa?«

»*Ich* finde, daß du Milena vernachlässigst.«

Er drehte sich auf dem Absatz um, riß seine Jacke von der Garderobe und verließ die Wohnung.

»Wer hat den denn gebissen?« fragte Hanna verblüfft.

Montag, 16. Juli

Hanna will jetzt doch mit in die Uckermark kommen. Sie rief mich heute im Laden an und sagte allen Ernstes: »Im Grunde hat Dany ja recht. Ich sollte wirklich wieder mehr Zeit mit Milena verbringen. Ich vermisse das ja selbst.«

Ich sagte ihr, daß wir, da sich Matts Deadline verschoben habe, frühestens kommenden Freitag losfahren würden und ob sie bis dahin nicht Patrice überreden könne, ebenfalls mitzukommen.

»Ach, Joe, was glaubst du, weswegen ich ihn das ganze Wochenende in London beknetet habe?« gab sie zurück. »Aber er erzählt mir ständig was von persönlichen Freiräumen, die wir nicht verletzen dürften. Inzwischen sehe ich kaum noch was von meinem Kind, weil ich jedes Wochenende in seinen Freiraum fliegen muß. Ach was, ich werde mich auch ohne ihn ganz prima amüsieren in der Uckermark.«

Sie schon.

Sonntag, 22. Juli

Gerade hat Hanna angerufen, um mir zu sagen, daß sie doch nicht mitkommt, sondern nach New York fliegt. Patrice hat ihr ein Ticket per Boten in den Laden schicken lassen. Dem Ticket lag ein ausgefranster Notizzettel mit »Miss you so badly, P.« bei.

Leider hat Patrice nicht daran gedacht, ein Ticket für Milena mitzuschicken. Aber da Milena ja sowieso lieber mit uns in die Uckermark will, ist das ja auch kein Problem, oder?

Uckermärker Notizen

Montag 23. Juli

23.45 Uhr, vor dem Zelt. »Drei oder vier macht doch keinen Unterschied«, sagte Matts, als ich ihm zerknirscht mitteilte, daß zwar Milena, nicht aber Hanna mitkommen würde.

Der Zeltplatz liegt ganz idyllisch in einem Kiefernwäldchen. Duschen und Toiletten sind in Containern untergebracht, und zum kristallklaren Badesee geht man fünfhundert Meter. Die Kinder sind begeistert.

Ich kann nicht schlafen, weil sich die Baumwurzeln durch die Isomatte in meinen Rücken drücken. Außerdem hat Matts darauf bestanden, alle vier Kinder und sich selbst von Kopf bis Fuß mit Zedernöl einzureiben, um die Mücken abzuhalten. Ich kann die Mücken verstehen. Dieser Geruch *ist* unerträglich. Wozu habe ich eigentlich mein Chanel-Bad eingepackt? Um den Duschcontainer zu aromatisieren?

Dienstag, 24. Juli

11 Uhr, am See. Mir ist flau im Magen von dem Zedernöl. Sonst nach wie vor perfekte Idylle. Die Kinder bauen ein Floß aus Ästen und Baumrinde. Matts ist mit dem Auto ins Dorf gefahren, um Lebensmittel zu besorgen. Ich wäre gern mitgefahren, aber wir konnten die Kinder nicht allein lassen. Sie wollten schon morgens um sieben baden gehen, ungefähr zu der Zeit, als Matts gerade vom Joggen zurückkam. Während er den Kindern Schoko-Frogs machte und für sich ein Spiegelei briet, schmetterte er den Gefangenenchor aus Nabucco, und ich hatte keine zwei Stunden am Stück geschlafen.

15 Uhr, am See. Milena ist in eine Wespe getreten. Ihr Fuß sieht aus wie der eines Elefanten. Natürlich will sie nach Hause. Matts ist ins Dorf gefahren, um Kühlkompressen und ein Antiallergikum zu besorgen.

Die Kinder beschmeißen sich am Seeufer mit Schlamm. Außer Milena, die auf einer Decke sitzt und heult. Sie sagt, ich sei eine gemeine Kuh, weil ich sie nicht nach Hause zu ihrer Mama bringe. Verzweifelt entgegne ich: »Aber die ist doch gar nicht zu Hause, Milena. Die ist doch in New York, bei Patrice.«

»Hoffentlich kommt der bald unter ein Auto«, schluchzt sie.

Ich hoffe, daß Hanna nicht *mit* Patrice unter ein Auto kommt.

19 Uhr, vor dem Zelt. Malte ist beim Grillen in eine Scherbe getreten. Er und Matts sind gerade in der Erste-Hilfe-Station. Milenas Laune hat sich ein wenig gebessert. Keines der Kinder will schlafen gehen, bevor Matts und Malte zurück sind. Wegen der Kiefern darf man kein Lagerfeuer vor dem Zelt machen. Für Romantik gibt's hier einen Grillplatz.

Mittwoch, 25. Juli

11 Uhr, am See. Als gestern endlich alle Kinder eingeschlafen waren, hat Matts mir den Rücken massiert. Leider hat er dazu das Zedernöl verwendet.

»Tut mir leid«, ächzte ich, »aber bei mir hat Zedernöl nicht gerade eine aphrodisische Wirkung.«

»Das sollte auch eine rein medizinische Massage sein«, antwortete er beleidigt. »Mit Zeltplatzsex habe ich schon während der Pubertät abgeschlossen.«

Arroganter Hamburger Sack.

Als sich dann herausstellte, daß er es doch nicht so gemeint hatte, fing Milena im Kinderzelt an zu wimmern. Ich ging zu ihr rüber, und sie sagte, sie brauche eine neue Kältekompresse für ihren Fuß. Also brachte Matts die Kältekompresse. Als Milena wieder eingeschlafen war, fing Malte an zu wimmern. Als Malte eingeschlafen war, fing Lotta-Paulina an zu wimmern.

Sie sagte, sie habe eine Mücke in der Nase und wolle bei mir im Bett schlafen, damit ich aufpassen könne, daß sie nicht daran ersticke. Ich sagte nein. Daraufhin wurde ihr Wimmern so laut, daß wir befürchteten, sie könne alle Kinder wecken. Also ging Matts rüber und holte Lotta-Paulina in unser Zelt.

»Und sowas nennt sich Urlaub«, stöhnte ich.

»*Familien*urlaub«, sagte Matts.

Donnerstag, 26. Juli

12 Uhr, am See. Endlich eine Nacht geschlafen! Das kam so: Matts hatte im Supermarkt des 17 Kilometer entfernt liegenden Dorfes Babyöl gekauft und mich damit massiert. Es wurde gerade richtig angenehm, als Lotta-Paulina vom Zelteingang her fragte: »Was macht ihr denn da?«

Es war wieder eine Mücke in ihre Nase geflogen, und sie wollte wieder bei uns schlafen. Aber Matts hatte die Faxen dicke und beförderte sie eigenhändig ins Kinderzelt. Allerdings brauchte er einige Zeit, bis sie in ihrem Schlafsack liegenblieb. Als er zurückkam, war ich eingeschlafen.

Beim Frühstück war er außergewöhnlich schweigsam. Seine Bergseen-Augen wirkten sonderbar verquollen. Wie sich herausstellte, waren es Mückenstiche. Angeblich hat das Babyöl die Mücken angelockt.

Nach dem Frühstück ist er zum Lebensmittelkauf ins Dorf gefahren. Die Kinder jammern inzwischen vor Hunger. Ich habe sie zum Beeren sammeln in den Wald geschickt.

Wenn Matts sich mit unserem Kombi abgesetzt hat, bringt Dany mich um.

15 Uhr, am See. Matts war nur in die nächste Kreisstadt gefahren, um eine erstklassige Luftmatratze für mich zu kaufen, durch die ich garantiert keine Baumwurzel mehr spüren würde. Sich hat er auch eine gekauft. Außerdem Schwimmwesten für die Kinder und ein Zitronenöl, das herrlich duftet *und* die Mücken fernhält. Es dauert ja immer ein bißchen, bevor so ein Urlaub in die Gänge kommt. Unterwegs hat er einen idyllischen Landgasthof mit Biergarten entdeckt. Da werden wir heute abend die Uckermärker Küche testen. Die Grillwürstchen hängen uns nämlich zum Hals heraus.

Freitag, 27. Juli

3.50 Uhr, vor dem Zelt. Wir waren gerade voll in das Zitronenölexperiment eingestiegen, als uns kindliche Würgelaute aus der romantischen Stimmung rissen. In der Öffnung des Kinderzeltes hing Lotta-Paulina und kotzte was das Zeug hielt. Matts reinigte den Zelteingang, während ich das zitternde Kind zum Duschcontainer schleppte, wo ich sie erst abduschte, sie dann noch einmal kotzte und ich sie nochmal abduschte.

»So viel zu der original Uckermärker Küche«, sagte ich zu Matts, und er war sofort beleidigt. Er war der einzige, der die »Schlachteplatte« genießbar fand.

Um eins kam Milena kotzend aus dem Zelt getorkelt. Um zwei kotzte Niklas, schaffte es aber nicht mehr nach draußen, so daß wir alle Kinder in unser Zelt umbetten mußten, um das Kinderzelt im Licht unserer Taschenlampen so gut wie möglich sauberzumachen. Es stinkt allerdings so, daß wir die Kinder nicht wieder reinlegen konnten. Deshalb schlafen wir jetzt im Freien.

11 Uhr, am See. Die Kinder liegen wie vergiftete Fische am Strand, abgesehen von Malte, der mit seinem Vater zum Einkaufen gefahren ist. Wir brauchen Salzstangen, Cola und Elektrolyte. Am schlimmsten hat es Niklas erwischt.

Lotta-Paulina hat Matts erzählt, daß ich sie zur Beerensuche in den Wald geschickt hätte, und er sagte: »Das war vielleicht keine so gute Idee, Johanna.«

Ich blieb bei meiner Schlachteplatte-Theorie. Mir ist nämlich auch schon ein bißchen schlecht, und ich habe keine Beeren gegessen.

11.15 Uhr. Ob ich es riskieren kann, mal eben zum Zelt zu laufen und ein paar Kohletabletten zu nehmen?

17 Uhr, vor dem Zelt. Außer Matts liegen alle flach auf dem Rücken, auch Malte. Ich würde am liebsten nach Berlin zurückfahren, aber ich fühle mich außerstande, auch nur einen Rucksack zu packen, von Zelten und Schlauchboot ganz zu schweigen.

Als ich von Krämpfen gebeutelt auf dem schmierigen Containerboden lag, hielt mir eine wildfremde Frau den Kopf aus der Kotze.

»Hier erlebst du Sachen, für die andere ein Ticket nach Südamerika kaufen«, sagte Matts und schob mir ein Eiswürfelchen aus Evian zwischen die Lippen.

20.30 Uhr, vor dem Zelt. Als die ersten Grillgerüche über den Platz wehten, begannen wir alle zu wimmern und wurden von neuen Übelkeitswehen geschüttelt. Matts verteilte Vomex und Kohletabletten. Ich mache mir große Sorgen um Niklas. In Berlin hätte ich schon vor Stunden einen Arzt gerufen.

»So ein kleines Körperchen ist zäher, als du denkst«, sagte Matts und strich mir die Haare aus der Stirn. »Er schafft das sogar besser als du, warte es ab.«

Naja, ist ja auch nicht *sein* Kind.

Habe Dany auf dem Handy angerufen. Und auf die Mailbox gesprochen. Er soll uns so schnell wie möglich hier abholen.

23 Uhr, vor dem Zelt. Niklas hat über 40 Fieber. Alle anderen Kinder haben knapp unter 40 Fieber. Matts flößt Niklas das Elektrolyte-Mittel mit der Pipette von den Nasentropfen ein und macht ihm Wadenwickel. Wir haben nur noch zehn Fieberzäpfchen. Zu wenig, um mit vier fiebernden Kindern über die Nacht zu kommen. Wir haben beschlossen, Lotta-Paulina und Melina keine Zäpfchen zu geben, weil sie die kräftigsten sind.

Matts ist sehr ruhig. Er sagt, wir fahren morgen früh nach Berlin und lassen die Zelte einfach stehen. Die können wir immer noch holen.

Ich hoffe trotzdem, daß Dany eintrifft, bevor die Nacht vorbei ist. Er kann sich doch irgendwo ein Auto leihen. Vermutlich ist er schon unterwegs.

Samstag, 28. Juli

4.50 Uhr, vor dem Zelt. Es ist schon fast hell. Wo ist Matts?

6 Uhr. Taghell. Ich habe Matts im Männercontainer gefunden, wo er stocksteif an der Wand lehnte. »Gib mir zwei Stunden, Joe«, sagte er mit gepreßter Stimme. »Vielleicht kann ich dann fahren.«

8 Uhr, vor dem Zelt: Matts wird auch in weiteren zwei Stunden nicht fahren können. Er liegt hinter dem Zelt und wimmert. Ich lege ihm Kältekompressen auf die Stirn und schiebe ihm Evian-Eiswürfel zwischen die Lippen.

Niklas Zustand hat sich etwas gebessert.

Wo bleibt Dany? Zu Hause ist er nicht. Im *Studio im Loft* geht auch keiner ran.

»Vielleicht ist er unter ein Auto gekommen«, sagt Milena.

11Uhr, vor dem Zelt. Was ist eigentlich los? Hört er seine Mailbox nicht ab? Warum geht niemand im Studio ran? Inzwischen müßte doch wenigstens diese bescheuerte Saskia da sein.

14Uhr, vor dem Zelt. Matts unternimmt erste Gehversuche zwischen den Kiefern.

Niklas hat zart gelächelt, als Melina und Lotta-Paulina mit den Kühlkompressen Blödsinn machten.

21 Uhr. Wir haben es geschafft. Wir sind zu Hause.

Ende der Uckermärker Notizen

Montag, 30. Juli

Morgens zwischen sieben und acht, als die anderen noch schliefen, habe ich die Wohnung inspiziert. Es fehlt sein Rasierzeug, der braune Anzug, gut die Hälfte der Socken, drei bis vier Paar bunte Turnschuhe und unsere große Reisetasche. Auf dem Anrufbeantworter blinkten meine eigenen Hilfeschreie.

Kurz nach elf habe ich endlich diese Saskia im Studio erreicht und sofort wüst beschimpft, weil keiner ans Telefon ginge. Sie entgegnete, das Studio sei nur stundenweise besetzt, da Dany und Jens seit Mittwoch in München bei der *Hoggenobb*-Präsentation seien. Dany habe sein Handy im Büro liegenlassen. Das passiere ihm leider ständig, aber sie könne mir ja Jens' Handynummer geben.

Sie gab mir auch die Nummer des Hotels, in dem Jens und Dany abgestiegen sind. Vor Freitag werden die beiden nicht zurückerwartet.

Danach bin ich mit allen Kindern zu unserer Kinderärztin gegangen, während Matts mit dem Auto in die Uckermark gefahren ist, um die Zelte und das Schlauchboot zu holen.

Die Ärztin meinte, die Kinder hätten das Schlimmste hinter sich. Trotzdem sollen wir uns auf Salmonellen testen lassen. »Uckermark«, sagte sie stirnrunzelnd. »So was holt man sich eigentlich in Mexiko.«

Am frühen Nachmittag kam ich endlich dazu, in diesem Münchner Hotel anzurufen. Erst dachte ich, ich hätte mich verwählt, da der Anruf von einer Frau entgegengenommen wurde, die ein gequältes »Ja-a« in die Muschel hauchte, als hätte ich sie gerade aus der wohlverdienten Siesta geschreckt. Ich entschuldigte mich und sagte, daß ich eigentlich Herrn Daniel Krollmann erreichen wollte.

»Ach, Dany, der ist gerade eingeschlafen«, sagte sie.

Sie klang so, als hätte sie ihm dabei zugesehen.

»Wie wärs mit wecken?« fauchte ich.

»Beim besten Willen nicht. Wir haben achtundvierzig Stunden am Stück durchgemacht. Geben Sie mir Ihre Nummer. Er ruft Sie zurück.«

Wahrscheinlich strich sie ihm dabei zärtlich die Haare aus der Stirn.

6

August

Mittwoch, 1. August

Ich löffelte eine Packung Schoko-Frogs zu gleichen Teilen in vier bunte Plastikschälchen. Auf dem Tisch stand der Korb mit den frischen Brötchen, die Matts von seiner morgendlichen Joggingrunde mitgebracht hatte. Während er duschte, spielten die Kinder nebenan in ihren Schlafanzügen. Ich wollte gerade den Milchtopf vom Herd nehmen, als ein Schlüssel in der Wohnungstür knirschte.

Drei Sekunden später stand Dany in der Küche.

»Hi, Joe.«

Er ließ die Reisetasche fallen.

Diese Saskia hatte Freitag gesagt. Nicht vor Freitag.

»Wo ist Niklas?« keuchte er.

»Im Kinderzimmer natürlich.« Aber er war ohnehin schon im Kinderzimmer verschwunden.

»Dem scheint es ja prima zu gehen!«

»Setz dich doch.«

»Ich geh mal eben ins Bad.«

»Bitte, setz dich!«

»Nee, ich muß kurz ins Bad.«

»Das ist besetzt!«

Zu spät. Die Milch schäumte über den Topfrand. Die Dusche wurde abgestellt, und ich hörte meinen Ehemann fragen: »Was, zum Teufel, machen Sie denn hier?«

»Duschen«, antwortete Matts.

»Raus«, brüllte Dany.

»Ganz cool.«

Matts wischte nackt und tropfend an der Küchentür vorbei ins Schlafzimmer, wo er von innen abschloß.

Ich klammerte mich mit beiden Händen am Milchtopf fest und wartete auf den Herzstillstand.

»Hast du sie eigentlich nicht mehr alle? Bombardierst Saskia mit hysterischen Anrufen und läßt mich fünf Stunden in einem Leihwagen über die nächtliche Autobahn düsen, um mir deinen Liebhaber unter der Dusche zu präsentieren? Wenn das einer deiner blöden Frauenwitze ist –.«

»Dany, wir waren alle todkrank! Ich habe dich zum ersten Mal am Freitag angerufen –.«

»Wenn ich eine halbe Stunde früher gekommen wäre, hätte ich euch wahrscheinlich noch beim Morgenquickie zugucken dürfen.«

»...und danach im Vierstundenrhythmus auf drei verschiedenen Telefonen. Aber du hast dich nicht gemeldet!«

»Weil ich *gearbeitet* habe! Kannst du dir vorstellen, was das ist? Arbeit?«

»Klar«, schrie ich zurück. »Arbeit ist, wenn man danach seine Auftraggeberin vögelt!«

Er schnappte seine Reisetasche.

»Immer noch besser als das, was du vor den Kindern treibst«, brüllte er. »Hast du denn überhaupt kein Verantwortungsbewußtsein?«

Das reichte! Den tropfenden Milchtopf in der Hand, machte ich einen Satz auf ihn zu, aber er hatte schon die Wohnungstür erreicht und rannte die Treppe hinunter.

Ich stellte den Topf ins Spülbecken, ließ mich selbst auf einen Stuhl sinken und bemerkte, daß ich von den Schultern bis zu den Waden zitterte.

Lotta-Paulina schob sich in die Küche und musterte mich besorgt.

»Warum habt ihr so geschrien?«

»Das kann Matts dir erklären.«

Ich nahm meine Umhängetasche von der Anrichte, klopfte gegen die verbarrikadierte Schlafzimmertür und rief: »Matts, ich muß in den Laden!«

Als Konsequenz des verpatzten Frühstücks fand das Familienabendessen nicht in meiner, sondern in Matts Wohnung statt.

Es gab Pellkartoffeln mit Kräuterquark und Vollkornbrot. Keiner sagte was außer »bitte« und »danke«, und nachdem sie ihren Pflichtteil verspeist hatten, verzogen sich die Kinder erleichtert in Maltes Zimmer.

Matts räumte die Spülmaschine ein und kochte Kaffee. Dann setzte er sich und sah mir lange und prüfend in die Augen.

»Um ehrlich zu sein, Johanna, ich hätte es fairer gefunden, wenn du mir gesagt hättest, daß du noch mit deinem Mann zusammenlebst.«

Ich nippte an meinem Kaffee.

»Du hast mich nicht danach gefragt. Außerdem ist es nur noch pro forma.«

»Bitte, Johanna! Ich habe Lotta-Paulina gefragt, ob ihr Papa eine eigene Wohnung hat und sie sagte ›nein‹.«

»Wollen wir da jetzt die Kinder mit reinziehen?«

»*Du* hast gesagt, ich würde ihr erklären, warum ihr euch angeschrien habt.«

»Na schön«, gab ich zu. »Dany hat noch keine neue Wohnung gefunden, aber er verbringt fast jede Nacht in seinem Atelier.«

»Du hast mir gegenüber so getan, als sei eure Beziehung beendet.«

»Sie ist beendet.«

»Vielleicht seit heute morgen«, sagte er trocken.

Ich knallte den Kaffeelöffel auf die Tischplatte.

»Na und? Ändert das etwas zwischen uns? Interessierst du dich für mich oder für meinen Mann?«

Er schüttelte den Kopf.

»So nicht, Johanna. Ich habe nicht das geringste Interesse daran, eine Ehe zu zerstören.«

»Das fällt dir ein bißchen spät ein, findest du nicht?«

Samstag, 4. August

»Natürlich wußte er, daß du noch mit Dany zusammen bist.« Hanna schob sich ein dick mit Mascarpone bestrichenes Stück Bagel in den Mund und leckte sich genüßlich die Fingerspitzen ab. »Er tut nur so, als ob er es nicht gewußt hätte, dein Mr. Saubermann.«

Sie hatte den New York-Aufenthalt für eine Typveränderung genutzt. Dazu gehörten falsche Metallfingernägel, eine lackierte Kurzhaarfrisur in Blauschwarz und eine gepiercte Unterlippe. Vom Flughafen war sie mit dem Taxi direkt zu meiner Wohnung gefahren und hatte nach einer flüchtigen Inspektion des Kühlschranks beschlossen, daß unser nächstes Ziel *Lola Montez* hieß. Ihr Stammcafé am Kollwitzplatz bot an den Wochenenden ein opulentes Frühstücksbüffet an. Während wir an einem der Tische auf dem Gehsteig saßen, tobten die Kinder in sicherer Entfernung auf dem gegenüberliegenden Spielplatz.

»Warum bist du da so sicher?«

Ich fischte eine Treibhauserdbeere aus meinen Anti-Pasti.

»Weil er nie gefragt hat«, antwortete sie prompt. »Er hat nicht mal andeutungsweise versucht, es herauszufinden. Weil er es gar nicht wissen wollte. Dann hätte er dich ja nicht reinen Gewissens vögeln können.«

Genüßlich knüllte sie eine Scheibe Parmaschinken zwischen ihren Metallicklauen zusammen.

»Wo steckt das Arschloch denn jetzt?«

»Er ist übers Wochenende nach Hamburg gefahren. Dringende familiäre Angelegenheit.«

»Und was für eine Angelegenheit? Maltes Mutter vielleicht? Ist *er* denn wenigstens anständig und sauber geschieden?«

Ich träufelte griechischen Honig auf meinen türkischen Joghurt. »Keine Ahnung.«

»Was weißt du eigentlich über den Kerl?« fauchte sie. »Habt ihr während des Urlaubs eigentlich auch mal miteinander geredet?«

»Nee, mehr gekotzt.«

»Und was ist mit Dany?«

»Der will im Studio schlafen, bis die *Hoggenobb*-Sache durch ist. Aber zweimal in der Woche kommt er zum Abendessen.«

»Hoggenobb, Hoggenobb«, äffte sie mich nach. Was ist das eigentlich?«

»Irgend so eine Firma.«

Hanna lachte.

»Kein Wunder, daß deine Männer machen, was sie wollen, wenn du von nichts eine Ahnung hast«, sagte sie. »Aber das werden wir jetzt ändern, was Joe?«

Sie winkte dem Kellner und bestellte eine Flasche Prosecco.

»Eine ganze Flasche, Hanna?«

»Ich muß was gegen meinen Jetlag tun.«

Sie zog eine Grimasse und massierte sich die Schläfen.

»Weißt du Joe, es ist super vor einem offenen Hotelfenster in New York wilden Sex zu haben, aber –.«

»Aber?«

»Aber der Haken daran ist, daß man dafür nach New York fliegen muß. Und jetzt trinken wir ein Gläschen, ja?«

Dienstag, 7. August

Eigentlich ist Alkohol auf Elternfrühstücken nicht üblich. Aber wir waren nur zu dritt. Simona ist noch auf Bornholm, Andrea regeneriert sich in Mecklenburg und Mona-Lisa in Nepal. Matts hat sein Hamburgwochenende wie üblich üppig verlängert, und die meisten der anderen Eltern sind auch noch im Sommerurlaub.

Dafür kam Emma, beladen mit einer riesigen Papiertüte aus dem italienischen Feinkostladen.

»Ich konnte nicht widerstehen«, sagte sie, als sie die zweite Flasche Prosecco aus der Tüte zog. »Vielleicht ist es das letzte Elternfrühstück meines Lebens, und wenn das Baby früher kommt, schadet es jetzt auch nicht mehr.«

Lächelnd hob sie ihr Glas. »Trinken wir darauf, daß du es schaffst, Franky in den nächsten neun Monaten zu einer perfekten Fachkraft auszubilden.«

»Der Junge macht sich wohl gut?« fragte Hanna.

»Hervorragend!« riefen Emma und ich fröhlich. Als Emma sich nach Hannas Urlaub erkundigte, wedelte die abwehrend mit einem Grissini: »Wenn du es unbedingt wissen willst, der Urlaub war so schön, daß ich kein Testosteron mehr riechen kann. - Jedenfalls nicht bis zum Ende dieses Zyklus.«

Emma schüttelte indigniert den Kopf. »Das ist nur deine biologische Uhr. Eigentlich willst du schon lange ein Zweites. Was glaubst du, warum Joe und ich schon bei Nummer drei sind –.«

Entgeistert starrte Hanna mich an: »Du bist – ?«

»Aber nein«, sagte ich. »Wovon redest du, Emma?«

»Du kamst mir die ganzen letzten Wochen schon so verändert vor«, sagte sie lächelnd. »Und am Freitag hat Dany es mir anvertraut.«

»Wie bitte?«

Die Geschichte war folgende: Am Freitag morgen hatte Emma eine ihrer Routineuntersuchungen bei unserer gemeinsamen Frauenärztin Dr. Stock-Blume. Als sie gegen elf die Praxis verließ, traf sie Dany. Er lehnte auf der gegenüberliegenden Straßenseite an einem Bauzaun und hatte den Blick auf die Fensterzeile von Dr. Stock-Blumes Behandlungsräumen geheftet.

»Also bin ich zu ihm rübergegangen und habe gesagt: ›Hallo, Dany, laß mich raten, was du hier machst.‹ Natürlich hat er, wie üblich, gar nichts gesagt, sondern nur so ein bißchen gelächelt. Ich habe kurz seinen Arm gedrückt und gesagt: ›Das ist ja eine tolle Überraschung‹, worauf er meinte ›wie man's nimmt‹. Ach Joe, ich freu mich so für euch. Du wirst sehen, dieses Kind wird eurer Beziehung ganz neue Dimensionen eröffnen.«

»Aber ich bin nicht schwanger«, sagte ich. »Ganz abgesehen davon, daß ich den Freitag vormittag im Laden verbracht habe.«

Emma hob beide Hände vors Gesicht, während Hanna sich ausschüttete vor Lachen.

»Wie peinlich! Dany muß mich für total abgedreht halten. Aber wieso hat er die Hausfassade so angestiert?«

»Vielleicht wollte er sie fotografieren«, sagte Hanna und schenkte noch eine Runde ein.

Donnerstag, 9. August

Normalerweise läßt Marian mich nie länger als fünf Minuten warten, aber heute vergingen zwanzig, bevor die Praktikantin mich zu einem der teuren Spiegelplätze führte. Die Kundin daneben wurde gerade von Carmen bedient. Carmen kenne ich noch aus den guten alten Zeiten, als Marian seinen ersten Laden am Rasputinplatz hatte. Inzwischen ist sie stellvertretende Imperiumsleiterin.

»Marian ist noch mit seinem Anwalt im Büro«, raunte sie mir ins Ohr. »Soll Vanessa dir schon mal die Haare waschen oder willst du lieber ein anderes Mal wiederkommen?«

Als Marian endlich erschien, war mir der Frotteeturban am Kopf angetrocknet. Anstelle einer Begrüßung schnaubte er wütend, warf das Handtuch auf den Boden und fuhr mir mit allen zehn Fingern durchs Haar, als wolle er mich skalpieren.

Ich beschrieb ihm die Frisur, die mir vorschwebte. Es war Hannas New-York-Kreation, nur zehn Zentimeter länger und rotbraun anstatt blauschwarz. Der Pony nicht zu kurz, aber so kurz, daß man ihn anlacken konnte.

»Ich kann dir auch einen Hahnenkamm implantieren«, knurrte er.

»Was ist los mit dir?« wollte ich wissen. »Ehekrach?«

»Nee, diesmal sitze ich wirklich in der Scheiße.«

»Unsinn«, mischte Carmen sich mit sanfter Stimme ein. »Carl kriegt das schon hin.«

»Was?«

»Du kennst mich doch seit Jahren, Joe«, sagte er in gekränktem Ton. »Kannst du dir vorstellen, daß ich eine Klage wegen Körperverletzung am Hals habe? Von einer Stammkundin?«

»Hast du ihr ein Ohr abgeschnitten?«

»Nee, die Haare gefärbt, von Black Cherry auf Strawberry Blonde. Wie du weißt, bin ich ein großer Anhänger von Naturfarben, aber von Black Cherry auf Strawberry Blonde geht nun mal nicht ohne chemische Keule. Weil sie es sofort haben wollte, habe ich sogar eine Sonderschicht eingelegt.«

Marian schnippelte aufgebracht an meinem Hinterkopf herum.

»Als die Dame kurz vor Mitternacht meinen Salon verließ, war sie ein clubreifes Erdbeertörtchen. Aber fünf Tage später stellte sie fest, daß der Storch sie gebissen hatte. Und ihre Ökotrutsche von Frauenärztin hat ihr weisgemacht, daß die chemischen Dämpfe die Leibesfrucht geschädigt haben könnten. Hast du so einen Blödsinn schon mal gehört?«

Alle Patientinnen von Dr. Stock-Blume wußten, daß man während der Schwangerschaft von chemischen Haarveränderungen tunlichst Abstand nahm.

»Und jetzt behauptet ihre Anwältin, es wäre meine Pflicht, die Kundinnen über die möglichen Nebenwirkungen chemischen Haarefärbens auf Frühschwangerschaften aufzuklären. Ich bin doch nicht vom Gesundheitsamt. Und wie soll das funktionieren? Soll ich alle Mädels, die sich die Haare färben lassen wollen, in einen Becher pinkeln lassen?«

»Carl haut dich da schon raus«, sagte Carmen und verbarrikadierte ihre Kundin schnell unter der Wärmehaube.

»Carl ist mein Anwalt«, fuhr er an mich gewandt fort. »Er vertritt auch den Typen, der Cooky das Nabelpiercing gemacht hat. Das ist angeblich auch schädlich.«

»Marian«, hauchte Carmen. »Vielleicht solltest du erst mal hinten einen Kaffee trinken, wenn du mit Joe fertig bist. Ihr seid doch fertig, oder?«

Ich warf einen Blick in den Spiegel. Mit nassen Haaren sah ich aus wie immer. Mit trockenen wahrscheinlich auch. Von neuer Farbe war keine Rede mehr.

»Komm, ich fön dich im Büro«, knurrte er.

Drei Minuten später folgte uns Carmen mit drei großen Tassen Cappuccino. Sogar die Schaumhäubchen saßen perfekt. Mütterlich rückte sie die Kaffeetasse vor Marian zurecht und ließ sich auf einem Stuhl neben mir nieder.

»Es ist keine gute Werbung, wenn er diese alberne Geschichte im ganzen Salon herumposaunt, findest du nicht auch, Joe?«

Ich nahm einen Schluck Kaffee. »Man muß auch mal Dampf ablassen, Carmen. Von wem ist Cooky denn schwanger?«

»Von wem?« Entgeistert starrte Marian mich an. »Keine Ahnung. Hast du schon was gehört, Carmen?«

Carmen schüttelte den Kopf. »Nur, daß ihr Verhütungscomputer angeblich versagt hat.«

Marian ließ seine Faust so heftig auf den Tisch donnern, daß der Milchschaum aus unseren Tassen über die Life-Style-Magazine spritzte.

»Und das sagst du erst jetzt? Wieso verklagt sie dann nicht ihre Softwarefirma statt mich? Raus, Mädels, ich muß Carl anrufen!«

Sobald die Kinder im Bett lagen, rief ich Hanna an, um ihr von Cookys Schwangerschaft zu erzählen. Zur Feier der guten Nachricht hatte ich einen samtigen Rotwein geöffnet und mich aufs Sofa gekuschelt.

»Denk mal, schwanger, die Werbe-Queen der neuen Mitte. Und veranstaltet schon jetzt so einen Zirkus wegen ein bißchen Haarfarbe.«

Hanna reagierte zurückhaltend.

»Vielleicht startet sie eine Höschenwindelkampagne. Von wem ist es denn?«

»Das wußten sie noch nicht bei Marian. Angeblich hat ihr Verhütungsprogramm versagt. Ist das nicht zum Brüllen?«

Hanna brüllte nicht.

»Von irgendwem muß es trotzdem sein.«

»Aber Hanna, das ist doch wirklich nicht unser Bier.«

»Kommt ganz drauf an, von wem es ist.«

Freitag, 10. August

Schon vor zehn rief Hanna bei *bunt & spannend* an und lud mich ein, nachmittags bei ihr im Laden vorbeizukommen. Sie habe eine Idee, wie wir herauskriegen könnten, von wem Cookys Kind ist.

Als ich bei *Gutschi & Verrutschi* ankam, war der Laden gut gefüllt mit Jungmüttern und Frühschwangeren. Sie zog mich in ihr Hinterzimmer, drückte mich auf eine Kiste, setzte sich auf eine andere und zog ihr Handy hervor.

»Wir nehmen das Handy, damit sie den Anruf nicht zurückverfolgen können«, sagte sie. »Die Nummer von *Cookys* habe ich mir schon besorgt. Weißt du den Namen einer Sprechstundenhilfe bei Stock-Blume?«

Ich überlegte. »Die am Tresen heißt Schwester Heidi. Aber da wuselt jede Menge Personal rum.«

»Heidi ist gut«, sagte sie. »Halt mal einen Blick auf den Laden, während ich telefoniere. Die Frühschwangeren klauen wie die Raben.«

Ich postierte mich am Türspalt, während sie auf ihr Handy einhackte.

»Guten Tag. Hier ist die Praxis Dr. Stock-Blume, Schwester Heidi. Könnte ich bitte Frau Verena Meier sprechen...

Natürlich ist es dringend, sonst würde ich nicht am Freitag nachmittag anrufen. Es geht um eine Blutuntersuchung.«

»Ja, danke... Guten Tag, Frau Meier. Hier ist Schwester Heidi aus der Praxis Stock-Blume. Wir haben doch neulich Blut bei Ihnen abgenommen. Jetzt braucht das Labor aber noch... Ja, natürlich ist alles in Ordnung. Ja, genau, darüber haben Sie mit Frau Doktor gesprochen. Ja-a. Aber das Labor teilte uns heute mit, es könnte ein weiterer Test gemacht werden, wenn Sie uns die Blutgruppe ihres Kindsvaters mitteilen könnten. Und da wollte ich fragen, ob wir nicht einen Termin mit ihm... Ah ja, gut, ja. Danke, Frau Meyer. – Scheiße.«

»Scheiße?«

Sie feuerte das Handy auf den Karton. »Die wußte die Blutgruppe ihres Schwängerers auf Anhieb. A positiv. Unglaublich. Ich bin fest davon ausgegangen, daß sie sie nicht weiß und wollte sie dazu bringen, einen Termin zur Blutabnahme für ihn auszumachen. Dann hätten wir ihn gehabt.« Nachdenklich starrte sie auf ihr Telefon.

»Hanna, was hast du überhaupt vor?« fragte ich.

Vor dem Kassentisch hatte sich inzwischen eine Schlange gebildet.

»Vielleicht sollten wir mal nach vorne gehen.«

Nachdem sie ihre Kundinnen mit ein paar Nettigkeiten aus dem Laden gejagt hatte, hängte sie das »Bin-gleich-zurück«-Schild in die Tür.

»A positiv, A positiv«, murmelte sie, während sie großzügig Pulver in den Filter ihrer Kaffeemaschine löffelte. »Weißt du, was Dany für eine Blutgruppe hat?«

»Nö. Aber ungefähr vierzig Prozent aller Menschen haben die Blutgruppe A.«

»Ich dachte natürlich, ich kriege seinen Namen raus«, sagte Hanna ärgerlich, während sie das Regal hinter ihrem Ladentisch nach zwei sauberen Tassen absuchte. »Aber ich verstehe nicht, wie du dich mit vierzig Prozent der Weltbevölkerung trösten kannst, nachdem Emma Dany vor Stock-Blumes Praxis erwischt hat.«

»Also Hanna –.«

»Und nachdem du ihn mit Cooky in einem Münchner Hotelzimmer quasi in flagranti –.«

»Ich bin nicht mal sicher, ob ich mit Cooky gesprochen habe.«

»Na, hör mal, nachdem er schon vor Wochen mit ihr nach Paris –.«

»Also Hanna, ich glaube, du drehst langsam durch.«

Trotzdem habe ich, nachdem die Kinder im Bett waren, unsere Familienpapiere nach einem Hinweis auf Danys Blutgruppe durchwühlt. Leider ist die Blutgruppe weder auf der Heirats- noch der Geburtsurkunde vermerkt. Ich dachte gerade über einen Vorwand nach, unter dem ich meine Schwiegermutter anrufen und nach der Blutgruppe ihres Sohnes fragen konnte, als mich das Klingeln des Telefons erlöste. Matts! Er war gerade aus Hamburg zurückgekommen und klang gar nicht mehr sauer. Er fragte, ob ich Lust hätte, morgen mit ihm und den Kindern zum Badesee in der Wuhlheide zu fahren. Aber leider habe ich die Samstagsschicht. Die Kinder wollte ich mit in den Laden nehmen, weil Dany keine Zeit für sie hat.

»Die Ärmsten«, sagte er. »Soll ich sie nicht lieber mit raus zum See nehmen?«

Samstag, 11. August

Ich hätte genausogut mit an den See fahren können. Was gibt es auch für Gründe, an einem strahlenden Samstag im August eine Buchhandlung zu betreten, wenn sie einem nicht selbst gehört?

Gegen Mittag rief Hanna an. Sie wollte wissen, ob Patrice es wohl seltsam fände, wenn sie ihn in New York anriefe, um sich nach seiner Blutgruppe zu erkundigen.

Ich rief: »Oh nein! Fängst du schon wieder damit an?«

»Ich brauche irgendeinen Vorwand. Sonst denkt er am Ende, daß *ich* schwanger bin.«

»Na und?«

»Ich glaube, er leidet unter Bindungsängsten.«

Es kamen noch zwei jüngere Kundinnen und fragten nach dem jungen Mann »der sonst immer hier arbeitet«. Ein älterer Mann, hart an der Grenze zum Clochard, baute sich vor dem Ladentisch auf und fragte, ob ich nicht eine schöne Tasse Kaffee für ihn übrig hätte. Ich erklärte ihm den Weg zum Tagescafé der Heilsarmee. Oh Gott, war ich froh, als ich abschließen konnte.

Als Matts und die Kinder vom See zurückkamen, machten wir alle zusammen Spaghetti *und* Fischstäbchen. Die Kinder erzählten von ihren Abenteuern am See, und Matts sagte, daß alles noch viel netter sei, wenn ich auch dabei wäre und wir das nächstes Wochenende nachholen würden. Dann beglückwünschte er mich zu meinem neuen Haarschnitt, der außer ihm noch niemandem aufgefallen ist. Während Lotta-Paulina und Niklas in ihre Schlafanzüge schlüpften, verabschiedeten Matts und Malte sich dezent. In der Tür küßte er mich zart auf die Wange und flüsterte mir ins Ohr, am meisten von ganz Berlin habe ich ihm gefehlt. Dummerweise konnte ich ihn nicht zum Bleiben auffordern, da morgen früh Dany aufkreuzt, um die Kinder zum Schwimmen abzuholen.

Sonntag, 12. August

Als Dany kam, um die Kinder abzuholen, fragte ich ihn: »Was sind das eigentlich für Typen, diese Hoggenobbs?«

Er sah mich ungläubig an und antwortete: »Kleine Monster, Joe, so was ähnliches wie Gremlins.«

Aber nachdem er an meinem Gesichtsausdruck wohl ablesen konnte, daß ich wirklich noch nicht davon gehört hatte, fügte er hinzu: »*Hoggenobb Sports & Spa* ist eine Münchner Wellnesskette, die im Herbst ganz groß in Berlin ins Geschäft einsteigt. Liest du eigentlich keine Zeitungen?«

Als er die Kinder am Abend zurückbrachte, nahm er seine restlichen Socken und die Fußpilzcreme aus dem Badezimmer mit.

Montag, 13. August

Als Franky mich am Nachmittag im Laden ablöste, fragte ich ihn als erstes, ob er diesem Clochard etwa jemals Hoffnung auf eine Tasse Kaffee gemacht hätte? Er sagte, der Clochard sei ein eremitierter Bühnenbildner des Deutschen Theaters, der in der Nähe wohne und regelmäßig irgendwelche ausgefallenen Bildbände bestelle, die ziemlich teuer seien.

»Das heißt nicht teuer, sondern hochpreisig«, schrie ich.

Meine Nerven! Wir müssen endlich eine Kundenkartei anlegen.

Dienstag, 14. August

Heute kam eine Postkarte von Simona. *Herzliche Grüße aus Bornholm senden euch Chiara und Simona. Leider kann Jens nicht bei uns sein, da es bei der Hoggenobb-Kampagne Probleme gegeben hat. Dafür haben wir einen sehr netten Nachbarn, mit dem wir jeden Abend essen. Er ist Anhänger der Slow-Food-Bewegung, die ja, wie bekannt ist, italienische Wurzeln hat. Liebe Grüße und Ciao, Simona.*

Mittwoch, 15. August

Patrice hat scheinbar sein Handy abgemeldet. Hanna hat jetzt seit zehn Tagen nichts mehr von ihm gehört und ist überzeugt davon, daß es mit seiner Blutgruppe zusammenhängt. Seit Samstag hat sie angeblich nichts mehr zu sich genommen außer Kaffee und Schokoriegeln.

Ich wünschte, Simona käme endlich zurück.

Freitag, 17. August

Simona ist zurück! Sie mußte den Urlaub abbrechen, weil Chiara sich bei einem Kind am Strand mit Masern angesteckt hat. Sie rief mich mittags im Laden an, und ihr erster Satz lautete: »Joe, könntest du bitte deinen Mann aus meinem Bett holen?«

Offenbar schläft Dany seit unserem Post-Uckermark-Krach bei Jens. Da Jens zu faul war, die Gästecouch zu beziehen, haben die beiden sich das Ehebett geteilt. Die Version der Geschichte, die Jens ihr aufgetischt hat, lautet, daß Dany mich in flagranti mit einem anderen Mann, den Simona sofort als Matts Thien identifizierte, unter der Dusche erwischt hätte, worauf er zutiefst gekränkt und verstört zu Jens geflüchtet war.

»Ich habe viel Verständnis für meine Freunde«, erklärte sie energisch, »aber nicht, wenn Chiara gerade Masern hat. Das ist eine schlimme Krankheit. Also nimm ihn bitte zurück, ja?«

»Schmeiß ihn doch einfach raus. Dann bist du ihn los.«

»Rausschmeißen?«

»Sieh mal, ich kann ihn nicht einfach zurücknehmen. Er bestimmt selber, wo er übernachtet.«

»Aber er ist doch dein Mann.«

»Ja, aber er war schon vor der Hochzeit volljährig.«

»Gut«, sagte sie. »Wenn mit dir nicht zu reden ist, muß er eben ins Studio ziehen.«

Samstag, 18. August

Als Dany am Vormittag die Kinder abholte, um mit ihnen ins Spaßbad zu fahren, sagte er kurz, daß er sich morgen leider nicht um sie kümmern könne, da er die ganze Nacht mit *Hoggenobb* beschäftigt sei und den Sonntag zur Erholung brauche. Ich ließ es ihm durchgehen, weil ich morgen sowieso mit Matts am See verabredet bin.

Über den Rausschmiß bei Simona verlor er natürlich keine Silbe!

Sonntag, 19. August

Es hätte ein richtig netter Abend werden können, wenn ich nicht eineinhalb Stunden Hanna am Telefon gehabt hätte. Von einem Gespräch konnte nicht die Rede sein. Sie flennte in die Leitung, und ich sagte alle fünf Minuten: »Mensch, Hanna, jetzt iß doch endlich mal was.«

Irgendwann wurde es mir zu blöd. Ich legte auf, rief meinen Lieblingspizza-Service an und bestellte eine *Vier Jahreszeiten* zur Lieferung in Hannas Wohnung am Kollwitzplatz.

Matts war inzwischen mit dem Weinglas in der Hand auf der Couch eingeschlafen.

Montag, 20. August

Gleich nach Ladenöffnung hat Hanna mir die Klatschspalte ihrer Tageszeitung durchgefaxt, in der montags immer die gesellschaftlichen Events des Wochenendes abgehakt werden. *Besonders glanzvoll fiel in diesem Jahr die Sommerparty bei Cooky Coop. aus, was nicht nur an der Anwesenheit Wernher von Hoggenobbs, Geschäftsführer des gleichnamigen Münchner Fitneß-Imperiums lag. Gastgeberin Cooky überstrahlte alle auch noch so illustren Gäste. Ob das Strahlen auf ihr junges Mutterglück zurückzuführen ist? Kein Kommentar! Auch über den Vater ihres Kindes schweigt sich die Creative-Queen beharrlich aus. Einige Verdachtsmomente lasten auf dem unbekannten, blonden Herrn, der ihr den ganzen Abend nicht von der Seite wich.*

Laut Hanna handelt es sich bei dem blonden Begleiter auf dem Photo eindeutig um Dany, auch wenn das auf der Faxkopie nicht mehr zweifelsfrei zu erkennen ist.

»Ich wette, er ist A positiv«, sagte sie. »Wenn ich du wäre, Joe, würde ich mich schleunigst nach einem guten Anwalt umsehen. Danke für die Pizza, übrigens.«

Eine halbe Stunde später rief Simona an und sagte: »Sag mal, Joe, hast du schon in die Zeitung geguckt? Warum hast du mir das nicht erzählt? Dann hätte ich ihn sofort rausgeschmissen.«

Nähere Informationen über die Party hatte sie auch nicht, da Jens wegen Chiaras Masern allein hingegangen war.

Dienstag, 21. August

Ich renne durch die Gegend, als wäre ich haarscharf einem Bombenattentat entkommen. Ich kann mit niemandem reden.

Dany ist heute nicht zum Abendessen gekommen.

Mittwoch, 22. August

Hanna hat eine E-Mail von Patrice erhalten. Er war zwei Wochen bei Freunden auf Hawaii. Hanna hat ihn nicht nach seiner Blutgruppe gefragt. Das Thema hat sich für sie erledigt. Sie meinte, wenn Dany sich nicht von selber meldet, soll ich ihn anrufen und zur Rede stellen. Schließlich sei er der Vater meiner Kinder und brüste sich immer mit seinem hochentwickelten Verantwortungsbewußtsein. Außerdem hat sie mir eine Liste mit den fünf schärfsten Scheidungsanwälten Berlins durchgefaxt.

Dany ist wieder nicht zum Abendessen gekommen.

Donnerstag, 23. August

Gegen Mittag hielt ich es nicht mehr aus. Ich hängte das »Bin-gleich-zurück«-Schild an die Ladentür, legte die Liste mit den fünf schärfsten Scheidungsanwälten Berlins vor mich auf den Schreibtisch und wählte die Nummer des Studios.

Leider ging Jens ans Telefon. Er sagte, Dany wäre gerade mit Saskia zum Lunch in *Ricks Burger Bar* abgezischt. Ob er was ausrichten könne?

Ich sagte, vielen Dank, ich würde das Handy probieren.

»Das kannst du dir sparen. Das liegt hier und glotzt blöd, wie immer«, sagte er.

Am Nachmittag, als ich die Kinder abholte, erinnerte mich Mona-Lisa, nepalgebräunt und lächelnd, daran, daß ich mich in diesem Monat noch nicht für den Elterndienst eingetragen hätte. Andrea brauche für nächsten Mittwoch noch einen Partner. Ich glaube, ich wäre zusammengebrochen, wenn Matts, der zufällig auch gerade da war, nicht gesagt hätte. »Ich mach das für dich, Joe. Ich bin dir sowieso noch eine Runde schuldig.«

Freitag, 24. August

Natürlich hat Dany genau in den zehn Minuten zurückgerufen, in denen ich drei Kunden auf einmal im Laden hatte.

»Ist irgendwas, Joe?«

»Willst du dich nicht mal zu der Gesellschaftskolumne von Montag äußern?«

»Nö.«

»Und wieso nicht?«

»Diese Art von Journalismus ist unter meinem Niveau.«

Ein Mann, der vor dem Krimiregal gestanden hatte, näherte sich dem Kassentisch, bog dann aber zur Belletristik ab.

»Aber du bist doch der auf dem Photo, oder?«

»Da haben eine Menge Dilettanten rumgeknipst.«

Der Krimikunde drehte von der Belletristik zur Kasse ab.

»Willst du diesen Verdacht nicht dementieren?«

»Was für einen Verdacht?« Und bevor ich deutlicher werden konnte: »Ach, das meinst du. Nö.«

»Warum nicht?«

»Das wäre keine besonders gute Promotion für die Hoggenobb-Kampagne, oder?«

Ich klemmte den Hörer unters Kinn, um nebenbei den Krimi abzukassieren.

»So nicht, Dany. Wenn dieses Kind von dir ist, lassen wir uns sofort scheiden.«

Er antwortete: »Allmählich glaube ich wirklich, du hast sie nicht mehr alle.«

Samstag, 25. August

Als er heute vormittag klingelte, um die Kinder abzuholen, sagte ich durch die Sprechanlage, er solle unten warten und schickte Lotta-Paulina und Niklas allein mit ihren Badetaschen die Treppe hinunter.

Sonntag, 26. August

Heute ging es schon besser. Ich war mit Matts und den Kindern am See. Leider war es zu kühl zum Baden. So wie in jedem Jahr. Kurz vor meinem Geburtstag kratzt der Sommer die Kurve. Aber Matts hatte ein wunderschönes Picknick organisiert und ein faltbares Trampolin für die Kinder mitgenommen.

Ich weiß nicht, wie ich das Wochenende ohne ihn überstanden hätte.

Montag, 27. August

Simona rief morgens im Laden an, um zu fragen, was ich mir zum Geburtstag wünsche.

»Ich wünsche mir, daß ich gar nicht auf die Welt gekommen wäre«, sagte ich.

Sie gluckste verlegen. »Ach komm, Joe. Nimm's nicht so schwer. Was Kleines von Chanel? Kann auch was Größeres sein. Wir legen zusammen.«

»Aber denkt bloß nicht, daß ich eine Party gebe.«

Mittags kam Hanna mit zwei Pizzakartons und einer Flasche Multivitaminsaft vorbei.

Mittwoch, 29. August

Simona rief gegen Mittag an und fragte, was ich davon hielte, wenn sie mir einen Restaurantgutschein für das *Maison Blanche* schenkten, verbunden mit einer Tischreservierung für zwei an meinem Geburtstag. »Wenn du schon nicht mit uns feiern willst.«

Ich könnte Matts ins *Maison Blanche* einladen. Oder ist das ein bißchen vermessen? Am Abend rief Hanna an und sagte, sie könne an meinem Geburtstag abends mit Milena vorbeikommen und auf die Kinder aufpassen. Wenn ich schon nicht mit ihr und Simona feiern wollte.

Donnerstag, 30. August

Gerade hat Matts angerufen.

Er fragte: »Hast du übermorgen schon etwas vor?«

»Hm.«

Eigentlich hatte ich ihn gerade anrufen wollen, um zu fragen, ob er etwas vorhabe.

»Ich würde dich an deinem Geburtstag gern zu einem netten Abend einladen. Oder ist das etwas vermessen?«

7

September

Samstag, 1. September

Eine Familienmutter verpaßt den Bus, trampt nach Venedig und lernt den Mann ihres Lebens kennen. Er arbeitet als Kellner in einem billigen Restaurant und ist suizidal und hässlich, aber der ausgeprägte Sinn für Originalität der Heldin verwandelt ihn in einen charmanten Frauenversteher.

»Der Film passt zu dir«, sagte Matts liebevoll, als wir Hand in Hand das Kino verließen.

Wir ließen uns durch die wunderbar milde Spätsommernacht treiben, bis wir vor einem kleinen Italiener einen freien Tisch auf dem Gehsteig fanden. Aus dem Restaurantinnern strömte ein köstlicher Duft. Matts hielt meine rechte Hand, während meine linke in der Speisekarte nach den Lammgerichten fahndete. Ich kam mir vor wie Julia Roberts, bis eine Stimme in mein Ohr gellte: »Johanna, du hier?«

Es war Olga mit zwei Freundinnen. Alle drei trugen enge schwarze Hosen und waren mit Glitzerpuder bestäubt. Mir fiel ein, daß ich Olga seit dem Urlaub in der Uckermark nicht mehr angerufen hatte.

Sie beugte sich über den Tisch und küßte mich überschwenglich auf beide Wangen.

»Was ist denn los bei euch? Vorhin habe ich Dany mit so einer komischen Blonden an der Kinokasse getroffen. Habt ihr einen neuen Babysitter?«

»Nein, wir haben uns getrennt.«

»Ach du Schande! Und wer macht jetzt sauber?«

Dann registrierte sie Matts und schlug sich verschämt mit der Hand auf den Mund.

»Das ist mein Freund Matts.«

»Na, dann.« Sie guckte verlegen auf ihre Fingernägel, die auch glitzerten. »Ruf einfach an, wenn du mich wieder brauchst.«

Ihre Freundinnen scharrten schon mit den Absätzen.

»Komm am besten gleich Mittwoch«, sagte ich eilig. »Die Wohnung sieht furchtbar aus.«

»Das kann ich mir vorstellen.« Sie winkte uns noch einmal fröhlich zu und stöckelte davon.

Danach war mir nicht mehr nach Lamm.

Ich spürte Matts Hand auf meiner.

»Genau das gleiche habe ich nach der Trennung von meiner Frau auch durchgemacht«, sagte er leise. »Aber wir werden jetzt trotzdem etwas essen. Und zwar *nicht* Spaghetti mit Fischstäbchen. Worauf hast du Appetit?«

Wir einigten uns auf Tagliatelle Marinara.

Sonntag, 2. September

Mein schönstes Geburtstagsgeschenk: Auf dem Anrufbeantworter war eine Nachricht von Emmas Mann Jürgen: »Hallo Joe! Vor zwei Stunden ist unsere kleine Johanna auf die Welt gekommen. Mutter und Tochter sind wohlauf.«

Als Dany am Abend die Kinder zurückbrachte sagte er: »Alles Gute nachträglich« und drückte mir einen Umschlag in die Hand. Darin lag der Gutschein von *Stiletto & Scandalo*, mit einem neuen Stempel und verlängert bis zum 31.12.

Montag, 3. September

Bevor ich die Kinder bei den *Apfelbäumchen* abgab, fuhren wir alle zusammen zum Bahnhof, um Matts zum Zug zu bringen. Er hat überraschend eine Einladung zu einem Symposium über modernen Film in Köln bekommen.

Am Vormittag rief Regula im Laden an, um mir nachträglich zum Geburtstag zu gratulieren. Sie sagte, sie habe es an meinem Geburtstag schon mal probiert, aber da sei niemand zu Hause gewesen.

»Übrigens haben Marianne und ich beschlossen, zu heiraten. Wie findest du das?«

Ich antwortete, Dany und ich hätten beschlossen, uns scheiden zu lassen, und wie sie das denn fände.

Sie lachte. »Guter Witz, aber erzähl den bloß nicht deiner Schwester.«

Dienstag, 4. September

Beim Septemberelternfrühstück ist Mona-Lisa immer besonders enthusiastisch, weil sie die neuen Eltern zu Beginn des Kindergartenjahres motivieren will. Diesmal sind es vier Neuzugänge.

Da Matts auf diesem Symposium war und Hanna unentschuldigt fehlte, waren Simona, Andrea und ich besonders wichtig. Mona-Lisa stellte Simona als Ansprechperson für multikulturelle Belange vor, mich als Verantwortliche für alles Administrative und Andrea als Fachfrau für Ernährungsfragen und den Streichelzoo. Dann kündigte sie ein Meeting am zwölften des Monats an, auf dem die Halloweenparty besprochen werden soll.

»Da brauchen wir immer ein paar männliche Mithelfer zum Transportieren der Kürbisse.« Sie sah suchend in die Runde. »Wo ist eigentlich Matts?«

»Auf einem Symposium in Köln«, meldete ich.

»Nanu«, wunderte sich Andrea, die mir gegenüber an einer Selleriestange knabberte, »habe ich vorhin nicht Malte gesehen?«

»Der wohnt solange bei uns«, sagte ich lässig.

Mona-Lisa erklärte in Richtung der Neulinge: »Gegenseitige Erziehungshilfe wird bei uns groß geschrieben. Besonders, da wir einige alleinerziehende Eltern unter uns haben.«

»Eigentlich doch nur Hanna und Matts, oder?« widersprach ihr Andrea, um jede familienfeindliche Propaganda im Keim zu ersticken.

»Was heißt nur?« entgegnete Mona-Lisa lächelnd. »Über sechzig Prozent aller Familien in Berlin sind Einelternfamilien. Ich wüßte nicht, wie diese Entwicklung zu bremsen wäre.«

»Ich schon«, sagte Andrea und fügte an mich gewandt hinzu: »Toll von dir, daß du dich um Malte kümmerst. Immerhin hast du ja selber zwei.«

Sie legte mir fürsorglich eines ihrer hausgemachten, steinharten Karottenbrötchen auf den Teller. »Und dazu noch den Laden am Hals. Ich bewundere deine Energie.«

Die vier neuen Mütter musterten mich neugierig.

Ich winkte ab. »Es macht keinen großen Unterschied, ob man zwei oder drei Kinder am Bein hat.« Die Augen der neuen Mütter weiteten sich. »Außerdem haben wir ja schon den Urlaub miteinander verbracht.«

»Waaas?«Noch eine Überraschung für Andrea.

»Wir waren zusammen zelten.«

Die Augen der neuen Mütter waren immer noch auf uns geheftet.

»Gemeinsame private Unternehmungen sind ein wichtiger Bestandteil unserer Elternarbeit«, erklärte Mona-Lisa. »Erzähl mal von dem Urlaub, Johanna.«

»Die Kinder hatten alle Durchfall. Das hat unsere Elternzusammenarbeit auf eine deftige Probe gestellt.«

Die neuen Mütter kicherten wissend.

»Aber wir haben sie bestanden.«

»War dein Mann auch mit?« fragte Andrea.

»Welcher?«

Sie guckte verwirrt.

»Aber Andrea, wir sind doch seit Monaten getrennt.«

Wieder Gekicher, etwas verhaltener.

»Ich bin nämlich auch eine dieser Einelternfamilien«, erklärte ich in Richtung neue Mütter.

»Das ist total akzeptiert, Johanna«, sagte Mona-Lisa.

Mittwoch, 5. September

Als ich heute morgen vor meinem Laden ankam, türmten sich Weinflaschen im Schaufenster, einige trugen sogar Preisschilder. Es standen zwar auch ein paar Bücher dazwischen, die Taschenbuchausgabe eines Weinführers (ohne Preisschild), zwei angestaubte italienische Kochbücher, ein paar Reiseführer, die etwas mit Weinanbaugebieten zu tun hatten, sowie das unverkäufliche Standardwerk »Rund um die Olive«. Vor dem Olivenbuch stand ein Gläschen eingelegter Oliven mit Paprikafüllung auf einer Dose Sardellen. Der Gesamteindruck war ziemlich mißverständlich.

»Sieh mal Franky«, versuchte ich ihm zu erklären, als er gegen Mittag zur Ablösung erschien. »Wir sind eine Buchhandlung, kein Saftladen. Die Leute werden den Wein kaufen wollen.«

»Aber das sollen sie doch!«

Er deutete auf eine Weinkiste neben meinem Schreibtisch. »Kleine Kampagne für Luigi, Nachbarschaftshilfe sozusagen.«

Luigi, Inhaber des italienischen Delikatessenladens *Enoteca Rasputin*, ist ein leicht sächselnder Pavarottiverschnitt, von dem ich mir eine Ciabattahälfte mit überteuertem Parmaschinken belegen lasse, wenn ich die ewigen Streuselschnecken leid bin. Scheinbar läuft seine Enoteca so gut, daß er es sich leisten kann, im angrenzenden Souterrain eine Weinhandlung aufzumachen.

Franky deutete auf ein Schild zwischen den Weinflaschen: »Dekoration aus der *Vinothek*, Eröffnung am 28. September am Rasputinplatz. Genießen Sie, und erfahren Sie alles über erlesene Weine aus unseren Büchern.«

»Luigi ist auch bereit, ein paar von unseren Kochbüchern in sein Fenster zu stellen.«

»Dieser Lebensartkram liegt mir nicht, Franky. Wir sind eine *literarische* Buchhandlung.«

»Deshalb sind wir pleite. Außerdem sagt man inzwischen Lifestyle.«

»Woher hast du das denn?«

»Von Luigi. Fooding ist so ein neuer Lifestyle-Begriff. Fooding ist total in. Mensch, das wär doch ein Konzept für uns!«

Auf meinem Schreibtisch lag der aufgeschlagene Rechnungsordner.

»Okay«, sagte ich. »Mach dein Fooding-Fenster.«

Donnerstag, 6. September

Heute ging Matts Symposium zu Ende. Während des Abendessens saß ich wie auf Kohlen, da ich jeden Moment damit rechnen mußte, daß er an der Tür klingelte. Dany war nämlich da. Wir haben uns darauf geeinigt, daß er immer dienstags und donnerstags zum Essen kommt, damit die Kinder ihn nicht zu sehr vermissen.

Kurz nach neun, Dany war gerade zurück ins Studio gefahren, klingelte endlich das Telefon. Aber es war nur Simona.

»Ach, Joe«, sagte sie, »hoffentlich habe ich keinen Fehler gemacht. Ich war heute im Studio. Und da habe ich Dany gefragt, welcher Anwalt ihn bei eurer Scheidung vertritt. Aber Dany sagte, weder ließe er sich scheiden, noch brauche er einen Anwalt. Cooky wurde ganz blaß, und Jens hätte mich fast rausgeworfen. Laßt ihr euch doch nicht scheiden?«

»Natürlich lassen wir uns scheiden«, sagte ich wütend. »Schließlich kriegt er ein Kind von einer anderen. Wahrscheinlich will er den Papierkram wieder mal mir überlassen. Du kennst ihn doch.« Während des Abendessens hatte er den Vorfall natürlich mit keiner Silbe erwähnt.

»Vielleicht wollte er nicht vor den Kindern«, meinte Simona.

Danach wartete ich noch zwei Stunden auf einen Anruf von Matts.

Freitag, 7. September

Gerade hat Matts angerufen.

»Hier hat sich was Interessantes ergeben«, sagte er. »Meine letzte Chance, wenn ich noch ein Bein auf den Boden kriegen will. Aber ich habe schon richtige Magenkrämpfe wegen Malte.«

»Ach, dem geht's gut«, sagte ich.

»Meinst du, ich könnte noch ein paar Tage dranhängen? Sonst booten die mich am Ende wieder aus, wenn ich hier einen auf alleinerziehenden Vater mache.«

»Latente Gefahr bei dieser Lebensform.«

Er lachte gequält.

»Ich weiß, ihr Mütter kämpft mit diesem Problem seit Jahrzehnten. Paß auf Joe, ich steige in den nächsten Zug und komme zurück.«

»Aber warum denn? Hier ist alles in schönster Ordnung!«

»Letztes Wort?«

»Allerletztes.«

Samstag, 8. September

Dany hat Lotta-Paulina und Niklas am Nachmittag abgeholt, um mit ihnen ins Kino zu gehen. Er hat kein Wort dazu gesagt, daß Malte auch mitkam.

Sonntag, 9. September

Heute war es schon komplizierter. Einerseits wollte ich Dany nicht allein mit drei Kindern ins Spaßbad gehen lassen. Andererseits wollte ich auch nicht mitkommen. Was soll ich mit meinem so-gut-wie-Ex im Spaßbad? Außerdem sollen sich die Kinder an die getrennten Verhältnisse gewöhnen. Also rief ich Hanna an und fragte, ob sie Lust hätte, mit Dany und den Kindern ins Spaßbad zu gehen.

»Warum nicht«, sagte sie. »Vielleicht bringt mich das auf andere Gedanken.«

Patrice hat sich nämlich schon wieder über eine Woche nicht gemeldet.

Montag, 10. September

12 Uhr im Laden. Matts hat gerade angerufen, um sich zu erkundigen, wie ich das Wochenende überstanden hätte. Er sagte, wenn alles gut liefe, käme er schon am Dienstag, und wenn es nicht so gut liefe, am Donnerstag zurück. Und er freue sich wie wahnsinnig auf uns alle.

Ausgerechnet Dienstag und Donnerstag sind Danys Abendessenstage. Diese Abendessen gehen mir allmählich auf die Nerven. Ich versuchte, Dany im Studio anzurufen, aber er war gerade mit einer neuen Praktikantin namens Manon zum Mittagessen abgezischt (und das Handy lag da und glotzte blöd).

21 Uhr. Gerade habe ich Dany im Studio erreicht. Ich sagte ihm, ich sei unsere komplizierte Nichtbeziehung leid, und er solle bitte richtig ausziehen.

»Noch richtiger? Ich bin doch kaum noch da.«

»Diese Dienstags- und Donnerstagstermine bringen alles durcheinander. Außerdem habe ich keine Lust, mir ständig deinen Kram anzugucken.«

»Was für Kram? Außerdem bist du doch die meiste Zeit in deinem Laden.«

»Dein Fotokram, deine tausend Schuhe und deine T-Shirts.«

»Du *mußt* deine Abende nicht damit verbringen, meine T-Shirts durchzuzählen, Schatz.«

»Tu ich auch nicht!«

»Ich weiß. Du sitzt ja nur vor der Glotze. Hör mir mal zu, Joe: Solange ich die Miete für diese Wohnung zahle, darf ich da auch meine T-Shirts lagern. Die Abendessen können wir von mir aus streichen. Die kotzen mich sowieso an.«

Mittwoch, 12. September

Ich hatte mich für zwei Uhr mit Simona im *Madelon* verabredet, ein Café ganz in der Nähe des *Weibernetzwerks*, um einen Schlachtplan für meine Scheidung zu entwickeln und danach zusammen zum Elternmeeting zu fahren.

Simona kam mit einer halben Stunde Verspätung. Sie stellte eine Mandarina-Duck-Schultertasche in Kingsize voller Bücher und Skripte auf einem Stuhl ab und strich sich erschöpft die Haare aus der Stirn.

»Ich habe eben noch mit unserer Selbsthilfefrau gesprochen. Sie hat von Hannas Anwaltsliste abgeraten. Paare, die sich prinzipiell einig sind, fahren besser mit einem gemeinsamen Anwalt.«

Eine Kellnerin schwebte dezent an den Tisch und stellte einen großen Milchkaffee vor Simona.

»Aber wir sind uns nicht einig.«

Sie zog Block und Kugelschreiber aus ihrer Tasche.

»In welchen Punkten? Sorgerecht? Vermögensaufteilung? Unterhalt?«

»Vor allem in dem Punkt, daß er von einer anderen ein Kind kriegt.«

»Eine andere von ihm«, korrigierte Simona. »Aber bei der Scheidung geht's darum, *wie* ihr euch auseinanderdividiert und nicht, warum.«

»Wenn Dany sich von dieser Giraffe nicht hätte schwängern lassen, brauchten wir uns überhaupt nicht auseinanderzudividieren.«

Auch für mich kann ein Milchkaffee angeschwebt.

»Vielleicht solltet ihr erst mal eine Mediation versuchen«, sagte Simona nachdenklich. »Und vorher kannst du dir bei der kostenlosen Rechtsberatung im *Weibernetzwerk e.V.* ein paar Tips holen.«

Ich blies in meinen Milchkaffee.

»Sag mal, Simona, bereitest du etwa auch gerade eine Scheidung vor?«

»Oh nein«, sagte sie in fast grimmigem Ton. »Ich habe mich für einen anderen Weg entschieden.« Sie klopfte auf ihre neue Tasche. »BWL für Quereinsteigerinnen.«

Als wir den Gruppenraum betraten, war Mona-Lisa schon in voller Fahrt. Wir drängten uns zu Hanna durch, die auf einem Tatami an der Wand kauerte und ein unglückliches Gesicht machte.

»Ich glaube, ich bin dran«, wisperte sie.

»Erster Punkt: Halloweenparty«, sagte Mona-Lisa gerade. »Wie immer machen wir einen Umzug mit unseren selbstgeschnitzten Kürbismasken. Wie immer gibt es zwei Termine zum Maskenschnitzen. Listen liegen aus. Wer besorgt die Kürbisse?«

Andreas Rechte durchschnitt die Luft.

»Alles klar. Die Kürbisse kommen aus Mecklenburg und sind ökologisch angebaut«, stellte Mona-Lisa fest. »Nach dem Umzug gibt's eine Halloween-Kinderdisko. Außerdem muß noch Geld für den Ziegenstall eingetrieben werden. Andrea hätte da eine Idee –.«

»Fruchtaufstrich«, gellte Andrea. »Ich habe phantastische Rezepte für zuckerfreie Fruchtaufstriche aus Mecklenburg mitgebracht und lade hiermit alle interessierten Mütter zu einem Marmeladekochen in die Kitaküche ein. Die Aufstriche werden wir während des Halloweenfestes verkaufen. Wenn wir für ein Glas drei Euro –.«

»Wer unterstützt Andrea bei Organisation und Durchführung?« bellte Mona-Lisa.

Vier Arme erhoben sich langsam über den gesenkten Köpfen. Es waren die vier Neuzugangsmütter.

»Organisation der Kinderdisko«, rief Mona-Lisa. »Da hatte Hanna sich, glaube ich, schon gemeldet.«

»Stimmt zwar nicht«, murmelte Hanna, »aber ich weiß, ich bin dran.«

»Johanna wollen wir diesmal schonen, nachdem sie sich schon beim Sommerfest übernommen hat. Simona übernimmst du den Getränkeverkauf?«

»Nein«, sagte Simona laut und deutlich.

Mona-Lisa sah sie einen Moment lang ungläubig an.

»Wo ist eigentlich unser Frontmann?« wollte sie dann wissen. »Immer noch in Köln?«

Ich nickte.

»Er würde es bestimmt gern machen«, krähte Andrea. »Bis Halloween ist er doch zurück, oder Johanna?«

»Wir planen ihn mal ein«, beschloß Mona-Lisa. »Nachdem er sich den ganzen Sommer über so rar gemacht hat.

Donnerstag, 13. September

Die Mediation hat sich erübrigt. Am Vormittag rief Dany im Laden an.

»Wenn es dir so wichtig ist, hole ich dieses Wochenende meine Sachen aus der Wohnung«, sagte er eisig. »Aber halt mir die Kinder vom Hals.«

Also habe ich am Abend unsere große Reisetasche gepackt. Wir werden zu Marianne und Regula fahren. Meine Kinder sollen nicht mit ansehen müssen, wie ihr Vater das Bücherregal fleddert und die angeschlagenen Teetassen seiner Oma aus dem Küchenschrank sortiert. Sonst hat er nur das Sofa und die Hängeschränke im Badezimmer gekauft. Alles andere habe ich zumindest ausgesucht.

Weil Dany den Kombi für den Auszug braucht, habe ich mir für die Fahrt nach Bremen Simonas Auto geliehen. Mit dem Zug wird es zu anstrengend mit drei Kindern. Matts ist nämlich nicht zurückgekommen.

Freitag, 14. September

Marianne und Regula ist es gar nicht aufgefallen, daß ich ein Kind mehr mitgebracht habe. Auf der Ranch brennt die Luft. Regula hat gegen Mariannes Wunsch eine Einladung als Gastdozentin nach Berkeley angenommen. Der Lehrauftrag geht von Oktober bis März. Damit fällt nicht nur die für Oktober anvisierte Hochzeit ins Wasser, sondern Regula mußte auch ihre Stelle an dem Hamburger Frauenzentrum absagen.

»Berkeley ist die Chance meines Lebens«, beteuerte sie mehrmals, als wir am Abend bei selbstgemachtem Holunderwein in Mariannes rustikalem Wohnzimmer saßen. »Ich konnte das nicht ausschlagen. Aber das geht in diesen Schafsschädel natürlich nicht rein.«

Vorwurfsvoll deutete sie mit ihrem Glas auf Marianne.

»Vor drei Monaten wolltest du ein Kind. Dann wolltest du heiraten. Jetzt willst du nach Berkeley«, wetterte meine Schwester. »Was willst du eigentlich?«

»Ich will immer noch ein Kind. Aber da Kinder nicht vom Himmel fallen, läßt sich die Berkeley-Sache wunderbar einschieben.«

»Wenn sie zurückkommt, ist sie hundertprozentig schwanger«, schnaubte Marianne.

»*Sie* ist nämlich gar nicht gegen den Lehrauftrag, sondern sie hat Angst vor den amerikanischen Samenbänken«, erklärte mir Regula.

Samstag, 15. September

Als ich auf dem Designersofa in Regulas Arbeitszimmer erwachte, regnete es Bindfäden. Regula schlug einen kuscheligen Tag vor dem Kamin vor, während Marianne im Ostfriesennerz über die Schafkötelwiesen stiefeln wollte. Während die beiden stritten, schlich ich zum Telefon und wählte die Nummer meiner alten Schulfreundin und Buchhändlerkollegin Bianca. Bianca war überglücklich über meinen Anruf, da ihr Mann Kai mit den Schwiegereltern die Küche renovieren wollte und man ihr die Kinderbetreuung aufs Auge gedrückt hatte. Sie gab mir die Adresse eines Familiencafés namens *Rumpelstilz* in der Bremer Innenstadt.

Im *Rumpelstilz* roch es anheimelnd nach frisch gebrühtem Kaffee und feuchtem Gummi von den vielen Ostfriesennerzen an den Stuhllehnen.

Während Bianca und ich unsere Auswahl am Kuchenbüffet trafen, verzogen sich die Kinder ins Spielzimmer. Bianca hatte alle drei mitgebracht, Anne fast neun, Jennifer sechs und Nils-Fabian vier Jahre alt.

Nachdem Nils-Fabian stubenrein geworden war, war Bianca von Ringelpullis auf Gerry Weber umgestiegen und hatte im Handumdrehen einen Job als Bereichsleiterin genau der Bücherkette ergattert, deren Ableger im Einkaufszentrum der Schönhauser Allee gerade meinem kleinen Laden den Saft abgräbt. Sie hat eine Kinderfrau eingestellt, die Anne, Jennifer und Nils-Fabian versorgt und gelegentlich Kai bekocht, während Bianca bis in die Abendstunden unterwegs ist, um ihre Filialen auf Vordermann zu bringen. Zweimal im Jahr lädt sie ihre Batterien in einem dieser rundumverglasten Center-Parcs auf, wo ein tolles Kinderanimationsprogramm läuft, während die Mütter sich im Wellnessbad aalen. Kai arbeitet derweil in seinem Steuerbüro oder vergnügt sich auf seinem Segelboot. Außerhalb des Urlaubs sehen sich die beiden nur beim Frühstück, wodurch sich jahrelange Eheprobleme auf ein Minimum reduziert haben.

Ich erzählte ihr von meinen Scheidungsabsichten.

»Ach herrjeh«, sagte sie kopfschüttelnd, »ich würde aber den Vaterschaftstest abwarten, bevor ich die Scheidung einreiche. Oder hast du auch schon was Neues in petto?«

Widerstrebend erzählte ich ihr von Matts.

»Mmmh«, machte sie, den Mund voll Baiser. »So eine leckere Affäre würde mir auch mal guttun, aber ich krieg das terminlich nicht auf die Reihe. Schon wegen Matts würde ich mich nicht scheiden lassen, Joe.«

»Hä?«

»Na, dann ist es doch keine Affäre mehr.«

»Aber meine Ehe ist auch keine Ehe mehr.«

Sie machte eine wegwerfende Handbewegung. »Wegen diesem einen Kind? Du hast *zwei* Kinder mit Dany und eine gemeinsame Wohnung. Das Studio wirft hundertprozentig mehr ab als dein mickriger Laden. Gemeinsame Ersparnisse habt ihr womöglich auch noch. Das würde ich nicht alles in den Sand setzen.«

»Und was ist mit Liebe und Leidenschaft und so? Also, wenn ich mit Matts zusammen bin –.«

Bianca verdrehte die Augen. »Wenn du zwei Jahre mit ihm zusammen *warst*, hast du auch seine Socken im Schlafzimmer liegen, Endlosdiskussionen über Bootserneuerung versus Dachbodenausbau, Fernsehfußball anstelle Cunnilingus und jede Menge unbezahlte Überstunden, die er mit der Sprechstundenhilfe seines Zahnarztes bei einem zweitklassigen Italiener abbummelt. Willst du da wirklich noch mal durch?«

»Dany hat nie die Sprechstundenhilfe *unseres* Zahnarztes –.«

»Um so besser. Werd erwachsen, Joe! Hast du zufällig ein Photo von deinem Matts dabei?«

Hatte ich nicht.

Als ich am Abend wieder auf dem Hof ankam, schliefen die Kinder schon. Marianne und Regula lagen mit ineinander verschlungenen Beinen auf den Schaffellen vor dem Kamin. Ich goß mir ein Glas Holunderwein ein und legte mich dazu.

»Sag mal, Schwesterchen«, begann Marianne in schläfrigem Tonfall, »was ist eigentlich mit dir und Dany los? Lottchen hat uns ein paar ganz komische Sachen erzählt.«

»Er ist beruflich mächtig im Streß«, sagte ich leichthin. »So was zieht am Familienleben nicht unbemerkt vorbei.«

»Und wer ist dieser Matts, den die Kinder in jedem zweiten Satz erwähnen?«

»Maltes Vater.«

»Ach so!« Marianne schlug sich erinnernd mit der Handfläche gegen die Stirn. »Der von Niklas' Geburtstagsfeier! Und Maltes Mutter ist die, die diese vielen Vorträge schreiben muß.«

Ich horchte auf. »Was für Vorträge?«

»Vorträge, die sie auf ihren Reisen im Ausland halten muß. Und um sie nicht zu stören, ist Malte mit seinem Papa nach Berlin gezogen, und sie können Mama nur manchmal besuchen.«

»Aber zum Glück«, fuhr Regula fort, »kann er ja die meiste Zeit bei Johanna und Lotta-Paulina und Niklas sein. Und wenn Mama von ihrer großen Reise zurück ist, ziehen er und Papa wieder zu ihr nach Hamburg. Aber das weißt du ja vermutlich alles, oder Joe?«

Ich murmelte etwas Unverständliches und ging nachsehen, was sie noch im Kühlschrank hatten.

Sonntag, 16. September

Folgende Dinge hat Dany mitgehen lassen: Seine T-Shirts, zwei seiner Pullover, ungefähr die Hälfte seiner Turnschuhe, den Fernsehapparat, das Videogerät und die Spülmaschine. Als Gegenleistung standen zwei volle Selterskästen im Flur. Was denkt sich dieser Idiot eigentlich? Daß ich mit Selters spüle? Und natürlich keine Nachricht von Matts!

Montag, 17. September

Während ich im Internet nach der Telefonnummer von Interpol suchte, kam Matts herein. Er legte einen Strauß lachsfarbener Rosen auf den Schreibtisch, küßte mich auf den Mund und sagte: »Der Nachtzug war pünktlich.«

Wie sich herausstellte, hatte einer von uns beiden wohl die Wochentage verwechselt. Er fand sogar, daß er es geschafft hatte, drei Tage früher zurück zu sein, als abgemacht war.

»Ist denn irgendwas passiert, oder warum bist du so nervös, Johanna?«

Während wir in der Teeküche einen Kaffee tranken, berichtete ich ihm, was sein Sohn Marianne und Regula anvertraut hatte.

Verlegen rührte er mit einem von Luigis Sesam-Grissinis in seiner Kaffeetasse.

»Mein Gott, Joe, irgendwas mußten wir ihm doch erzählen. Du weißt doch selbst, daß sich so ein kleiner Kerl nicht widerspruchslos in eine neue Umgebung verpflanzen läßt. Obwohl er eigentlich sowieso nur mich und Consuela, die Kinderfrau, kannte.«

»Und wenn Malte irgendwann wirklich zurück will?«

Matts schüttelte den Kopf. »Das wird er nicht. Er wird sich an sein neues Leben gewöhnen. Wenn ich mit ihm übers Wochenende nach Hamburg fahre, redet er jetzt schon von nichts anderem als von dir, Lotta-Paulina und Niklas.«

»Und was sagt seine Mutter dazu?«

Er legte den Kopf auf die Seite und lächelte gequält.

»Nun, sie hat sich entschieden. Und zwar für ihre Arbeit und gegen uns. Ich gehe davon aus, daß sie dabei bleibt.«

»Schreibt sie denn wirklich diese Vorträge?«

»Ja. Im Oktober fährt sie für vier Monate nach Japan. Sie ist Wissenschaftlerin.«

»Fachgebiet?«

Er sah mich überrascht an. »Astrophysik.«

»Um Gottes willen!«

»Eben. Für ein Kind ist einfach kein Platz in ihrem Kopf.«

Spontan nahm er mich *meinen* Kopf zwischen seine Handflächen und küßte mich auf die Stirn. Da fiel mir noch etwas ein: »Wieso seid ihr ausgerechnet nach Berlin gezogen, Malte und du?«

Er lächelte verschmitzt.

»Weil ich die Elbletten satt hatte, und meine Intuition mir sagte, daß ich eine Frau wie dich nur hier finden würde.«

Dienstag, 18. September

Am Vormittag brachte der UPS-Mann drei dicke Pakete mit »Schlemmen wie die Römer«, »Zu Gast bei Rossini«, »Tafeln mit Vivaldi«, »Goethes kulinarische Reise« und ähnlichem Zeug.

»Das ist alles für Luigis Vinothek-Eröffnung«, sagte Franky, als ich ihn zur Rede stellte. »Wir machen den Büchertisch.«

»Was machen wir?«

»Luigi hat fünfzig Promigäste aus dem Gastrobereich und alle seine Stammkunden eingeladen. Während die von seinen Häppchen naschen und den Wein probieren, können sie unsere Bücher angucken.«

Ich bekam fast einen Nervenzusammenbruch.

»Oh Franky, kannst du dir vorstellen, wie die Bücher danach aussehen? Die können wir nie mehr verkaufen!«

»Aber die Leute werden auf uns aufmerksam«, beharrte er. »Und das ist die Hauptsache.«

Ich flüchtete ins Schaufenster. Ich wollte ein schönes Herbstfenster machen, irgendwas mit Kürbissen und Marmeladekochen und den bunten Plastikblättern aus der Dekokiste. »Um Gottes willen«, rief Franky, als er die Weinblattgirlande sah. »Echt, das geht nicht, Joe. Komm, laß mich mal.«

Das Ergebnis war ein Thai-Food-Fenster.

Mittwoch, 19. September

Heute habe ich Dany endlich an die Strippe gekriegt.

»Was hast du dir dabei gedacht, die Spülmaschine auszubauen?« bellte ich in den Hörer.

»Ich sollte mitnehmen, was mir gehört!«

»Die Spülmaschine hast du mir zu Weihnachten geschenkt. 1998.«

»Dann ist sie definitiv ein Gegenstand, den ich angeschafft habe und also auch mitnehmen darf«, konterte er. »Sei froh, daß ich dir keine Brillianten geschenkt habe. Die wären jetzt auch alle weg.«

»Ich brauche keine Brillanten, sondern meine Spülmaschine. Wo ist sie?«

»Hier.«

»Wo hier?«

»Hier neben mir.«

»Wozu brauchst du im Studio eine Spülmaschine?«

»Um die dreckigen Tassen und Aschenbecher hineinzustellen, wenn die anderen gegangen sind.«

»Hast du immer noch keine Wohnung?«

»Nein, aber eine Spülmaschine.«

»Warum ziehst du nicht zu Cooky?«

»Die hat schon eine Spülmaschine.«

Samstag, 22. September

Gerade hat Dany die Kinder abgeholt, um mit ihnen Lotta-Paulinas Geburtstag zu feiern. Sie hat sich eine Party bei McDonalds gewünscht, worauf Dany sich mit Freuden eingelassen hat, weil es keine Arbeit macht.

Sonntag, 23. September

Am Nachmittag, als Dany mit den Kindern im Spaßbad war, klingelte es Sturm. Eine Stimme sagte durch die Sprechanlage: »Komm mal runter und hilf mir hochtragen.«

Unten stand Matts mit einer Spülmaschine.

Wir schleppten sie gemeinsam hoch, er schloß sie an, und ich räumte sie ein.

»Na, Welt wieder in Ordnung?«

Schade, daß Ordnung so eine fragile Sache ist.

Nachdem wir uns ein wenig im Schlafzimmer ausgeruht hatten, erzählte er mir, daß er morgen mit Malte nach Hamburg fährt, damit er sich von seiner Mutter verabschieden kann, bevor sie ihre Reise durch den Fernen Osten beginnt.

Ich fragte ihn, wo er eigentlich schliefe, wenn er in Hamburg sei. Er sah mich erstaunt an.

»Ich hab da noch so ein kleines, verlottertes WG-Zimmer.«

Dienstag, 25. September

Elterndienst mit Simona.

Während sie das stinknormale Puddingpulver anrührte, schilderte sie mir in allen Details das Kleid, das sie nächsten Samstag zu der Eröffnungsparty von *Hoggenobb Sports & Spa* in der Friedrichstraße tragen wird. Es ist ein schwarzes Smokingkleid mit Nadelstreifen, Seitenschlitz und Fellbesatz am Jäckchen.

»Du kommst doch auch, oder?«

»Soll das ein Witz sein?«

Außerdem fand am Samstag die Eröffnung der *Vinothek Rasputin* statt, und ich würde dort mit meinem Büchertisch zu tun haben, falls Franky mich an den Tisch heranließ.

»Übrigens«, sagte Simona, »dein Fenster über Thai-Food finde ich toll. Du mußt mir unbedingt ein Buch daraus zurücklegen.«

Donnerstag, 27. September

Ich habe Hanna heute gefragt, ob Lotta-Paulina und Niklas von Samstag auf Sonntag bei ihr und Milena schlafen können, weil ich auf die Vinothekeröffnung muß. Dany würde sie dann am Sonntagmorgen zu dem üblichen Spaßbadbesuch bei ihr abholen.

»Von mir aus«, sagte sie resigniert. »Als Babysitterin bin ich scheinbar noch gut genug.«

Dieser verdammte Patrice meldet sich einfach nicht mehr.

»Aber Hanna, das ist doch nicht das erste Mal«, versuchte ich sie zu beruhigen. »Du wirst sehen, morgen hast du ein Ticket nach Hawaii im Briefkasten.«

Samstag, 29. September

Damit Franky und ich uns ideologisch nicht ins Gehege kamen, distanzierte ich mich vom Büchertisch und reichte für Luigi die Platten mit den Häppchen herum. Dabei wurde ich von einem distinguiert aussehenden Mitfünfziger angesprochen, der sich als Vorsitzender des Berliner »Slow-Food-Conviviums« vorstellte. Er sagte, seine Gruppe veranstalte im November einen Vortragsabend mit mehreren prominenten Rednern, wobei es unter anderem um Rohkäse und aussterbende Schinkensorten ginge. Er würde sich sehr freuen, wenn wir als Buchhandlung mit kulinarischem Schwerpunkt auch dort einen Büchertisch machen würden.

Als ich erklären wollte, daß wir eine literarische Buchhandlung sind und diese Aktion ein reiner Akt der Nachbarschaftshilfe sei, trat Franky mir mit seinem roten Turnschuh kraftvoll auf den Fuß.

Sonntag, 30. September

15 Uhr. Gerade hat Hanna angerufen. Ob ich eventuell Sehnsucht nach meinen Kindern hätte. Dany ist immer noch nicht bei ihr aufgetaucht. Dafür hat Simona angerufen und ihr erzählt, daß Cooky gestern während der *Hoggenobb*-Eröffnung einen Kreislaufzusammenbruch erlitten hätte und Dany mit ihr ins Krankenhaus gefahren sei.

8

Oktober

Montag, 1. Oktober

21.30 Uhr: »Joe, sie hatte einen *Kreislaufkollaps*. Gut, daß die verdammte *Hoggenobb*-Kampagne endlich vorbei ist.«

Obwohl ich den Hörer schon fast im Ohr stecken hatte, konnte ich ihn nur mit größter Mühe verstehen.

»Warum flüsterst du so?«

»Damit ich sie nicht aufwecke.«

»Seid ihr noch im Büro?«

»Nein, zu Hause. Sie hat so einen leichten Schlaf. Und diese Alpträume! Hast du bei Lotta-Paulina und Niklas auch so unter Alpträumen gelitten?«

Ich legte auf und griff zur Flasche.

23.45 Uhr. Meine Mutter, um diese Uhrzeit, und nachdem ich über einen Monat nichts von ihr gehört habe!

»Ach, du willst mir wohl nachträglich zum Geburtstag gratulieren?« fragte ich schnippisch.

»Eigentlich nicht«, antwortete sie mit belegter Stimme. »Ich wollte dir nur sagen, daß Papa und ich uns scheiden lassen.«

Dienstag, 2. Oktober

Eigentlich wollte ich anfangen, die Wohnung zu renovieren, aber dann habe ich mich doch für das Elternfrühstück entschieden, zumal es eine gute Gelegenheit war, die abgelaufene Packung Hüttenkäse loszuwerden.

Als ich den Gruppenraum betrat, probierten Andrea und ihr neuer Fankreis gerade sieben verschiedene Fruchtaufstriche durch, die Andrea am Wochenende zur Probe gekocht hatte. Apfel-Quitte war, meiner bescheidenen Meinung nach, schon aufgrund seiner Konsistenz nicht als Aufstrich zu gebrauchen.

»Dafür kann man es gut in *Soja*quark rühren«, entgegnete eine sommersprossige Rothaarige schnippisch. »Wer schreibt denn vor, dass man Aufstrich nur streichen darf?«

Andrea warf ihrem Groupie einen anerkennenden Blick zu.

»Die schärfste Kritik kannst du immer von Leuten erwarten, die ihre Kinder sogar am Geburtstag zu McDonalds schicken.«

»Ich finde den Kürbis-Orange-Aufstrich besonders köstlich«, schaltete Mona-Lisa sich ein. »Hast du das Kürbistransportproblem für Halloween inzwischen gelöst, Andrea?«

»Na ja. Ich darf ja nun keine Kürbisse mehr schleppen.« Andrea klatschte sich auf ihren ausgeleierten, marmeladefleckigen Ringelpullover. Wurde ja auch Zeit, wo Abbe schon fast drei ist.

»Aber mein Mann fährt nach Mecklenburg raus. Ich hatte gehofft, Matts würde ihn begleiten – .« Sie ließ ihren Blick suchend über das Bankett gleiten, »aber der ist wohl auf einem Symposium, nicht wahr, Johanna?«

»Nein, in Hamburg«, sagte ich widerwillig.

Als ich eine halbe Stunde später meinen Laden betrat, saß eine zwanzigjährige Blondine an meinem Schreibtisch und trank aus meinem Kaffeebecher. Schräg vor ihr stand ein Teller mit Streuselschnecken, schräg hinter ihr Franky. Sie blätterten vierhändig in einem chinesischen Kochbuch.

»Privatbesuche bitte in der Teeküche«, giftete ich und ließ meine Tasche neben den Schreibtisch fallen.

Die Blonde stand auf und schnürrte ihren Trenchcoat.

»Ich muß jetzt sowieso zur Uni«, sagte sie zu Franky.

Ich ging in die Teeküche und ließ den Rest aus der Maschine in die letzte saubere Tasse plempern.

»Wer war das?«

»Britta Hansen, die Tochter von diesem Slow-Food-Typen. Sie organisiert den Vortragsabend. Der findet übrigens am vierundzwanzigsten im *Hotel International* statt.«

Franky rieb sich begeistert die Hände. »Das wird cool, Joe. Schade, daß wir bis dahin keinen neuen Namen mehr hinkriegen.«

»Neuer Name?«

»Na wie sieht das denn in der Pressemitteilung aus: Büchertisch von *bunt & spannend*? Klingt, als ob wir normalerweise Kindergärten beliefern.«

Ich zuckte mit den Schultern: »Würde dir *Gehaltvoll & Süffig* oder *Cross gebacken* besser gefallen?«

»Joe! Manchmal ist dein Humor echt *ungenießbar.*«

Am Abend rief Marianne an. Ich hatte schon den ganzen Tag darauf gewartet.

»Alle Welt läßt sich scheiden, gerade wenn ich zum ersten Mal in meinem Leben heiraten will«, jammerte sie.

»Du glaubst doch nicht im Ernst, daß sie sich wirklich scheiden lassen.« Ich klemmte den Hörer zwischen Schulter und Kinn und angelte eine Rotweinflasche vom Regal. »Was ist eigentlich passiert?«

»Erst hat er sie allein in den Herbsturlaub fahren lassen. Und als sie zurückkam, war er dabei, die Elektrik einer ehemaligen Stammkundin zu überprüfen, der wohl im Schlafzimmer die Sicherungen durchgebrannt waren. Und unsere Mutter hält Ehebruch für einen Scheidungsgrund.«

»Prima«, ich hatte endlich den Korken rausgekriegt. »Dann kann ich ihr ja guten Gewissens von *meiner* Scheidung erzählen!«

»Den Teufel wirst du tun«, schimpfte sie los. »Es ist unsere töchterliche Pflicht, die Ehe unserer Eltern zu retten. Wenn du ihr von deiner Scheidung erzählst, ermutigst du sie noch. Also, kein Wort, Johanna!«

»Von mir aus.« Ich brannte nicht darauf, Mama von Danys Fehltritt zu berichten. Sie würde sowieso mir die Schuld daran geben. Andererseits verstand ich nicht, warum Marianne die Ehe unserer Eltern so am Herzen lag. Sie hat sie seit Jahren nicht mal besucht.

»Warum?« rief sie. »Bei einer Scheidung kommt als erstes das Haus unter den Hammer. Und dann ist unser Erbe die Weser runter.«

Mittwoch, 3. Oktober

Mama hat gerade angerufen und gesagt, daß sie das Haus neu aufteilen. Sie richtet sich unten ein, und Papa zieht ins Obergeschoss. In Mariannes ehemaliges Zimmer will er sich eine Kochzeile einbauen.

»Du glaubst nicht im Ernst, daß ich noch für ihn koche. Außerdem hat er vom Obergeschoß aus Zugang zum Speicher, wo er seine Tiffanylampen bastelt. Stell dir vor, er gibt jetzt einen Lampenbastelkurs an der Volkshochschule. Ist das nicht kleingeistig? Und was glaubst du, wer daran teilnimmt?«

»Die Andere«, riet ich. »Wie heißt sie noch mal?«

»Frau Schmitz. Originell, nicht?«

Ich zerrte mit wachsender Verzweiflung an einer Weinflasche herum. Bei diesem Sonderposten aus Luigis Beständen saßen die Korken sehr stramm.

»Das Eßzimmer richte ich mir übrigens als Schlafzimmer ein«, fuhr Mama fort. »Natürlich muß ich streichen. Ich dachte an zartlavendel und Borten von Laura Ashley. Die haben so entzückende Borten! Vielleicht habt ihr Lust, mal übers Wochenende vorbeizukommen. Dany ist doch so geschickt beim Renovieren.«

Wumm.

»Huch, was war das denn? Ist dir eine Flasche runtergefallen?«

Donnerstag, 4. Oktober

»Ihre Eisenwerte sind total im Keller. Fleisch verträgt sie nicht und Gemüse nur aus dem Wok. Abends mache ich ihr manchmal ein hauchdünnes Omelett, das sie mit so einem Vitamin-C-haltigen Fruchtmus bestreicht. Und die Luft in der Stadt ist ja auch nicht die beste.«

Fazit des Gesprächs: Dany muß seine Auftraggeberin, Chefin, Kindsmutter, was auch immer, am Wochenende in ein Wellnesshotel begleiten. Für seine eigenen Kinder hat er da erst mal keine Zeit.

Verdammt, wenn ich die Kinder am Bein habe, kann ich nicht renovieren.

Sonntag, 7. Oktober

Zum Glück kam Matts rechtzeitig aus Hamburg zurück. Am Samstag war er mit allen Kindern auf einem Pantomimefestival im Familienfreizeitzentrum und heute im Museum für Kommunikation und Technik. Ich habe die Wohnzimmerregale komplett ausgeräumt und die Tapete im Flur abgerissen. Matts meinte zwar, er sei nicht der geborene Handwerker, aber unter meiner Regie würde er selbst das genießen.

Mittwoch, 10. Oktober

Heute morgen erkundigte sich Andrea in der *Apfelbäumchen*-Garderobe nach Hanna. Sie wollte sie wegen der Vorbereitungen zu der Halloweenparty kontakten.

»Und Milena fehlt auch seit Montag unentschuldigt«, fügte sie hinzu. »Du weißt doch, daß Entschuldigungspflicht am dritten Tag Teil unserer Satzung ist.«

Normalerweise stellt Hanna eine Aushilfe in den Laden, wenn Milena krank ist. Ich probierte es erst bei ihr zu

Hause und, als dort niemand abnahm, mehrmals im Geschäft.

Sie hatte das Band angestellt: »*Gutschi & Verrutschi*, First class second hand for kids. Unique in Berlin. Please leave your message after the Beep.«

Nachdem Franky mich abgelöst hatte, ging ich zur Straßenbahn und fuhr zum Kollwitzplatz. Die Jalousien vor den beiden großen Schaufenstern waren heruntergelassen, und an der Eingangstür klebte der »Bin-gleich-zurück«-Zettel. Irgend jemand hatte zwei Plastiktüten mit Kinderkleidung auf die Eingangsstufen gestellt.

Es war ein regnerischer, grauer Tag. Aus dem *Lola Montez* auf der gegenüberliegenden Straßenseite glomm ein warmer Lichtschein. Ich schnappte mir die beiden Tüten und ging hinüber. Die Serviererin wußte sofort, wen ich meinte.

»Die habe ich schon seit Tagen nicht mehr gesehen«, sagte sie. »Aber alle naselang kommen irgendwelche Mütter rein und wollen wissen, wann der Laden wieder aufmacht.«

Ich griff nach den Tüten und machte mich auf den Weg zu Hannas Wohnung. Nach der Trennung von Ede hat sie im selben Block, in dem sich ihr Laden befindet, eine modernisierte Dachwohnung bezogen.

Auf mein Klingeln an Hannas Tür rührte sich nichts. Ich presste das Ohr gegen das Türblatt. Verräterische Stille, die nur von dem dezenten Knacken eines Elektrogerätes unterbrochen wurde. Ich pochte mit dem Fingerknöchel sachte gegen das Holz und rief mit gedämpfter Stimme: »Ich bin's, Joe!«

Ich hörte ein Klappern. Und jemand schien zu flüstern.

»Mach schon auf, Hanna!«

Das Flüstern und Klappern verstummte.

»Wenn diese Türe nicht innerhalb von dreißig Sekunden geöffnet wird, hole ich die Polizei.«

Langsam öffnete sich die Tür, und Hannas bleiches Gesicht erschien im Spalt.

Sie hatte sich ein Trümmerfrauentuch um den Kopf gewickelt und trug ein ausgeleiertes Sweatshirt und Wollsokken.

»Was ist los? Ist deine Tante in Polen gestorben?«

»Drohen könnt ihr alle gut«, sagte sie. »Ruf doch die Scheißpolizei, wenn dich das glücklich macht.«

»Das war ein Witz!«

Ich schob sie zurück in die Wohnung. Es roch nach angebrannter Milch, altem Fischstäbchenfett und gärendem Obst. Im Flur lagen Wäschehaufen. Ich stellte die beiden Plastiktüten dazu und trat in den vierzig-Quadratmeter-Raum, der Hanna als Schlaf- und Arbeitszimmer diente. Die Vorhänge vor dem Panoramafenster waren zugezogen. Neben dem Bett brannte ein rotes Friedhofslicht, um das Tablettenschachteln, Schokoladenpapiere und leere Joghurtbecher gruppiert waren. Die Bettwäsche mußte dringend gewechselt werden.

Ich sah mich nach Milena um.

Sie saß am Küchentisch und malte. Als sie mich in der Tür entdeckte, huschte ein Lächeln über ihr Gesicht.

»Hallo, Joe.«

Sie tauchte den Pinsel in ein dunkelbraunes Farbtöpfchen und fuhr so schwungvoll über das Papier, daß die Farbe an die Wand spritzte. Die zwei anderen Farbtöpfchen auf dem Tisch waren schwarz und grau.

»Was gibt das? Ein Gewitter?«

»Das ist eine zerrissene Seele«, erklärte Milena ernst und deutete auf einen schwarzen Blitz. »Das hier«, dicke braune, haselnussartige Kleckse, »ist die Scheiße, die in dieser Stadt vom Himmel regnet.«

Ich fuhr zu Hanna herum, die mit halbgeschlossenen Augen am Türrahmen lehnte.

»Hast du nicht mehr alle? Herrgott, er ist doch nicht der Erste, der mit dir Schluß gemacht hat, oder?«

»Aber der letzte«, piepste Milena.

Zwischen den Farbtöpfchen lag das zusammengeknüllte Verpackungspapier eines Schokoriegels. Ahnungsvoll öffnete ich den Kühlschrank. Er war leer bis auf eine Packung sauer riechender Milch.

»Ich glaube, wir beide gehen erst mal einkaufen«, schlug ich vor. Milena hüpfte vom Stuhl und begann, nach ihren Schuhen zu suchen.

»Aber du rufst nicht Simona an!« heulte Hanna.

Wortlos streckte ich die Hand nach den Wohnungsschlüsseln aus.

Auf der Treppe erklärte Milena mir: »Mama ist zu krank, um zu arbeiten, und wir haben kein Geld mehr. Gut, daß du noch welches hast.«

»Ja, nicht wahr«, sagte ich schwach.

Bevor wir im nächsten Supermarkt Toastbrot, Joghurt, Milch, Nudeln, Fischstäbchen, Dosentomaten, Zahnpasta, eine Familienpackung Schoko-Frogs und sogar Zigaretten für Hanna kauften, rief ich schnell Simona an, die in einem ihrer BWL-Kurse saß.

Als Simona eine Stunde später eintraf, war Milena dabei, sich eine Riesenportion Schoko-Frogs einzuverleiben, während ich den Kühlschrank auswusch. Hanna hatte sich wieder ins Bett verkrochen.

»Wie riecht es denn hier?« waren Simonas erste Worte. Und dann: »Madonna, was ist mit dem Badezimmer passiert? Joe, guck mal, ist das Henna oder Kotze?«

Ihr Geschrei weckte Hanna. Sie schoß wie eine Furie auf Simona los und kreischte: »Du hast gar kein Recht, deine Nase zu rümpfen, du Luxushausfrau. Ich habe keine polnische Putzfrau, die ich ausbeute.«

»Ich habe eine russische, das ist immer noch gesünder, als im Dreck zu ersticken!« schrie Simona zurück.

»Raus!«

»Erst wird saubergemacht«, erklärte Simona eisern. »Wo ist dein Domestos? Joe, hast du Gummihandschuhe gesehen? Mein Gott, Hanna, geh ins Bett!«

Während sie die Kloschüssel bearbeitete und ich die Waschmaschine füllte, flüsterte sie. »Kannst du Milena über Nacht mit zu dir nehmen?«

Die Frage hatte ich mir auch schon gestellt. Leider stand meine Wohnung voll Bücherkisten, und im Flur mußte man durch knöchelhohe Tapetenfetzen waten. Ich warf einen Blick auf meine Armbanduhr. Halb sechs!

»Simona, ich muß zu den *Apfelbäumchen.* Lotta-Paulina und Niklas warten.«

»Chiara auch. Am besten nimmst du alle mit und läßt sie bei dir übernachten, während ich hier die Stellung halte. Mamma mia, was für Zustände.«

»Alle vier?«

»Vergeßt es«, erklang eine dumpfe Stimme von der Badezimmertür her. »Milena wird diese Wohnung nicht verlassen.«

»Alles klar, Hanna, geh schön ins Bett«, sagte Simona schnell.

Dann flüsterte sie: »Geh jetzt, und kümmere dich um *deine* Kinder. Ich bleibe über Nacht bei ihr und Milena.«

Sie schnitt eine angeekelte Grimasse.

»Und Chiara?«

»Ich rufe Jens an. Wenn er gleich losfährt, schafft er es, bis um sechs bei den *Apfelbäumchen* zu sein.«

Sie ging in den Flur und wühlte zwischen den Papieren in ihrem Mandarina-Duck-Modell nach dem Handy.

»Jens ist schließlich Chiaras Vater. Nach der fünften Therapiestunde ist mir das glücklicherweise wieder eingefallen.«

Donnerstag, 11. Oktober

Ich traf Simona morgens bei den *Apfelbäumchen*, als sie Milena und Chiara aus den Gummistiefeln half. Sie signalisierte mir mit einem Zwinkern, zu warten, bis die Kinder im Gruppenraum verschwunden waren, dann flüsterte sie: »Hanna ist draußen im Auto. Ich nehme sie mit zum *Weibernetzwerk*. Die Notpsychologin soll sie sich mal vornehmen. Hast du übrigens gewußt, daß sie finanzielle Schwierigkeiten hat?«

»Nach den vielen Wochenendflügen in diesem Sommer könnte sie schon etwas klamm sein.«

»Klamm ist gut«, sagte Simona kopfschüttelnd. »Muß ein Versehen sein, daß ihr Telefon noch nicht abgestellt ist. Am Wochenende muß sie übrigens zu dir.«

»Ich wollte renovieren!«

»Milena mußt du auch nehmen. Bis morgen kümmere ich mich um die beiden, aber am Wochenende habe ich ein Blockseminar.«

Dann winkte sie mir mit ihren Autoschlüsseln zu und verließ den Kindergarten im Laufschritt.

Kurz vor Mitternacht, ich hatte gerade die Tapete vom Flur in die Müllbeutel gestopft, rief Mama an. Sie schilderte mir ausgiebig das Muster der Laura-Ashley-Borte, die sie für ihr Schlafzimmer gekauft hatte, und fragte, ob wir es einrichten könnten, noch vor dem fünfundzwanzigsten zum Renovieren nach Bremen zu kommen. Am fünfundzwanzigsten werde nämlich ihr neuer Kleiderschrank geliefert.

Ich ließ mich zwischen die Tapetenfetzen sinken und fragte: »Kann ich dich dazu morgen zurückrufen?«

Sie sagte noch, ich solle es viermal klingeln lassen, dann auflegen und neu wählen. Sonst ginge nämlich Papa dran. Sie hätte mit all ihren Freundinnen dieses Klingelzeichen verabredet.

Freitag, 12. Oktober

Als wir am Nachmittag mit den Kindern von den *Apfelbäumchen* nach Hause gingen, teilte ich Matts mit, daß wir alle gemeinsamen Wochenendunternehmungen knikken konnten, weil ich Hanna zu Gast hatte, die in einer ganz schrecklichen Verfassung war.

»Um Gottes willen, was ist passiert?«

»Ihr Freund hat sie sitzenlassen.«

»Dieser rassige Schwarze?«

»Hm.«

»Dann ist natürlich ein Wochenende unter Freundinnen angesagt. Was hältst du davon, wenn *ich* mit den Kindern in den Zirkus gehe?«

»Ach Matts –.«

Ich wäre ihm gern um den Hals gefallen, aber Lotta-Paulina war in Sichtweite.

Der versprochene Rückruf bei Mama fiel mir beim Zähneputzen ein. Es war zwar schon kurz nach elf, aber irgendwann mußte sie ja erfahren, daß ihr Schwiegersohn für Renovierungstätigkeiten nicht mehr zu haben war.

Dummerweise ging Papa ran.

»Nanu, ich dachte, ich hätte Mamas Klingelzeichen gewählt!«

»Hast du auch, meine Tochter«, sagte er feierlich. »Aber deine Mutter ist ausgegangen, und ich habe mir erlaubt, ihre Anrufe entgegenzunehmen.«

»Und wie geht es dir so dabei?«

Immerhin ist er ja mein Vater.

»Nun ja«, antwortete er. »Du rufst übrigens ziemlich spät an. Ist etwas passiert?«

»Könntest du ihr ausrichten, daß wir es nicht schaffen, vor dem fünfundzwanzigsten zum Renovieren zu kommen? Es tut mir auch wahnsinnig leid.«

»Ach, ich weiß«, sagte er. »Diese verdammten Borten. Mach dir mal keine Gedanken, mein Kind. Die werde ich ihr schon dranklеben.«

Samstag, 13. Oktober

Nachdem Matts die Kinder abgeholt hatte, fingen Hanna und ich an, die Rauhfaser im Wohnzimmer abzureißen. Schon nach einer Stunde wollte sie lieber das Badezimmer streichen. Ich hatte das Badezimmer eigentlich nicht in der Planung gehabt, aber der Putz über den Kacheln war wirklich nicht mehr appetitlich. Rund um das Fenster zeichneten sich sogar Schimmelspuren ab. Außerdem hatte Simona mir eingeschärft, Hanna gegenüber sehr nachsichtig zu sein, damit sie neues Selbstbewußtsein entwickeln konnte.

Ich gab ihr fünfzig Euro aus der Haushaltskasse und sie zog los, um ein Anti-Schimmelmittel und einen satten Mauveton zu besorgen, obwohl mir Blau lieber gewesen wäre. Während sie den Schimmel trockenlegte, riß ich die restliche Tapete von den Wohnzimmerwänden und baute den Tapeziertisch auf. Nach dem Zirkus schaute Matts mit den Kindern herein und kam schnell zu dem Schluß, daß es besser wäre, wenn sie alle bei ihm schliefen und wir uns einen netten Frauenabend zwischen Farbeimern machten.

Aber Hanna bestand auf Tapetenwechsel und lud mich ins *Treviso* ein. Sie bestellte eine Flasche ihres Lieblingsweins für dreißig Euro, eine Anti-Pasti-Platte de Luxe für zwei, Kalbsschnitzel in Fenchelrahm für mich und eine doppelte Portion Tiramisu für sich. Ich umschiffte, wie von Simona befohlen, alle emotional und finanziell belasteten Themen, weshalb wir irgendwann bei Simonas Geburtstag anlangten. Simona wird am zwanzigsten Oktober sechsunddreißig und schon bei ihrem letzten Geburtstag bekam sie einen hysterischen Anfall, weil sie bald auf die Vierzig zugeht. Folglich fallen alle Geschenke aus, die auch nur entfernt mit Fitneß, Wellness oder Schönheitspflege zu tun haben. Hanna, schon leicht angeschickert von dem Wein, plädierte für einen Trommelworkshop beim *Weibernetzwerk*. Ich hatte an einen dieser günstigen, eintägigen Shoppingflüge nach London gedacht, wagte den Vorschlag aber nicht auszusprechen, da London zu den belasteten Städten gehörte. Schließlich einigten wir uns auf ein Paar ausgefallene Schuhe. Kurz darauf winkte Hanna dem Kellner mit ihrer Kreditkarte.

Sonntag, 14. Oktober

Am Vormittag tapezierten wir das Wohnzimmer. Am Nachmittag pinselten wir in aller Eile das Bad fertig, bevor Matts mit den Kindern anrückte.

Zu den hellblauen Kacheln sah das Mauve schlimm aus, aber Hanna war begeistert.

»Wenn ich nicht raus müßte, würde ich mein Bad auch so streichen.«

»Wo raus?« fragte ich naiv.

»Aus meiner Wohnung. Was glaubst du, warum ich die Tür nicht mehr aufmache? Weil ich auf die Zwangsräumung warte.«

»Zwangsräumung?«

»Ich bin mit der Miete ein bißchen im Verzug.«

»Ein bißchen?«

»Vier Monate.«

»Hast du mal deinen Anwalt gesprochen?«

»Kannst du einen bezahlen?« gab sie zurück. »Ich bin bis zum Hals im Minus.«

Sie pinselte wie besessen.

»Kann dir niemand das Geld leihen?«

»Wer denn? Meine Tante in Polen?«

»Oh, Hanna«, sagte ich. »Da gibt es doch so private Kreditinstitute. Die sind bestimmt teuer, aber bevor ihr auf der Straße landet... Wieviel ist es?«

»Viertausend nur die Miete.«

Als Hanna am Abend eingeschlafen war, rief ich Simona an.

»Sowas habe ich geahnt«, sagte sie nur. »Ich fahre morgen früh bei ihr vorbei und sehe mir ihre Unterlagen an. Wegen viertausend muß man sich nicht erschießen, weißt du.«

Montag, 15. Oktober

Als ich am Nachmittag mit den Kindern von den *Apfelbäumchen* zurückkam, war Hanna gerade mit der Wohnzimmerdecke fertig geworden.

»Was machst du denn hier?«

Sie sprang von der Leiter, gab Milena einen Kuß und sagte: »Sieht gut aus, oder?«

»Ist Simona nicht vorbeigekommen, um sich deine Papiere anzusehen?«

»Schon, aber ich habe sie das allein machen lassen. Die ganze Sache zieht mich total runter.«

Bei unserem nächtlichen Telefonat teilte Simona mir mit, daß Hannas Situation deprimierend war: »Dieses Loch kriegt sie so schnell nicht gestopft. Ich habe der Hausverwaltung drei Monatsmieten überwiesen, um ihr die Räumungsklage zu ersparen, aber mehr kann ich beim besten Willen nicht lockermachen.«

Drei Monatsmieten!

»Wie sieht es denn bei Dany und dir aus? Mit Jens brauche ich darüber gar nicht erst zu reden. Aber Dany ist doch großherziger. Die beste Lösung wäre ein Investor oder stiller Teilhaber an ihrem Baby-Label. Die Bücher sehen nämlich gar nicht so schlecht aus.«

»Was soll denn Dany da machen?«

»Erzähl's ihm einfach, Joe. Übrigens, habt ihr schon an meinen Geburtstag gedacht?«

Ich mußte lachen. »Aber nein, wir wollen dich doch nicht kränken!«

»Sehr witzig. Ich lade euch alle zu einem Frauen-Diner ins *Maison Blanche* ein. Ich habe nämlich etwas Wichtiges mitzuteilen.«

Mittwoch, 17. Oktober

Heute morgen habe ich Dany endlich im Studio erreicht. Ich habe ihm Hannas Situation geschildert und gefragt, ob wir irgendwelche Rücklagen hätten, die wir ihr leihen könnten. Er schwieg in die Leitung. Dann sagte er: »Du denkst an unser Festgeldkonto. Nein, meine Liebe. Schließlich habe ich zwei Kinder.«

Eigentlich zweieinhalb, aber ich sagte nur: »Erstens ist es auch mein Geld. Zweitens sind wir so gut wie geschieden. Dann wird der Schotter sowieso aufgeteilt.«

»Nach der Scheidung ist zum Aufteilen nichts mehr da«, entgegnete er. »Deine scharfen Anwälte werden die paar Mäuse klüger anlegen als Hanna.«

Am Nachmittag holte Hanna mich im Laden ab, um Simonas Geburtstagsgeschenk zu besorgen. Nachdem wir etliche Schuhgeschäfte abgeklappert hatten, landeten wir bei *Stiletto & Scandalo*, wo Hanna sich in ein Paar Bowling-Schuhe in hellblau und creme mit rosa Ziernähten verliebte. Sie waren um fünfzig Euro reduziert, was laut Hanna bedeutete, daß sie nicht dem Massengeschmack entsprachen. Ich war so froh über die Chance, meinen Gutschein loszuwerden, daß ich mir jeden Widerspruch sparte. Natürlich gab es Probleme.

Die Verkäuferin betrachtete ungläubig den mehrfach verlängerten und zerknitterten rosa Zettel und sagte: »Eigentlich stellen wir keine Gutscheine aus.«

Sie holte ihren Chef, Typ italienischer Kunsthochschüler, der sagte: »Das muß der von Cooky sein.«

Ich widersprach.

Er winkte ab. »Eigentlich operieren wir nicht mit Gutscheinen, aber den habe ich vor eineinhalb Jahren mal für eine Stammkundin ausgestellt. Kurz darauf haben wir die Übergrößen aus dem Programm genommen, und sie konnte nichts mehr damit anfangen. Ausnahmsweise haben wir ihr gestattet, den Gutschein an einen Kollegen weiterzureichen.«

Na schön, besser Simona trug Cookys Schuhe auf als ich.

Donnerstag, 18. Oktober

Hanna hat den Korridor kobaltblau angestrichen und die Fußleisten mintgrün abgesetzt. Während des Abendessens erklärte sie, daß sie die Nase jetzt voll habe. Morgen würde sie ihren Laden so weit auf Vordermann bringen, daß sie am Montag wieder aufmachen könne.

Als alle außer mir schliefen, rief Dany an. »Die gute Nachricht zuerst«, sagte er. »Ich hab vielleicht eine Lösung für Hanna. Meinst du, sie hätte an einem stillen Teilhaber Interesse? Der Teilhaber interessiert sich weniger für ihre Trödelläden als für das Baby-Label.«

»Das wäre toll«, sagte ich. »Wer ist der Teilhaber?«

»Eine Teilhaberin«, korrigierte Dany, »ziemlich versiert in geschäftlichen Angelegenheiten. Wenn Hanna interessiert ist, kann ich Anfang nächster Woche einen Termin für sie ausmachen. Und jetzt die schlechte Nachricht.«

Die schlechte Nachricht lautete, daß er an Simonas Geburtstagsabend nicht auf die Kinder aufpassen könne, da er überraschend mit Cooky nach München fliegen müsse.

Samstag, 20. Oktober

Auf dem Nebentisch leuchtete ein Sektkühler mit sechsunddreißig orangefarbenen Gladiolen, darunter lag der in Bärchenpapier eingewickelte Schuhkarton. Ein anderes Papier hatte ich in der Eile nicht gefunden.

Hanna und ich hatten eine Flasche Prosecco bestellt, Emma nippte an einem Mineralwasser. Es war ihr erster Berlinausflug seit Johannas Geburt, und sie machte sich Sorgen, daß er ihre Milchproduktion durcheinanderbringen könnte.

»Ich frage mich, was sie uns mitteilen will«, sagte sie. »Hoffentlich ist es nicht etwas ganz Schreckliches.«

Sie musterte uns mit flatternden Wimpern.

»Sie wird sich doch nicht von Jens –.«

»Das wage ich nicht zu hoffen«, grinste Hanna.

An Emmas Nervosität war ich schuld. Ich hatte ihr gestanden, daß Dany und ich uns scheiden lassen würden, und sie hatte es wie die Ankündigung des dritten Weltkrieges aufgenommen.

Mit einer Viertelstunde Verspätung rauschte Simona endlich herein.

»Tut mir leid, ihr Lieben, aber ich hatte noch einen Termin.«

Emma stöhnte.

Während der Kellner eine Flasche Veuve Cliquot in blitzende Champagnerkelche aufteilte, überreichte Hanna ihr unser Geschenk.

»Damit du mit flottem Schritt die Vierzig umgehen kannst«, sagte sie. Über diesem Satz hatten wir ziemlich lange gebrütet.

»Das mache ich sogar barfuß«, sagte unsere schöne Freundin und riß ungestüm das Bärchenpapier vom Karton.

»Oh, Madonna, sind die himmlisch!«

Sie kickte die Lackstilettos von den Füßen und vollführte einen Probegang durch die Tischreihen. »Perfetto! Laßt euch küssen, Mädels.«

Sie hielt ihre Champagnerschale über unsere Köpfe.

»Wir feiern heute einen Schritt in meinem Leben, den ich eurem langen und geduldigen Zureden zu verdanken habe!«

Emma klammerte sich an ihrem Wasserglas fest.

»Ich weiß gar nicht, wie ich es erklären soll. Oder wollen wir erst die Vorspeisen nehmen?«

Sie winkte dem Kellner.

»Ihr wißt ja, daß ich im Sommer auf Bornholm war. Erst sah dieser Urlaub wie eine totale Pleite aus... Aber dann lernte ich Johannes aus dem Nachbarbungalow kennen.«

Wir sahen sie gebannt an.

»Wir verbrachten ein paar nette Abende zusammen, notgedrungen, weil Jens mich sitzengelassen hatte, und irgendwann kamen wir ernsthaft miteinander ins Gespräch –.«

Hanna bekam einen Lachanfall. Emma standen schon Tränen in den Augen.

»Was habt ihr Mädels?«

»Mach weiter, Simona«, ächzte ich.

»Wir unternahmen ein paar Radausflüge, und als seine Tochter kam, die sich um Chiara kümmerte, gab er mir ein paar Einführungsstunden im Segeln. Ohne zu bemerken, daß das eine Art Test war, habe ich ihn voll und ganz überzeugt.«

»Gratuliere«, murmelte Emma.

»Als er mir sein Angebot machte, habe ich nicht lange gefackelt, sondern an euch gedacht. Vom ersten November bis zum achtundzwanzigsten Februar mache ich ein Trainingsprogramm in seinen Häusern in Berlin, Genf und Zürich. Ab ersten März steige ich voll ein. Seid ihr reif für den Hauptgang?«

Auf ein Fingerschnippen rückte der Kellner mit dem Servierwagen an. Wir konnten uns zwischen gegrilltem Hummer und Fasan mit Walnußfüllung entscheiden.

»Heißt das, du ziehst aus Berlin weg, Simona?« fragte Emma bedrückt.

»Aber nein. Als persönliche Assistentin bin ich vor allem für Presse- und Öffentlichkeitsarbeit zuständig, und das kann ich gut von Berlin aus machen. Natürlich werde ich Johannes ab und zu auf seinen Reisen begleiten. Die *International*kette expandiert gerade Richtung Osten, weshalb ich auch Russisch lerne.«

»*International*kette?« fragte ich. »Meinst du diese Hotels?«

»Dr. Johannes Hansen ist der Geschäftsführer der Hotelkette *International*. Habe ich das nicht erwähnt?«

»Du willst ihn gar nicht heiraten?« Emma schöpfte Hoffnung.

»Heiraten?« wiederholte Simona. »Das wäre etwas vermessen, oder? Außerdem bin ich schon verheiratet. Sagt mal, freut ihr euch gar nicht? Ich habe einen Job! Genau, das, was ihr mir jahrelang gepredigt habt. Ja, kapiert ihr immer noch nicht? Wollen wir noch eine Flasche – ?«

»Ja«, riefen Hanna und ich.

Montag, 22. Oktober

Seitdem ich weiß, daß Dr. Hansen, der Vorsteher der Berliner Slow-Food-Gruppe, Simonas zukünftiger Chef ist, bin ich etwas nervös wegen des Büchertisches. Heute bin ich zum *International* gefahren, um mir den Raum anzusehen, in dem der Slow-Food-Abend stattfinden soll. Dr. Hansen war nicht da, sondern nur seine Tochter Britta. Wir taten beide so, als sähen wir uns zum ersten Mal und fänden uns schrecklich nett. Ich erklärte ihr, daß das Thema Kulinarik zukünftig unser Sortiment bestimmen solle, wir aber noch keinen passenden Firmennamen gefunden hätten.

Sie meinte, *bunt & spannend* sei kein Problem, da der Büchertisch in der Pressemitteilung sowieso nicht erwähnt würde. Aber im Sinne der Eigenpropaganda sollten wir ruhig ein paar Visitenkarten auslegen, vielleicht mit dem Zusatz »spezialisiert auf kulinarische Lite-Raritäten« oder so. Ob Simona auch so fix ist, wenn sie Britta bei ihrem Job ablöst? Ich erkundigte mich, ob ihr Vater und seine Frau denn auch kämen, und sie antwortete: »Sicher kommt mein Vater. Meine Mutter ist leider schon vor sieben Jahren gestorben.«

Hatte ich es mir doch gedacht!

Dienstag, 23. Oktober

Mit einem vierzigminütigen Telefonat ist es mir gelungen, Hanna den Namen ihrer zukünftigen Teilhaberin und Investorin aus dem Kreuz zu leiern.

Er lautet Verena Meier.

Mittwoch, 24. Oktober

Am lustigsten war der Moment, als Dr. Hansen mit Simona am Arm auf den Büchertisch zuschritt und sagte: »Liebe Frau Seidel-Krollmann, darf ich Sie mit Frau Simona Werber bekannt machen? Sie wird ab kommendem Jahr die Organisation der kulturellen Veranstaltungen in unserem Haus übernehmen.« Er war entzückt, als sich herausstellte, daß Simona und ich alte Freundinnen sind und meinte, er wolle sich später »unbedingt noch über meine Buchhandlung unterhalten«. Zum Glück konnte ich das an Franky delegieren.

Während er und Dr. Hansen miteinander sprachen, haben Simona und ich uns den aussterbenden Schinken gewidmet.

Donnerstag, 25. Oktober

Matts und ich hatten heute Elterndienst. Wir bereiteten gerade das Mittagessen vor, als Andrea ihren Kopf in die Küche steckte und sagte: »Ach, da bist du ja, Matts. Es bleibt doch dabei, daß du mit Ingo morgen zum Kürbisholen fährst?«

»Aber natürlich«, sagte Matts freundlich.

»Prima. Und am Samstagabend ist bei uns großes Kürbisessen, nicht vergessen.«

»Aber natürlich nicht, Andrea.«

Ihr Blick blieb an mir hängen. Ich versuchte gerade, die Megapackung tiefgefrorener Königsberger Klopse unauffällig ins Eisfach zurückzuschieben.

»Möchtest du nicht auch kommen, Johanna?«

Ich biß höflich die Zähne zusammen. »Mal sehen.«

Scheinbar hatte sie Matts schon vor längerem eingeladen. Mir hatte er gesagt, daß er am Samstagabend beruflich unterwegs sei.

»Ich konnte nicht schon wieder absagen«, sagte Matts,

der meine Stirnbewölkung richtig interpretierte. »Sie hat mich seit April fünfmal eingeladen.«

Ich nahm die Königsberger Klopse wieder heraus, knallte die Kühlschranktür zu, riß die Verpackung von dem Eis-Klops-Klumpen und schmiß ihn ins kochende Wasser, das in Matts Richtung spritzte. Er sprang erschrocken zur Seite.

»Du könntest doch mitkommen, Joe.«

»Ich steh nicht auf Kürbis.«

»Wir fragen Olga, hm?«

Sonntag, 28. Oktober

»Das ist aber schön, daß du auch kommst«, sagte Andrea zu mir, während sie Matts den Asternstrauß aus den Händen nahm. Dann rannte sie ins Esszimmer und knallte noch ein Gedeck auf den Tisch.

Die Zehlendorfer Villa sah genauso aus, wie ich sie mir vorgestellt hatte. Riesige Räume mit grobverputzten Wänden, viel geöltes Holz und Teppiche, in denen man bis zu den Knöcheln versank. Eine doppelflügelige Glastür führte in einen naturbelassenen Garten mit Kletterbäumen, TÜV-geprüfter Schaukel und Treibhaus.

Auf der mit Herbstblättern und Hagebutten dekorierten Festtafel flackerten echte Bienenwachskerzen, in deren Licht die Augen der Fruchtaufstrichmütter erglänzten. Sie lauschten andächtig, als Andrea erzählte, daß sie den antiken Bauerntisch wöchentlich mit reinem Sand abreibe.

Ihr Ingo war ungefähr zehn Jahre älter als sie, ein gemütlicher Cordhosen-mit-Hängehintern-Typ, den nicht mal die Fruchtaufstrichliga erschüttern konnte.

Als Vorspeise servierte er Kürbiskerncremesuppe mit warmen Bauernbrotfladen und danach Kürbiskroketten und Lammbraten.

»Ingo hat das Biofleisch bei uns etabliert«, gestand Andrea.

»Wer hätte es auch sonst tun sollen, Engelchen?« Er legte die Gabel nieder, um ihre Hand zu streicheln.

Zum Dessert gab es geeistes Kürbisparfait. Andrea hatte gerade das erste Löffelchen an den gespitzten Mund geführt, als das Telefon klingelte.

»Gehst du, Schatz?«

Ingo war schon unterwegs.

»Bereitschaft hat er diese Woche nicht«, sagte Andrea. »Aber manche seiner Privatpatientinnen sind ein wenig rücksichtslos.«

Fünf Minuten später stand er in Hut und Mantel da.

»Du hast doch gar keine Bereitschaft«, fiepte Andrea.

»Ich weiß, Engelchen. Aber eine Patientin hat Probleme.« Und mit einem bedauernden Lächeln in die Tafelrunde: »Es tut mir leid, aber ich stehe in der Pflicht.«

»So geht es je-des Wochenende«, sagte Andrea bitter. »Ich frage mich, was diese alten Schachteln sich einbilden.«

Dann quäkte das Babyphon los, das an die Lautsprecherboxen im Wohnzimmer angeschlossen war. Während Andrea ins Kinderzimmer lief, klärte Matts die Fruchtaufstrichmütter über den Aufgabenbereich eines Phlebologen auf.

Andrea kam mit den Kindern im Schlepptau zurück. Abbe wollte eine heiße Ziegenmilch, Madita wollte »Schwarzer Peter« spielen. Während die Fruchtaufstrichmütter gehorsam die Karten von ihr entgegennahmen, räumten Matts und ich den Tisch ab und trugen das Geschirr in die Küche. Verblüfft sahen wir, wie Andrea ihren Zweitgeborenen an den Schultern schüttelte und brüllte: »Es ist aber keine da, verdammt noch mal.«

Abbe brüllte zurück, daß er auch Ziegenmilch haben wolle, wenn keine da sei.

»Jedesmal, wenn ich Ingo allein in den Biomarkt fahren lasse, fehlt das Wichtigste. Das liegt nur daran, daß er seine Gedanken ständig bei seinem Krampfadergeschwader hat«, lamentierte Andrea.

Matts und ich zogen uns diskret in den Flur zurück.

»Nein, Saft kannst du nicht haben. Der macht deine Zähne kaputt. Wasser, sagte ich. Nein, ich habe jetzt keine Zeit, dir Tee zu kochen. Ich habe das Haus voller Gäste, mit denen ich mich jetzt allein herumschlagen darf... Herrgott noch mal, wenn du dir unbedingt die Zähne ruinieren willst –.«

Mit einem schmatzenden Geräusch wurde die Kühlschranktür aufgerissen und so heftig zugeworfen, daß Flaschen klirrten. Dann krachte es. Die Saftflasche war Andrea aus der Hand geglitten und auf den Fliesen zersprungen.

»Scheiße. Auch das noch. Sieh dir diese Sauerei an, und alles wegen... wegen dieser geilen alten Schachtel.«

9
November

Donnerstag, 1. November

Die Halloweenparty war ein Erfolg. Andrea und ihre Frauen haben fünfundfünfzig Gläser Fruchtaufstrich verkauft und alle Kinder wie verrückt getanzt.

Ich riß die letzte Girlande von der Decke des großen Gruppenraums und stopfte sie in den Müllbeutel, den Mona-Lisa mir hinhielt. Dann sah ich mich nach Matts um. Wir wollten zusammen mit den Kindern nach Hause gehen.

»Keine Ahnung, wo der steckt«, sagte Hanna, die in der Küche die Glühweintöpfe ausspülte. »War er nicht gerade noch da? Oder war das Dany?«

»Dany?«

»Der zweite Geist war Dany. Der, der die Tanzspiele gemacht hat.«

In dem Moment schlich Dany an der offenen Tür der Teeküche vorbei. Er trug seine Kürbismaske unter dem Arm und hatte sich sein von Hanna genähtes Halloweengewand über die Schulter geworfen.

»He, Geist«, rief Hanna. »Wo ist dein Kompagnon?«

Dany blieb stehen.

»Der hat einen Anruf bekommen und mußte los. Vor einer Stunde vielleicht. Ich habe dann den Getränkeverkauf übernommen. Habt ihr das nicht gemerkt?«

»Nein«, sagte Hanna. »Ein Geist gleicht dem anderen, was Joe? Sind wir jetzt fertig?«

Mona-Lisa rasselte mit dem Schlüsselbund.

Ich nahm Malte mit zu mir nach Hause und rief Matts von dort aus an. Er meldete sich nicht. Da die Kinder todmüde waren, steckte ich sie alle zusammen erst in die Wanne und dann ins Bett. Sie sind es ja gewohnt, mal hier und mal da zu schlafen.

Freitag, 2. November

Seit dem Abend im *International* traktiert Franky mich mit Namensvorschlägen für den Laden. Er hat einen Zettel mit Namensideen an die Innenseite der Teeküchentür geklebt. Bisher steht dort:

1. Culinaria & Literaria
2. Escargot
3. Abalone
4. Earl Grey
5. Food & Literature
6. Buchstabensuppe
7. Leselöffel

Von mir stammt nur »Earl Grey«, alle anderen Vorschläge sind auf Frankys Mist gewachsen.

Kein Anruf von Matts.

Samstag, 3. November

Im Laden. Dany ist mit allen drei Kindern ins Spaßbad gefahren. Ich sagte ihm, Matts würde im Laufe des Wochenendes zurückkommen, aber er tat so, als interessiere ihn das nicht.

Obwohl Franky heute seinen freien Samstag hat, hat er mir schon seine neuesten Namensvorschläge zugefaxt:

8. Kochbuch & Co.
9. Body & Soul. Buchhandlung für ganzheitliche Genüsse.
10. Literatur für Genießer.

Ein weiterer Vorschlag kam von Simona, ebenfalls per Fax:

11. Petrini.

Ich tendiere immer noch zu »Earl Grey«, aber Hanna meint, es klinge zu sehr nach Teeladen.

Sonntag, 4. November

Wie es aussieht, ist Matts im Laufe des Wochenendes *nicht* zurückgekommen. Als Dany am Abend mit den Kindern aus dem Puppentheater kam, habe ich zugegeben, daß ich keine Ahnung habe, wo er steckt. »Und so was läßt du mit dir machen?«

Montag, 5. November

Franky war am Sonntag im Laden und hat die Philosophie-, Politik-, Religions-, Geschichts-, Wissenschafts-, Kunstgeschichts- und Gesundheitsecke ausgeräumt und zartgrün gestrichen. Dort soll von nun an unser neuer Fooding-Schwerpunkt seinen Platz finden.

Die Namensliste hat er um folgende Vorschläge erweitert:

12. Slow Literature
13. A Tavola
14. Leibgericht
15. Antipasti
16. Lukullus
17. Rezepte

Heute fragte Lotta-Paulina beim Abendessen: »Wo ist eigentlich Matts geblieben?«

Milena, die zu Besuch war, antwortete: »Der ist bestimmt unter ein Auto gekommen.«

Dienstag, 6. November

Leider mußte das Elternfrühstück heute ohne mich stattfinden. Übermorgen kommen die Männer wegen des neuen Ladenschildes. »A Tavola« und »Earl Grey« liegen Kopf an Kopf.

Kein Lebenszeichen von Matts.

Mittwoch, 7. November

Auf meinem linken Fußknöchel liegt eine Eiskompresse. Als ich zum Telefon rannte, bin ich auf dem Läufer im Flur ausgerutscht. Aber dann war es gar nicht Matts, sondern nur meine Mutter. Sie wollte wissen, wann wir Weihnachten kommen. Es wird ja auch langsam Zeit für dieses Thema.

»Was ist aus deinen Laura-Ashley-Borten geworden?« versuchte ich sie abzulenken.

»Die wollte dein Vater ankleben, aber nach zweieinhalb Metern ist er von der Leiter gefallen und hat sich den Oberschenkel gebrochen.«

»Wie bitte? Ist er etwa im Krankenhaus?«

»Seit zwei Wochen. Es ist ein komplizierter Bruch. Du weißt ja, dass bei deinem Vater alles kompliziert ist. Nächsten Montag wird er entlassen.«

»Und das erzählst du mir heute?«

»Wieso? Hättest du ihn im Krankenhaus besuchen wollen?«

»Ach, Mama, du weißt doch, daß ich dazu keine Zeit habe.«

»Eben. Manchmal frage ich mich, ob du Zeit hast, auf meine Beerdigung zu kommen.«

»Naja, noch ist es ja nicht so weit«, murmelte ich betreten.

»Richtig«, stimmte sie mir zu. »Erst kommt Weihnachten.«

Donnerstag, 8. November

Um zwei Uhr nachmittags kamen die zwei Vertreter der Schilderfirma. Franky hatte den Termin extra so gelegt, daß wir beide dabei waren und ich nichts über seinen Kopf hinweg bestimmen konnte.

Die Männer zeigten uns einen Ordner mit Schildern, die sie für andere Läden entwickelt hatten.

Wir hatten uns aber immer noch nicht auf einen Namen geeinigt. Nachdem ich mich schweren Herzens von »Earl Grey« verabschiedet hatte, standen noch »A Tavola«, »Culinaria & Literaria«, »Lirum-Larum-Löffelstiel« (neue Idee von Hanna) und »Sinn und Topf« (neue Idee von Emma) zur Auswahl.

Als wir durch den halben Ordner durch waren, klingelte das Telefon.

Ich rannte sofort hin. Aber es war nicht Matts, sondern Emma.

»Habt ihr euch endlich entschieden?« fragte sie, während im Hintergrund Klein-Johanna brüllte. »Irgendwie liegt mir der Laden immer noch am Herzen und ich habe Angst, daß du dich zu sehr von Franky beeinflussen läßt. Weißt du noch, wie er auf dem Kugelfisch-Trip war?«

Das wars! *Kugelfisch*.

Franky war begeistert.

Abends um sechs, ich wendete gerade die Fischstäbchen in der Pfanne, klingelte wieder das Telefon. Es war wieder nicht Matts, sondern meine Schwiegermutter Resi, die wissen wollte, wann wir Weihnachten kämen. Ich sagte, ich könne jetzt nicht telefonieren, aber Dany würde sie zurückrufen.

Matts hat sich nicht gemeldet.

Samstag, 10. November

Gegen vier Uhr morgens hatte ich einen Alptraum. Ich saß mit meiner Mutter *und* Resi an *einer* Weihnachtstafel und meine Mutter sagte: »Kinder, dieses Jahr gibt es mal Kugelfisch.«

Sie nahm den Deckel von der silbernen Terrine und zeigte uns stolz ihren Kugelfisch, der Matts Gesichtszüge trug.

Dany schüttelte sich und sagte: »Der hat giftige Hoden. Den rühr ich nicht an.«

»Giftige Hoden?« schrie meine Mutter. »Das ist eine Delikatesse, Junge!«

Als Dany am Morgen erschien, um die Kinder abzuholen, waren wir alle noch im Schlafanzug. Er warf einen Blick in mein bleiches, übernächtigtes Gesicht und ging noch mal nach unten, um Brötchen zu kaufen.

»Du lieber Himmel, Joe«, sagte er, als wir beim Frühstück saßen. »Wegen Weihnachten brauchst du dich jetzt doch noch nicht aufzuregen. Wir haben nicht mal Mitte November.«

Irgendwo hatte er einen Rest Darjeeling gefunden und in meiner Lieblingskaffeekanne aufgebrüht.

»Wollen wir ihnen nicht endlich sagen, daß wir uns getrennt haben?« stieß ich hervor. »Wir können doch nicht Weihnachten zusammen bei unseren Familien aufkreuzen und so tun, als sei nichts passiert.«

»Warum nicht? Von unserer Hochzeit haben wir ihnen auch erst hinterher erzählt. Und Weihnachten ist wirklich nicht der richtige Zeitpunkt.«

»Aber wann sagen wir's ihnen dann?«

Dany wedelte abwehrend mit seinem Honigbrötchen über den Tisch.

»Wenn wir das mit deinen superscharfen Anwälten ausbaldowert haben.«

»Aber das kann sich noch hinziehen. Wir haben ja nicht mal angefangen.«

»Na und?« sagte mein Fast-Exmann. »Wir sehen unsere Eltern zweimal im Jahr. Was spielt es da für eine Rolle, ob wir geschieden sind oder nicht?«

»Außerdem wollte ich Weihnachten eigentlich mit Matts und Malte verbringen.«

Dany biß in sein Honigbrötchen.

»Dann ist der flüchtige Vater also wieder aufgetaucht?«

»Nicht wirklich.«

Er warf mir einen genervten Blick zu.

»Er hat sich seit Halloween nicht mehr gemeldet«, gestand ich.

»Und du hast keine Ahnung, wo er steckt?«

Ich senkte den Blick.

Dany machte eine Kopfbewegung Richtung Kinderzimmer. »Was sagt denn der Kleine dazu?«

»Wenn er nachfragt, sage ich ihm, daß sein Papa auf einem Symposium ist. Das kennt er ja schon.«

»Joe, du mußt seine Mutter anrufen!«

»Matts ist alleinerziehend, weißt du.«

»Natürlich weiß ich das«, sagte Dany noch genervter. »Er macht ja ständig Reklame damit. Aber irgendwo muß trotzdem eine Mutter existieren. Der Kerl kann doch nicht sein Kind bei dir parken und abhauen.«

Ich fühlte mich gezwungen, Matts zu verteidigen.

»Er weiß, daß er sich voll und ganz auf mich verlassen kann. Und Malte fühlt sich wohl hier.«

Dany warf mir seinen ihr-ist-nicht-mehr-zu-helfen-Blick zu, legte mir die Hälfte seines Brötchens auf den Teller und sagte: »Iß erst mal, damit du wieder zu Sinnen kommst. Du mußt dich doch irgendwohin wenden können, wenn der Kleine krank wird oder so.«

»Ja.« Dummerweise schossen mir die Tränen in die Augen.

»Der hat sie doch nicht mehr alle.« Dany kippte sich den Rest aus der Kanne in seine Tasse. »Aber was solls. Ich gehe heute mit den dreien ins Museum für Kommunikation und Technik. Da kennen sie sich ja schon aus.«

»Ich glaube, ich komme mit«, sagte ich.

Montag, 12. November

Ich hätte mich gar nicht aufzuregen brauchen. Als ich heute morgen im *Kugelfisch* den Computer anwarf, erwartete mich eine E-Mail.

> *Liebste Johanna. Verzeih meinen plötzlichen Aufbruch. Mußte Hals über Kopf für einen Kollegen einspringen. Dreh in einem Krisengebiet, hochbrisant, Situation zu komplex, um sie ausführlich zu schildern. Ich vertraue darauf, daß Malte bei dir in guten Händen ist. Habe zur Zeit leider keinen Handyempfang. Kommunikation im Notfall per E-mail. Versuche, mich regelmäßig zu melden. Projekt spätestens in zwei bis drei Wochen beendet. Weihnachten sind wir wieder vereint. Gib allen Kindern einen dicken Kuß von mir. Ich liebe euch. Matts.*

Vor lauter Erleichterung wählte ich die Nummer des Studios und hatte ausnahmsweise sofort Dany an der Strippe.

Ich las ihm die E-Mail vor.

»Toll!« gluckste er. »Von mir läßt du dich wegen eines fünftägigen Münchenausflugs scheiden, und der verkrümelt sich klammheimlich in Krisengebiete! Bist du dir eigentlich sicher, daß du dich verbessert hast?«

> *Liebster Matts, alles okay hier. Paß bitte gut auf dich auf. Eigentlich besuchen wir Weihnachten immer meine Eltern in Bremen. Wie hattest du es dir denn vorgestellt? Wir lieben dich auch, Johanna.*

Elternmeeting. Hanna hatte mir schon am Telefon erklärt, daß sie für den Ringelpiez keine Zeit habe. Simona hatte Jens geschickt. Er mußte die Röntgenblicke von fünfunddreißig Müttern ertragen, die alle den nächsten alleinerziehenden Vater in ihm witterten, und war sichtlich erleichtert, als er mich entdeckte. »Ich bin nur hier, weil Simona gesagt hat, sie läßt sich sonst scheiden. Was muß ich tun, Joe?«

Ich drückte ihn auf eine Matte.

»Nichts, es sei denn, du möchtest wirklich etwas *tun.*«

»Natürlich nicht. Ich habe schon genug zu tun.«

Es ging um die Weihnachtsfeier, die immer am letzten Sonntag vor dem Fest stattfindet.

»Wie in jedem Jahr haben wir drei organisatorische Schwerpunkte«, ließ Mona-Lisa ihre warme Stimme durch den Raum klingen. »Erstens das weihnachtliche Unterhaltungsprogramm, das in diesem Jahr von Doreens Eurythmiegruppe und Liselottes musikalischer Früherziehung abgedeckt wird –.«

»Wer ist die Walküre da vorne?« fragte Jens.

»Meinst du Mona-Lisa?«

Die vor uns sitzende Mutter drehte sich um und warf Jens einen bösen Blick zu.

Ich flüsterte: »Das ist unsere Kitaleiterin. Pscht.«

»Eure Unterstützung brauchen wir beim Weihnachtsmarkt und dem Kuchenbüffet. Wie in jedem Jahr möchten wir auch –.«

»Warum ist sie barfuß?«

»Pscht!«

»...in diesem Jahr auf unserem Weihnachtsmarkt handgemachte weihnachtliche Dekorationen aus Naturmaterialien –.«

»Gehört sie einer Sekte an?«

»...zum Beispiel diese wunderhübschen Gewürzanhänger, die unsere Andrea im letzten Jahr –.«

»Aber ich habe noch eine Idee«, schrillte Andrea durch den Raum: »Wir wollten doch im letzten Jahr schon diese Vogelhäuschen bauen. Das sollten wir in diesem Jahr angehen, um bei den Kindern ein Bewußtsein für die Einwirkungen der Jahreszeiten auf die Natur zu entwickeln.«

»Wozu?« murmelte Jens. »Wir leben in einer Großstadt.«

»Eben«, entnervt drehte sich die vor uns sitzende Mutter um.

Andrea fuhr fort: »Und handwerklich gesehen, wäre es eine gute Einstimmung auf den Ziegenstall, der im Frühjahr ansteht.«

»Wie bitte?« fragte Jens verwirrt.

»Wie ich höre, haben wir hier vorn einen ganz stark interessierten Vater«, sagte Mona-Lisa mit huldvollem Lächeln.

Alle Eltern starrten zu uns rüber.

»Ach, bist du nicht der Papa von Chiara?« krähte Andrea. »Jens, nicht? Du würdest die Vogelhäuschengruppe übernehmen, Jens? Das finde ich super.«

Ich traf Jens nach dem Meeting in der Garderobe, als er versuchte, Chiara in ihren Anorak zu befördern.

»Ich habe noch nie im Leben ein Vogelhäuschen gebaut«, sagte er wütend. »Glaubst du, daß Chiara aus der Kita fliegt, wenn ich mich weigere?«

»Elternmitarbeit ist Teil unserer Satzung«, sagte ich und winkte meine drei Schützlinge zu mir heran, um ihre Schnürsenkel zu kontrollieren.

Jens steckte Chiaras linken Arm in den Anorakärmel, während sie blitzschnell den rechten wieder herauszog.

»Und wenn ich mich mit einer äh ... kleinen Firmenspende erkenntlich zeige? Ich meine, du als Vorsteherin des Elternkomitees könntest vielleicht ein gutes Wort für mich einlegen. Ich habs einfach nicht mit Laubsägearbeiten.«

»Sprich mit Andrea«, sagte ich ungerührt und schob meine Kinder zur Tür.

Chiara schleuderte ihren Anorak auf den Boden und trat ihren Vater kräftig gegen das Schienbein.

Sonntag, 18. November

Am Nachmittag war ich mit Hanna im Stadtpark verabredet, wo wir mit den Kindern ihre bei den *Apfelbäumchen* gebastelten Drachen steigen lassen wollten. Da die frische Herbstbrise in den letzten Tagen eisiger Luft gewichen war, klappte es nicht.

»Das ist was für Männer«, sagte Hanna mißmutig und schlug vor, lieber ins gut geheizte *Lola Montez* zu gehen. »Da gibt's jetzt eine Malecke für die Kleinen.«

Das *Lola Montez* war rappelvoll mit Frühstückern, aber Hanna organisierte uns zwei Stehplätze am Tresen.

»Was machen denn deine Väter heute?« erkundigte sie sich, als wir endlich unseren Milchkaffee hatten.

»Matts ist zu Dreharbeiten unterwegs, und Dany wurde von Cooky auf den Agenturbrunch beordert«, sagte ich kurz.

Verlegen beugte sie sich zu ihrem Rucksack, um nach ihren Zigaretten zu kramen.

»Du, die Frau ist gar nicht so daneben«, sagte sie, nachdem sie sich umständlich eine angesteckt hatte.

»Nein danke«, sagte ich.

Sie blinzelte irritiert.

»Wie?«

»Ich verstehe, daß du dich auf sie eingelassen hast, um deine Existenz zu retten. Aber du brauchst sie mir nicht als Neue meines Mannes schmackhaft zu machen. Nein danke, Hanna.«

»He, he«, nervös zog sie an ihrer Zigarette. »Ich will sie dir nicht schmackhaft machen, aber mir gegenüber hat sie sich voll solidarisch gezeigt.«

»Sie glaubt, daß sie mit deinem Baby-Label Geld machen kann. Wo liegt da die Solidarität?«

»Joe, sie hat es nicht nötig, sich in mein Baby-Label reinzuhängen. Die Frau hat genug eigene Ideen. Cooky hat genau verstanden, welcher Film bei mir abgelaufen ist. Für dich und Simona war das doch nur lächerlich, daß ich Patrice um die halbe Welt nachgereist bin. Ihr habt mich nie wirklich verstanden.«

»Danke, daß du uns dafür beschimpfst, daß wir dein verrottetes Klo geputzt haben«, sagte ich und riß eine Zigarette aus ihrer Schachtel. »Ohne Simonas Großzügigkeit würdest du jetzt bei der Bahnhofsmission übernachten, oder in meiner Wohnung, grauenvolle Vorstellung.«

»Ich bin euch doch auch dankbar«, rief sie. »Aber das Drama meiner Patrice-Geschichte habt ihr trotzdem nicht gerafft. Cooky dagegen schon. Wo liegt das Problem?«

Ich biß mir auf die Lippen.

»Das Problem liegt darin, daß Cooky harmlose Familienväter schwängert. Ich nenne das skrupellos.«

»Herrgott, auch andere Frauen werden schwanger«, sagte Hanna und wedelte hilflos mit ihrer Zigarette über den Tresen. »Außerdem, Joe: Als Cooky schwanger wurde, warst du doch schon mit Matts zu Gange, oder? Und dafür, daß der Knabe ständig weg ist, kann Cooky nichts.«

Montag, 19. November

Als ich heute morgen im *Kugelfisch* den PC anwarf, leuchtete mir seine E-Mail entgegen.

> *Liebe Johanna. Krauche mit dem Dreh-Team durch die Schützengräben menschlicher Abgründe. Denke dauernd an euch. Würde gern eine Postkarte schikken, aber hier gibt's keine. Dicken Kuß an euch alle. Matts.*
> Antwort: *Lieber Matts. Uns geht es gut. Was für Schützengräben? Hast du dir das mit Weihnachten inzwischen überlegt? Gruß Johanna.*

Mittwoch, 21. November

Elterndienst mit Andrea. Ich hatte mich in den letzten freien Mittwoch auf der Liste eingetragen, und sie hat sich danach bei Dienstag durchgestrichen und ihren Namen auch auf Mittwoch gesetzt, angeblich wegen eines Kinderarzttermins.

Wir kochten Vollkornspaghetti mit einer Sauce aus Brokkoli und Nüssen, die die Kinder nicht mochten. Natürlich nutzte sie jede Gelegenheit, um mich mit Fragen nach Matts zu traktieren. Daß der doch jetzt schon drei Wochen unterwegs sei, und wie Malte das verkrafte, und ob das denn mit Maltes Mutter abgesprochen sei. Ob er die denn trotzdem sehen könne, denn ein Kind brauche schließlich die Beziehung zu *beiden* Eltern. Wie alt Malte eigentlich gewesen sei, als Matts sich von seiner Frau getrennt habe, und was das denn für eine Frau sei. Und ob ich mich nicht in die Rolle gedrängt fühle, Malte die Mutter zu ersetzen.

Schließlich hielt ich es nicht mehr aus und fragte: »Rufen Ingos Patientinnen immer noch so oft an?«

Donnerstag, 22. November

Luigi hat Franky und mich am Samstag zu einem Essen zu sich nach Hause eingeladen. Wir wollen dabei die Einweihung des *Kugelfisch* als Gourmetbuchhandlung besprechen, für die Luigi die Häppchen liefern will. Also habe ich Hanna angerufen und sie gefragt, ob sie am Samstag mit Milena zu mir kommen und meine drei Kinder sitten könne. Sie sagte: »Das ist ja blöd, aber am Samstag bin ich bei Luigi zum Essen eingeladen.«

Wir beschlossen, daß sie Milena zu mir in die Wohnung bringt und wir uns die Ausgaben für Olga teilen. Warum ist Hanna zu dem Essen eingeladen?

Samstag, 24. November

Während Luigi fachmännisch die Martinsgans tranchierte, erfuhr ich, daß Hanna ihn im *Kugelfisch* kennengelernt hat, als sie Franky von ihrer Wohnungssuche erzählte und Luigi zufällig dazustieß. Wie der Zufall es will, sucht Luigis Etagennachbar zum Ende des Jahres einen Nachmieter.

»Und wo sind Ihre italienischen Wurzeln?« fragte Hanna.

Er hat gar keine! Sein richtiger Name ist Ludwig, und er ist in Sachsen geboren. Nach der Scheidung von seiner ersten Frau (1980) hat er sich aus Frust das Kochen beigebracht und seit 1989 zahlreiche Italienreisen unternommen. Die Idee mit dem Feinkostgeschäft kam ihm während einer längeren Phase der Arbeitslosigkeit kurz vor seiner zweiten Scheidung. Er besorgte sich einen Kredit, ein paar italienische Opern-CDs, ließ sich die Pavarotti-Matte stehen und stieg auf italienische Schuhe um. Es wurde ein ziemlich lustiger Abend.

»Der geborene Scharlatan«, sagte ich zu Hanna, als wir später versuchten, den sächsischen Wein bei mir in der Wohnung mit etwas Leitungswasser zu kompensieren.

»Welcher Mann ist schon ganz echt?« gab sie zurück. »Aber die Wohnung ist toll, Joe.«

Montag, 26. November

Das neue Ladenschild ist da! Franky hat sofort die Einladungen für unseren Empfang verschickt. Er soll am Nikolaustag stattfinden, und Luigi wird mit seiner volltönenden Stimme Passagen aus »Goethes kulinarischen Reisen« vorlesen.

Franky machte eine Flasche Sekt auf und zwang alle Kunden, auf das neue Schild anzustoßen. Als ich die Kinder bei den *Apfelbäumchen* abholte, stieß ich in der Garderobe auf Andrea. Sie sog demonstrativ meine Sektfahne ein und fragte: »Oh, gibt's was zu feiern? Ist Matts zurück?«

»Ein kleinerer Anlaß in meiner Buchhandlung«, sagte ich steif und beugte mich über Niklas Schnürsenkel.

»Aber zu unserer Weihnachtsfeier ist er doch hoffentlich zurück? Die Weihnachtszeit ist ja die schönste Familienzeit. Also ich muß da immer alle um mich haben.«

»Natürlich«, sagte ich. »All die feinen Lichtlein, die sich in den Äuglein spiegeln.«

Mittwoch, 28. November

Gerade hat Mama wieder angerufen.

»Ich rufe nur an, weil Herr Eck mich an die Karpfenvorbestellung erinnert hat.«

Herr Eck müßte längst in Rente sein.

»Sein Sohn macht den Laden jetzt. Dany sagte, bis Ende des Monats wüßtet ihr Bescheid.«

»Der Monat geht bis zum Dreißigsten, Mama.«

»Wie kommt es eigentlich, daß Dany immer vom Büro aus anruft?«

»Wieso immer?«

»Na neulich und zu Papas Geburtstag.«

Oh Gott, ich hatte den Geburtstag meines Vaters vergessen.

»Herzlichen Glückwunsch nachträglich!«

»Dany hat für euch beide gratuliert. Habt ihr euch etwa schon wieder in der Wolle?«

»Sag mal, Mama, bist du mit deiner eigenen Ehe nicht ausgelastet?«

»Und wie. Zehn Mal am Tag muß ich die Krücken die Treppe hochtragen, und zweimal die Woche muß ich ihn zur Krankengymnastik fahren. Zum Lampenbastelkurs nimmt ihn zum Glück Frau Schmitz mit.«

Ich verkniff mir die Frage, ob Frau Schmitz auch zum Karpfenessen kommt.

Freitag, 30. November

Heute vormittag hat Simona im Laden angerufen und mich und die Kinder für Sonntag zum Adventskaffee eingeladen.

Ich sagte, ich könne noch nicht hundertprozentig zusagen, da Matts an diesem Wochenende wahrscheinlich von seinem Krisengebiets-Dreh zurückkäme. Und da wolle ich natürlich zu Hause sein.

»Aber natürlich«, sagte sie scheinheilig. »Vergiß nicht, die Betten frisch zu beziehen, zum Friseur zu gehen und sein Lieblingsessen zu kochen. Das ist wirklich das mindeste, das du tun kannst, nachdem er dir einen geschlagenen Monat lang seinen Sohn anvertraut hat.«

10

Dezember

Sonntag, 2. Dezember

Während die Kleinen in Chiaras Zimmer spielten, brüteten die Väter in Jens Dunkelkammer über dem Vogelhausmodell für die *Apfelbäumchen.* Es gab mehrere Panettone, die Simonas Mutter geschickt hatte, handgedrehte Marzipankartoffeln und eine Schüssel Tiramisu. Der Adventskranz in der Tischmitte trug einen kunstschneebestäubten Wimpel der Hotelkette *International.*

»Der größte Vorteil der Berufstätigkeit ist, daß man sich seine Zeit besser einteilen kann«, erklärte uns Simona. Sie arbeitete gerade Schichtdienst. »Wenn ich erst um eins anfange, kann ich mich vormittags ganz entspannt um mein Styling kümmern, und wenn ich um zwei schon Schluß habe, schaffe ich es noch bequem ins Fitneßcenter, bevor ich Chiara abholen muß.«

»Und was ist mit den gemeinsamen Mahlzeiten?« fragte ich hinterhältig. »Entgleitet ihr euch nicht?«

»Ich habe immer nur von *einer* gemeinsamen Mahlzeit gesprochen, Joe. Schließlich verlieren auch Rituale ihren Reiz, wenn man sie überstrapaziert.«

»Und wie macht sich Jens dabei?« wollte Hanna wissen.

»Oh, ich glaube, er genießt es, mehr in den häuslichen Bereich miteinbezogen zu werden. Neulich hat er sogar Tofuschnitten für Chiara gebraten.«

Sie beugte sich verschwörerisch vor. »Er fährt jetzt regelmäßig nach der Arbeit beim Bioladen vorbei. Außerdem hat er sich letzte Woche sogar ein Buch gekauft.«

»Was für ein Buch?« fragten Emma und ich wie aus einem Mund.

»Ich hatte noch keine Zeit, es mir anzusehen. Fragt ihn selbst.«

»Das heißt, Jens kocht Chiara an den Abenden, an denen du Spätschicht hast, ein warmes Essen *und* bringt sie ins Bett?« vergewisserte sich Emma.

»Exakt! Und meistens wird es später als geplant, wegen der kleinen gesellschaftlichen Events, zu denen ich Dr. Hansen begleite. Ihr wißt ja, wie das auf dem internationalen Parkett zugeht.«

Zumindest konnten wir es uns jetzt vorstellen. Mich ergriff eine regelrechte Sehnsucht nach dem internationalen Parkett.

»Seine Praktikantinnen werden ihn aber vermissen«, murmelte Hanna und warf sich eine Marzipankugel in den Mund.

»Die können sich jetzt um Dany kümmern«, lächelte Simona.

»Dann wohnt er also immer noch im Studio«, seufzte Emma. »Ach, Joe, ich hatte so gehofft, daß ihr wieder zueinander findet.

»Sie hat doch Matts.« Hanna warf sich noch ein Marzipankügelchen in den Mund. »Wenn er nicht in seinem Krisengebiet erschossen wird.«

»Erschossen!« kreischte Emma so laut auf, daß Klein-Johanna erschrocken losweinte. »Welches Krisengebiet denn? Etwa Naher Osten?« Hektisch knöpfte sie ihre Bluse auf. »Ist er in Gefangenschaft geraten?«

»Das ist nicht auszuschließen«, sagte Simona mit tiefer Stimme. »Er ist mit einem Filmteam unterwegs und Joe hat seit Wochen nichts von ihm gehört. Welches Krisengebiet, wissen wir nicht, Naher Osten könnte hinkommen.«

Eine Stunde später knipste Simona das elektrische Licht aus, zündete die Kerzen des *International*kranzes an und holte die Kinder herein, damit sie uns ihre bei den *Apfelbäumchen* gelernten Weihnachtslieder vorsangen. Nach der ersten Strophe von »Morgen Kinder, wird's was geben« schmiß Malte sich auf den Teppich und heulte: »Wo ist mein Papa? Ich will zu meinem Papa.«

Die Väter kamen aus der Dunkelkammer gestürzt, während Hanna und Simona rechts und links von Malte auf dem Teppich knieten.

»Wahrscheinlich Bauchweh«, sagte Jens. »Du solltest die Kinder nicht so vollstopfen, Simona.«

»Einfach überreizt«, mutmaßte Emmas Gatte.

Nur Dany sagte nichts, sondern trug das schreiende Kind kurzerhand zum Auto. Malte beruhigte sich erst wieder in der Badewanne, als Dany ihn Tauchübungen machen ließ.

»Es war mein Fehler«, gestand ich, als sie endlich alle in ihren Betten lagen. »Ich habe ihm versprochen, daß sein Papa Weihnachten zurück ist. Wahrscheinlich dachte er vorhin, es ist schon Weihnachten, als es bei Simona so feierlich wurde.«

»Kann sein. Er ist erst drei«, murmelte Dany. »Joe, schick dem Kerl eine E-Mail, daß er schleunigst seinen Arsch hierherbewegen soll.«

Montag, 3. Dezember

Gerade hat Jens angerufen. Er will Manon, die neue Praktikantin, auf Matts ansetzen. »Die ist ein echter Internet-Crack. Gib mir mal alle Daten, die du über den Kerl hast«, sagte er.

Heute ist keine E-mail von Matts gekommen. Ich habe ihm auch nicht gemailt, daß er seinen Arsch bewegen soll. Wozu, wenn er in ein paar Tagen sowieso auf der Matte steht? Ich glaube, daß Malte gestern überreagiert hat, weil er eine Erkältung ausbrütet.

Dienstag, 4. Dezember

Anstatt zum Elternfrühstück ging ich mit den Kindern zur Kinderarztpraxis. Die Ärztin stellte bei allen dreien Angina fest und verordnete Penicillin. Somit können sie mindestens eine Woche nicht in den Kindergarten, und das mitten im Weihnachtsgeschäft. Außerdem ist übermorgen die feierliche Eröffnung unserer Zukunft als Gourmet-Buchhandlung. Maltes Krankenkassenkarte, die sie in der Praxis dringend brauchen, konnte ich auch nicht finden. Chaos!

Mittwoch, 5. Dezember

Das Penicillin hat angeschlagen. Sie tobten schon vor dem Frühstück durchs Kinderzimmer.

Um zehn kam Olga zum Putzen. Während sie die Fliesen im Bad bearbeitete und mit dem Staubsauger gegen die Fußleisten knallte, suchte ich die Wohnung nach Maltes Krankenkassenkarte ab. Dabei fand ich Danys Blutspenderausweis in der Mappe mit den Gebrauchsanweisungen für Elektrogeräte. Muß ich erwähnen, daß er »A positiv« hat? Jetzt ist es nicht mehr wichtig. Oder?

Dann fiel mir ein, daß ich Matts die Krankenkassenkarte zurückgegeben hatte, als er im Oktober mit Malte nach Hamburg fuhr. »Scheiße«, sagte ich laut, und Olga fragte: »Wie bitte?«

Ich erzählte ihr von dem Theater mit der Chipkarte.

»Die liegt bestimmt in seiner Wohnung rum. Hol sie dir doch einfach.«

»Ich habe keinen Schlüssel.« »Aber ich«, sagte sie.

In den letzten Monaten hat sie gelegentlich auch bei Matts saubergemacht, das letzte Mal am Tag der Halloweenparty. Als Matts zu den *Apfelbäumchen* losgehen mußte, war sie noch mit den Fenstern beschäftigt, weshalb er ihr sagte, sie solle hinter sich abschließen und den Schlüssel mitnehmen.

»Hatte er da schon gepackt?«

»Schwer zu sagen. Viel war in der Wohnung ja nie drin. Aber ich sollte alles besonders gründlich saubermachen, Böden, Fenster, Türen abwaschen. Deshalb brauchte ich ziemlich lange. Aber er hat mir sechzig Euro dafür gegeben. Und Geld ist Geld.«

Hatte er die Generalreinigung veranlaßt, weil er bereits wußte, daß er für längere Zeit nicht da sein würde? Aber laut Dany hatte er den Anruf während der Party erhalten.

»Er hat nicht gesagt, daß er wegfährt«, sagte Olga, die meine Gedanken ungefähr erahnte. »Ich dachte, er kriegt Besuch. Du weißt schon, das Schwiegermuttersyndrom.«

»Hm.«

»Er sagte, ich solle den Schlüssel bei Gelegenheit dir geben.«

Ich fuhr auf. »Und warum hast du das nicht gemacht?«

»Glatt vergessen. Außerdem dachte ich natürlich, daß du sowieso einen hast.«

Donnerstag, 6. Dezember

Um ein Haar wäre der Nikolaus nicht gekommen. Um neun Uhr gestern abend fiel den Kindern ein, daß sie ihre Schuhe vor die Tür stellen mußten und mir, daß ich nichts gekauft hatte, um sie zu füllen. In meiner Not rief ich Dany im Studio an. Er stöhnte zwar ein bißchen herum, setzte sich dann aber doch ins Auto, um diverse Spätverkaufsstellen abzufahren. Um halb zwölf klingelte er und überreichte mir eine Plastiktüte mit Weihnachtssüßigkeiten.

»Paß auf, daß dir das Heilig Abend nicht passiert«, sagte er. »Bis später dann.«

Am frühen Abend kam er nämlich bereits wieder, um auf die Kinder aufzupassen, weil ich auf den *Kugelfisch*-Empfang mußte.

Außer unseren eigenen waren eine Reihe von Luigis Stammkunden gekommen. Außerdem Hanna und Simona, letztere in Begleitung von Britta Hansen, die während Luigis Goethe-Lesung ununterbrochen Franky anstierte, während Hanna Luigi anstierte. Gerade rechtzeitig zu den Häppchen erschien Marian. Er verschwendete keine Zeit mit unserem literarischen Angebot, sondern stellte sich mit einem Teller voll Luigis Leckereien zu mir an den Ladentisch.

»Sag mal, Joe, Darling«, Marian schob sich ein Stück marinierten Ziegenkäse in den Mund, »stimmt es, daß du dich von deinem Mann trennen willst?«

»Wenn das schon die Spatzen unter den Trockenhauben pfeifen, muß wohl was dran sein.«

»Eher Paradiesvögel als Spatzen«, sagte er grinsend. »Angeblich hast du ihn rausgeworfen und lebst jetzt mit einem Typen vom Fernsehen zusammen.«

»Schön wär's«, murmelte ich und nahm einer Besucherin ein Exemplar des Gastro-Führers Berlin aus der Hand, der das Geschenk der Saison zu werden drohte.

»Also nicht wahr?« fragte Marian.

»Eigentlich solltest du wissen, daß die Zusammenhänge ein bißchen anders sind«, sagte ich. »*Du* hast mir schließlich von Cookys Schwangerschaft erzählt.«

»Ich? Das kann nicht sein. Und was hat dein Mann damit zu tun?«

»*Cookys Coop.* und das *Studio im Loft* haben im letzten Jahr in vielerlei Hinsicht zusammengearbeitet.«

Marian sah mich ungläubig an und biß vorsichtig in ein Bruschetta al pomodoro.

»Das halte ich für ein Gerücht«, sagte er schließlich.

»Dafür bist du ja Spezialist.« Ich tippte den Betrag für das nächste Buch in die Kasse.

»Eben«, stimmte er mir zu. »Ich kann ein Gerücht von einem Gerücht unterscheiden und ich sage dir: Du bist auf dem falschen Dampfer, Joe, Darling.«

Von wegen! Als ich nach Hause kam, saß Dany auf dem Sofa und kritzelte auf einem Notizblock herum.

»Calista«, konnte ich entziffern. »Lourdes, Phönix (durchgestrichen), Magna/us (durchgestrichen), Brooklyn, Brooks, Romeo/a, Miles/Milea.«

»Was ist das? Kameramarken?«

»Quatsch, Cookys Baby-Namensliste. Sie hat eine Liste an die Innenseite ihrer Bürotür geheftet. Eine Spalte für Jungen und eine für Mädchen. Wer von den Angestellten den Treffer landet, kriegt eine Prämie.«

Freitag, 7. Dezember

Auf dem Weg zu ihrer Frühschicht brachte Simona für die kranken Kinder einen Window-Color-Kasten mit Weihnachtsmotiven vorbei. Während sie ihn auspackten, rief Manon an.

Sie sagte, unter dem Namen Matts Thien sei in der Filmbranche niemand aufzuspüren. Auch mit dem Suchbegriff »Naher Osten« sei sie nicht weitergekommen. Während ich versuchte, sie abzuwimmeln, verschmierten die Kinder eine Flasche grüne Window-Color-Farbe auf dem Sofa.

Als ich dabei war, das grüne Zeug von den Polstern zu reiben, rief Dany an und sagte, meine Mutter terrorisiere das Studio mit ihren Anrufen, und wir müssten ihr endlich sagen, wann wir Weihnachten kämen. Das mit dem Karpfen sei ein Argument.

Zähneknirschend rief ich Franky im Laden an und bat ihn, meine E-Mails abzurufen, in der Hoffnung, daß Matts sich inzwischen zu dem Weihnachtsthema geäußert hätte.

Aber Franky fand nur eine E-Mail von meiner Mutter. Sie wollte wissen, wann wir Weihnachten kämen. Wie bekommt jemand wie meine Mutter Zugang zum Internet?

Sonntag, 9. Dezember

Dany ist am Morgen mit den Kindern auf den Weihnachtsmarkt gefahren und ich bin in den Laden gegangen. Und siehe da:

Liebe Johanna, einen wunderschönen zweiten Advent für dich und die Kinder! Eigentlich wollte ich als Nikolaus persönlich kommen, aber da war Ruprecht vor. Nein, ich bin überhaupt nicht böse, daß du Weihnachten bei deinen Eltern verbringen möchtest. Was hältst du davon, wenn wir gemeinsam Silvester feiern? Freunde von mir haben ein Haus in Dänemark, Platz genug für viele Kinder, weltabgeschieden und romantisch. Gib mir Bescheid! Bis ganz bald, Euer Matts.

Ich mailte zurück: *Hallo Matts! Ich werde spätestens am Achtundzwanzigsten wieder in Berlin sein. Länger haben wir es bei meinen Eltern noch nie ausgehalten. Dann können wir von mir aus gleich nach Dänemark weiterfahren. Das Apfelbäumchen-Weihnachtsfest ist übrigens am Sechzehnten, aber bis dahin haben wir uns ja schon gesprochen. Bis ganz bald, Joe.*

Montag, 10. Dezember

Jetzt will Dany Weihnachten auch noch *seine* Eltern besuchen! Wenn wir nach Stuttgart fahren, schaffen wir es aber nicht bis zum Achtundzwanzigsten zurück nach Berlin.

»Aber bis zum Neunundzwanzigsten«, meinte Dany. »Ich fliege am Dreißigsten nämlich nach München.«

Mittwoch, 12. Dezember

Elterndienst mit Jens!

Da wir beide keine Zeit gehabt hatten, ein Mittagessen vorzubereiten, schlug ich vor, in den Supermarkt gegenüber zu gehen und drei Kilo Tortellini zu kaufen.

»Na hör mal«, sagte er entrüstet. »Wir fahren selbstverständlich in den Bioladen.«

Nachdem wir endlich fünfhundert Meter entfernt vom Bioladen einen ausreichend großen Parkplatz für sein Bumsmobil gefunden hatten, kauften wir in großer Eile Biobratwürstchen, Biopüreeflocken und tiefgefrorene Bioerbsen. Danach fanden wir ewig keine Parklücke am Rasputinplatz. Als wir wieder in die Küche kamen, war schon fast Essenszeit.

»Läuft doch wie geschmiert«, sagte er mit gequältem Grinsen, als er die ersten zehn Würste gebraten hatte, während die Kinder auf ihren Tatamis »Hung-er, Hung-er«, skandierten und Mona-Lisa schon dreimal ihren Kopf in die Küche gesteckt hatte.

Nach dem Spülen rauchten wir im Treppenhaus eine Zigarette.

Ächzend ließ Jens sich auf einer Stufe nieder. »Zur Zeit muß ich Chiara ins Bett bringen. Meistens schaffe ich es gerade so vor Mitternacht.«

»Kommt Simona erst *nach* Mitternacht nach Hause?«

»Hm. Diese ganzen Weihnachtsfeiern, weißt du.«

Als ob jeder zweite Kegelklub ausgerechnet im *International* seine Weihnachtsfeier ausrichten würde!

»Da bist du ja fast jeden Abend allein«, heuchelte ich. »Simona hat erwähnt, daß du gerade ein Buch liest«, fiel mir ein. »Welches denn?«

»Ach, das über die Weiber, die nicht einparken können.«

Donnerstag, 13. Dezember

Als ich am Abend mit den Kindern zurückkam, traf ich unseren Vermieter im Hausflur, der sich nur alle Jubeljahre mal blicken läßt. Er ließ seinen Blick über die um mich herumwuselnden, winterlich vermummten Kinder gleiten und sagte: »Lieber Himmel, Frau Seidel-Krollmann, wie viele haben Sie sich denn inzwischen zugelegt? Und grüßen

Sie Ihren Mann auch schön. Schon lange nicht mehr gesehen, den Guten. Ist hoffentlich nicht ausgezogen. Hahaha.«

Freitag, 14. Dezember

Gerade rief Mama an und wollte wissen, was sie ihren Enkeln zu Weihnachten schenken soll.

»Oh Gott«, sagte ich spontan. »Darüber muß ich mir ja auch noch Gedanken machen.«

»Wäre angebracht«, sagte sie knapp. »Mit was spielen sie denn?«

»Sie sind beide sehr kreativ«, behauptete ich. »Schenk ihnen doch was zum Basteln.«

»Ach nee, Johanna. Dann noch lieber was mit Batterie. Das kreative Zeug geht so schlecht aus dem Teppich.«

Sonntag, 16. Dezember

In der Hoffnung auf einen ruhigen Job hatte ich das Kaffeekochen übernommen. Aber die eine Maschine hatte einen Wackelkontakt, die andere kochte über und die dritte brauchte zwanzig Minuten für eine Tasse. Andrea verkaufte derweil Kaffee und Kuchen. Alle zehn Minuten kam sie in die Küche und traktierte mich mit Bemerkungen über Matts' Nicht-Erscheinen.

Erste Runde: »Ich bin ja wirklich enttäuscht, daß er uns heute im Stich gelassen hat.«

»Wieso? Dein Mann hat doch angeblich auch Notdienst.«

Zweite Runde: »Irgendwie war das wohl nicht vorhersehbar, daß sich dieser Dreh so in die Länge zieht, was?«

»Das kann beim Filmen schon vorkommen. Bei Ingo zieht sich's ja auch manchmal, oder?«

Dritte Runde: »Außerdem hat Ingo gestern abend geholfen, die Verkaufsstände aufzubauen. Das allein ist hundert Prozent mehr Engagement, als neunundneunzig Prozent der *Apfelbäumchen*-Väter zeigen.«

»Ihr seid ja auch eine Zwei-Eltern-Familie. Matts hingegen ist alleinerziehend.«

»Zur Zeit eher gar nicht erziehend, würde ich sagen.«

»Dafür bin ich ja hier und engagiere mich.«

»Ja, und dein Ex-Mann auch.«

»Was?«

»Er verkauft die Kerzen.«

Ich ließ sie mit den Kaffeemaschinen allein und raste in den großen Gruppenraum, wo der Weihnachtsbasar stattfand.

Dany verkaufte zusammen mit Cooky die Kerzen. Beide waren kostümiert. Die Giraffe trug einen babyblauen Plüschpullover über ihrer Siebenmonatskugel und hatte sich ein Paar Pappflügel an den Rücken geklebt. Dany trug eine Weihnachtsmannmütze mit Blinklicht an der Spitze und ein Sesamstraßen-T-Shirt.

»Frische Vogelhäuschen! Ganz ökologisch bis auf die Näglein... für Ihren Biogarten!« schrie Jens am Nachbarstand.

»Eine Kerze kommt stets von Herzen«, trompetete Dany dagegen. »Zünde ihr ein Lichtlein an, daß sie im Glanz sich spiegeln kann.«

Cooky lachte: »Laß uns mal Pause machen, Dany. Ich will mir die Kindershow ansehen.«

Als sie sich an mir vorbeidrängelten, sagte Dany überrascht: »Ach, Joe, auch hier? Wir vertreten nur kurz Hanna. Die mußte auf eine Wohnungsbesichtigung.«

Mittwoch, 19. Dezember

Heute machten Hanna und ich unseren traditionellen Weihnachtseinkauf. Punkt zehn Uhr trafen wir uns im Windfang des Kadewe. Zuerst fuhren wir in die Stoffabteilung, wo Hanna die Weihnachtswunschliste ihrer Tante in Polen abarbeitete. Ihre Tante ist Schneiderin und Hannas erste Lehrmeisterin. Sie besucht sie zu jedem Weihnachtsfest und läßt sich geduldig erklären, was man in Paris gerade trägt. Weihnachten in Polen ist ihr wirklich heilig. Wir deponierten das Stoffpaket an der Kasse und fuhren in die Spielwarenabteilung, weil Milena sich ein Barbie-Einhorn gewünscht hatte. Also kaufte ich für Lotta-Paulina auch eins. Für Niklas kaufte ich den gleichen Furby, den sich Hannas Neffe in Polen gewünscht hatte. Ein Furby ist eine Mischung aus Ratte und Kaninchen. Auf Knopfdruck gibt er sonderbare Geräusche von sich und rollt mit den Augen.

»Am besten nimmst du für Malte auch gleich einen«, schlug Hanna vor.

»Ich glaube, Matts ist mehr für pädagogisches Spielzeug.«

»Matts ist bis Weihnachten vielleicht schon erschossen.«

»Ich erwarte ihn jeden Tag zurück. Weihnachten *muß* er zurück sein. Ich kann Malte ja schlecht mit zu meinen Eltern nehmen.«

»Setz auf Sicherheit, kauf den Furby. Ganz im Vertrauen, Joe, so was Unzuverlässiges wie dein Matts ist mir noch nicht begegnet.«

»Ach, und was war mit Patrice?«

»Wer ist Patrice?«

Dann fuhren wir mit der Rolltreppe zur Herrenunterwäsche, weil Hannas Tante sich für Hannas Onkel einen Seidensticker-Schlafanzug gewünscht hatte. Ich kaufte ebenfalls einen für meinen Vater und dann noch einen in sattem Weinrot mit goldenen Paspeln für Matts. Danach wollte ich noch in die Parfümerie, um das jährliche Chanel-Bad für meine Mutter zu kaufen, aber das schafften wir nicht mehr wegen des Friseurtermins. Wir hatten gerade noch Zeit, am Gebäckstand eine Tarte Tatin als vorweihnachtliche Bestechung für Marian mitzunehmen.

Er hatte sich immerhin seine Mittagspause für uns freigehalten. Bei mir war nicht viel zu machen, aber Hanna wollte in Polen mit einem neuen Schnitt glänzen.

»Wäre alles einfacher, wenn du *Haare* auf dem Kopf hättest«, murrte Marian, während er mit seinem Kamm durch ihre feinen Strähnen fuhr. »Willst du es wieder lakkiert wie Liza Minelli?«

Ich aß ein Stück Tarte.

»Wie ich gehört habe, kommt bald deine erste Babykollektion raus«, sagte Marian zu Hanna.

»Ja, phantastisch, nicht?«

»Angeblich ist Cooky bei dir eingestiegen.«

»Nicht nur angeblich. Ponyfransen fünf Millimeter oberhalb der Brauenbögen, Marian.«

»Wenn du mich fragst, ist die Frau fanatisch«, grunzte er. »Die hat auf jedem Auge ein Baby. Gut, daß sie nach München abhaut.«

Es gelang mir gerade noch, die Tarte aufzufangen.

»Nach München?«

»Will mit ihrem Kindsvater ein bürgerliches Leben führen«, grummelte er. »Das Problem ist, Hanna, daß du eigentlich auch keine Brauen hast.«

»In München?« piepste ich noch einmal.

»Hab ich doch gesagt«, polterte er los. »Wegen dem Typ! Mir ist es egal, wo sie hinzieht. Seitdem sie zu Manuel von der *Flotten Locke* geht, sieht sie sowieso verfehlt aus. So kann sie auch in München aussehen.«

»Ich find's schade«, sagte Hanna, die scheinbar schon Bescheid wußte, »wegen des kreativen Geistes, den diese Stadt verliert.«

»Kreativer Geist?« schnaubte Marian. »Die hat sie doch nicht mehr alle. Soll besser kochen lernen. Ist der Apfelkuchen fürs Haus, Joe? Dann sind wir quitt.«

Und das fünf Tage vor Weihnachten.

Donnerstag, 20. Dezember

Heute morgen, als ich gerade mit den Kindern aus dem Haus gehen wollte, rief die Kinderarztpraxis an und erinnerte mich an Maltes Krankenkassenkarte. Sonst würde man mir eine Privatrechnung zustellen müssen. Ich brachte die Kinder zu den *Apfelbäumchen*, signalisierte Franky durchs Schaufenster, daß ich später kommen würde, raste wieder nach Hause, griff nach Matts Wohnungsschlüssel, den Olga mir inzwischen ausgehändigt hatte, und hetzte zu Matts Wohnung.

Bereits im Flur stolperte ich über eine Reisetasche, die außer einem Vorrat an Wäschestücken in Maltes Größe, der in den vergangenen vier Wochen durchaus nützlich gewesen wäre, seinen Impfausweis und seine Krankenkassenkarte enthielt. Ich nahm mir die Zeit für eine kurze Runde durch die Räume. Über Olgas Putzkünste hatte sich schon wieder eine zarte Staubschicht gelegt. Das Schlaf- und Arbeitszimmer war leer bis auf die Matratze, die Kameras und den Schreibtisch. Es lag kein einziges Buch und kein einziges Kleidungsstück herum. Wo war das Zeug? Hatte er alles mit in die Schützengräben genommen? Der Computer war auch weg. Maltes Kinderzimmer war ausgeräumt bis auf das Matratzenlager. Kein einziges Poster, kein Spielzeug mehr. Kein Fläschchen im Badezimmer. Plötzlich schoß mir der Schweiß aus allen Poren. Ich sah noch einmal auf Maltes Gesundheitspapiere und die Krankenkassenkarte. Malte hieß mit Nachnamen nicht Thien, sondern Matthäus. Zwar sprach im einundzwanzigsten Jahrhundert nichts dagegen, daß der Junge so hieß wie seine Mutter, aber ich war plötzlich sicher, daß an der Geschichte irgendwas faul war. Und das vier Tage vor Weihnachten.

Freitag, 21. Dezember

»Klar ist da was faul«, sagte Dany. »Aber Herrgott, Joe, jetzt hast du dir vier Wochen lang keinen Kopf gemacht. Mußt du unbedingt drei Tage vor Weihnachten damit anfangen?«

Samstag, 22. Dezember

8.30 Uhr. E-Mail: *Hallo Matts, ich fahre am Montag nach Ladenschluß mit den Kindern zu meinen Eltern. Bitte teile mir mit, wann du Malte abholst. Gruß Joe.*

Keine Antwort.

Sonntag, 23. Dezember

Keine Antwort.

Keine Antwort.

Keine Antwort.

»Was soll ich bloß machen?« flüsterte ich Dany zu, als er am Nachmittag mit den Dreien aus der Nußknacker-Aufführung kam.

»Packen«, flüsterte Dany zurück. »Wir nehmen ihn mit.«

»Und was sage ich meinen Eltern?«

Er zuckte mit den Schultern. »Da lassen wir uns noch auf der Fahrt was einfallen. Überleg dir besser, was du Malte sagst.«

»Oh mein Gott.«

Montag, 24. Dezember

9.30 Uhr. Keine E-Mail
10.00 Uhr. Keine E-Mail
10.15 Uhr. Keine E-Mail

10.25 Uhr. Keine E-Mail
10.40 Uhr. Keine E-Mail
10.55 Uhr, Franky: »Wenn du jetzt nicht aufhörst, an dem Computer rumzumachen, schlag ich ihn kaputt!«

Während Dany das Gepäck auslud und Papa die Kinder durch die Luft schwenkte, nahm ich meine Mutter zur Seite und teilte ihr im Flüsterton mit, daß Malte das bedauernswerte Kind einer alleinerziehenden Mutter aus unserem dubiosen Kindergarten sei, die gestern zur Not-OP ins Krankenhaus eingeliefert worden war. Es sei sicher am besten, seine Mutter gar nicht zu erwähnen. Malte hatten wir erklärt, daß sein Vater über Weihnachten ein paar Vorträge halten müsse. Aber danach träfen wir ihn auf alle Fälle in Dänemark.

»Das arme, arme Kind«, sagte meine Mutter ergriffen. »Warum hast du nicht angerufen oder gemailt, Johanna? Dann hätte ich noch ein paar Geschenke für den Kleinen besorgen können.«

Zum Glück hatte ich den Furby.

Für Lotta-Paulina hatte Mama ein Barbiepferd mit Dressurreiterin gekauft, für Niklas einen Furby. Um den Kreativitätspart abzudecken, gab es für beide zusammen einen Kasten »Window-Color-für-alle-Jahreszeiten«, den sie aber erst zu Hause aufmachen sollten.

Papa gefiel der Schlafanzug und Mama gefiel der Farbton des Chanel-Lippenstiftes, den ich kurz vor der Abreise in der Parfümerie am Bahnhof Friedrichstraße erstanden hatte, während Dany mit den Kindern im Parkverbot stand und einen Strafzettel kriegte.

Mir gefiel der kuschelige rosakarierte Flannellschlafanzug, den Mama mir zusammen mit einem neuen Chanel-Duschbad geschenkt hat.

Dany gefiel der burgunderrote Seidenschlafanzug, den ich für Matts gekauft hatte und der daher vermutlich ein bißchen groß ausfällt. In der letzten halben Stunde vor der Abreise hatte ich den Schlafanzug um den angestaubten

Videoreiseführer München gewickelt, den ich ursprünglich als einziges Geschenk für ihn vorgesehen hatte. Er hielt das Video ein wenig ratlos in der Hand: »Ist das wirklich für mich, Joe, oder habe ich ein falsches Päckchen aufgemacht?«

»Ich dachte, das kannst du gebrauchen«, sagte ich huldvoll.

»Klar doch. Hm. Witzige Idee.«

Er hat mir nichts geschenkt, aber das ist zum Glück niemandem aufgefallen.

Während des Karpfenessens wirkten meine Eltern ungewöhnlich in sich gekehrt. Ich führte dies auf die Frau-Schmitz-Episode zurück, die vermutlich noch in der Luft hing, auch wenn die beiden während der Zeit unseres Besuches gemeinsam in dem unteren Schlafzimmer schliefen. Dany, dem ich nie von der Frau-Schmitz-Affäre erzählt hatte, sagte nach der zweiten Flasche Wein ganz unschuldsvoll: »Ihr kommt mir heute abend so ruhig vor, ihr beide.«

Papa sah ihn nachdenklich an und entgegnete: »Wir sind nicht ruhig, sondern sprachlos.«

Mama fügte hinzu: »Deine Schwester hat uns nämlich kurz vor eurer Ankunft angerufen, Johanna.«

Marianne! Sie hatte von unserer Scheidung geplaudert!

»Sie ist schwanger«, sagte Papa. »Könnt ihr uns erklären, wie das passieren konnte?«

Dienstag, 25. Dezember

Vormittags ging Dany mit meinem Vater und den Kindern im verschneiten Stadtpark spazieren. Am Nachmittag klebte er Mama die Laura-Ashley-Borten an. Für morgen ist ein Ausflug ins Schiffahrtsmuseum in Bremerhaven geplant. Da ich schon ungefähr achtzig Mal dort war, verabredete ich mich mit Bianca.

Bianca kurierte gerade eine Grippe aus. Sie lag in einen flauschigen Hausmantel gewickelt auf dem Sofa, Sherry und Christstollen in Reichweite.

Ihre erste Frage war: »Hast du das Photo mit?«

Ich gab ihr den Umschlag mit zwei Schnappschüssen aus der Uckermark. Auf dem einen saß Matts vor dem Zelt und untersuchte Maltes Fuß, auf dem anderen schob er mit den Kindern das Schlauchboot ins Wasser. Während Bianca sie aufmerksam betrachtete, erzählte ich ihr von seinem Verschwinden und der ausgeräumten Wohnung.

»Dabei sieht er doch gar nicht wie ein Abenteurer aus.«

Während ich ein Loblied auf seine pädagogischen Ansichten, sein ernsthaftes Bestreben, Vaterschaft mit solider Karriere zu verbinden, seine Hilfsbereitschaft, sein Verständnis, seine Spontaneität anstimmte, murmelte sie: »Irgendwie kommt mir das Gesicht bekannt vor. Du sagst, er arbeitet fürs Fernsehen?«

»Nur hinter den Kulissen, er schreibt Drehbücher und arbeitet als Kameramann.«

»Schreibt Drehbücher *und* arbeitet als Kameramann?«

»Warum nicht?«

»Hm. Verstehe – . Tut mir leid, Joe, daß mein Hirn so grippevernebelt ist, aber ich *habe* ihn schon mal gesehen. Ich vergesse Gesichter nie. Kannst du mir das Foto ein paar Tage dalassen?«

Sie meinte das, auf dem er Maltes Fuß untersucht, mein Lieblingsbild.

»Warum?«

»Ich möchte es meiner Kollegin in der Presseabteilung zeigen.«

»Also, ich weiß nicht –.«

»Joe, du weißt auf alle Fälle zu wenig.«

Donnerstag, 27. Dezember

Als wir am Morgen nach Stuttgart aufbrachen, zeigte Dany eindeutige Grippesymptome. Als wir ankamen, mußte er sofort ins Bett. Resi war so besorgt um ihren Einzigen, daß sie Malte gar nicht wahrnahm.

Freitag, 28. Dezember

Während Resi ihr »Bobbele« hingebungsvoll mit Schmalzwickeln, heißer Zitrone, Hühnerbrühe und Kamillentee versorgte, richtete Heiner, Danys Vater, einen Pendeldienst zwischen Apotheke und Krankenzimmer ein. Mein Job war es, die Kinder ruhig zu halten. Zum Mittagessen gab es Hühnersuppe und Christstollen.

Heiner, der nicht nur schwerhörig, sondern auch kurzsichtig ist, musterte Malte über den Tisch hinweg und sagte: »Jetzt kommt der Bub aber doch sehr auf seinen Vatter raus.«

»Herrgott, Vatter, das ist doch nicht Niklas«, brüllte Resi ihm ins Ohr. »Das ist doch der Kleine, dessen Mutter gerade an Krebs stirbt.«

»Welcher Krebs?« fragte Lotta-Paulina, und Malte starrte Resi aus weit aufgerissenen Augen an.

»Was ist mit Mama?«

»Deine Mama schreibt an ihren Vorträgen«, sagte ich und legte schnell meinen Arm um seine Schultern. »Und dein Papa auch. Aber morgen fahren wir zurück nach Berlin und treffen deinen Papa. Und dann fahren wir alle zusammen nach Dänemark.«

»Morgen könnt ihr nicht fahren«, sagte Resi. »Der Bub fiebert doch noch.«

Samstag, 29. Dezember

Wir sind nicht gefahren, obwohl es Dany besser geht. Beim Frühstück sah Resi mich lange an, während des Mittagessens schüttelte sie vielsagend den Kopf und zum Nachtisch reichte sie mir das Fieberthermometer. Es schoß innerhalb weniger Sekunden auf neununddreißig. Sie zwang mich, mich neben Dany ins Bett zu legen. Dany stand sofort auf.

Zum Abendessen brachte er mir eine Schale lauwarmer Hühnersuppe.

»Was meinst du, Joe, ob wir morgen fahren können? Ich fliege doch am Dreißigsten.«

Ich drehte mich zur Seite. Allein der Geruch der Hühnersuppe brachte mich um.

Montag, 31. Dezember

Die Fahrt war ein Alptraum aus Kindergeschrei, Furbyquieken und den Gerüchen von Salamibroten, hartgekochten Eiern und Himbeerkaugummi. Als Dany das Auto in der Hallandstraße einparkte, fühlte ich mich leblos wie ein Sandsack. Dany zog mich die Treppe hoch, während die Kinder von hinten schoben. Jemand riß die Wohnungstür von innen auf und ich stolperte in ein Paar fester, warmer Arme.

»Dafür werde ich dir ewig dankbar sein«, sagte Dany.

»Keine Ursache. Ich wollte sowieso kommen«, antwortete eine liebe, vertraute Stimme.

»Steck sie einfach ins Bett«, sagte Dany. »Ich muß zusehen, daß ich meinen Flieger noch kriege.«

11

Januar

Dienstag, 1. Januar

Fedrige Schneeflocken schwebten am Schlafzimmerfenster vorbei. Nebenan rumorten die Kinder mit ihren Barbies und Furbies. Ich genoß die erste Tasse Kaffee des Jahres, die Regula mir gebracht hatte. Dankbar drückte ich ihre Hand.

»Wie hat Dany dich eigentlich aufgetrieben?«

»Per Handy. All deine anderen Freundinnen waren nämlich gerade in Polen, Italien oder sonstwo. Nur ich saß in diesem gräßlichen Hotelzimmer in Hamburg und habe mir überlegt, wo ich über Silvester unterkriechen kann. Ach, Joe...«

Sie begann herzzerreißend zu schluchzen.

Sie war von Berkeley nach Bremen geflogen, um die Feiertage mit Marianne zu verbringen. Die Nachricht von der Schwangerschaft hatte sie getroffen wie ein Schlag mit dem Holzhammer. Nach dem ersten Schock hatte sie natürlich wissen wollen, wer der Vater des Kindes war. Aber Marianne hatte gesagt, es wachse und gedeihe und basta, und wenn Regula irgendein Spermaproblem habe, solle sie ihre Sachen packen und verschwinden. Worauf Regula ihre Sachen gepackt und den nächsten Zug nach Hamburg genommen hatte.

»Da kremple ich mein ganzes Leben um, und sie rammelt einfach mit dem Tierarzt.«

»Mit dem Tierarzt?«

»Ich kann mir niemand anderen vorstellen, du?«

»Ich kenne ihn doch gar nicht.«

Regula warf sich über mein Federbett und heulte laut auf.

Am Nachmittag schickte ich sie mit den Kindern zum Schlittenfahren, damit ich in Ruhe den Anrufbeantworter abhören konnte.

Nachricht vom 27.12.: »Hallo Johanna, bin gerade in Berlin angekommen. Alles klar, ihr seid noch bei deinen Eltern. Ruf mich zurück, wenn ihr da seid, ja? Hier meine Handynummer –.«

1. Nachricht vom 29.12.: »Hallo, Johanna. Hier wieder Matts, bitte rufe mich umgehend zurück oder sende eine E-Mail. Hier noch einmal meine Handynummer...Freue mich wahnsinnig auf euch.«

2. Nachricht vom 29.12.: »Hallo Johanna. Ich wiederhole noch mal meine Handy-Nummer...«

1. Nachricht vom 30.12.: »Tja, hier Matts, wer auch sonst. Melde dich doch.«

2. Nachricht vom 30.12.: »Hallo Johanna, ich habe über die Auskunft die Nummer deiner Eltern herausbekommen. Sie sagten mir, daß ihr nach Stuttgart weitergefahren seid, um deine Schwiegereltern zu besuchen. Außerdem hättet ihr das Kind einer schwer krebskranken Frau dabei. Ich nehme an, es handelt sich um Malte. Johanna, so nicht! Bitte melde dich sofort über mein Handy.«

1. Nachricht vom 31.12.: »Hallo Johanna. Ich bin nach Dänemark vorausgefahren. Ruf mich an, sobald ich euch irgendwo abholen kann. Hier noch einmal meine Handynummer.«

Ich wählte seine Handynummer und erreichte die Mailbox. Leider fehlten mir die Worte, um etwas darauf zu sprechen.

Regula und ich saßen noch beim Frühstück. Ich erzählte ihr gerade von Matts Odyssee in den Schützengräben, als es klingelte.

»Na, da ist er ja!« rief sie und lief zur Tür.

Sekunden später stand sie mit zwei Kleiderschränken und einer jungen Frau in der Küche. Die Frau streifte mich mit einem geringschätzigen Blick, drehte sich um, deutete auf die Spülmaschine und sagte: »Da ist sie ja. An die Arbeit, Jungs.«

Die Kleiderschränke begannen unverzüglich mit der Demontage. Regula klappte einige Male ihren Mund auf und zu und wisperte dann: »Soll ich die Polizei rufen?«

»Von mir aus gern«, schaltete die Frau sich ein und warf mit einer energischen Bewegung ihren langen Pferdeschwanz auf den Rücken. »Es ist meine Spülmaschine.«

»Holen Sie die Maschine in Matts Auftrag ab?«

»Nee, aber wenigstens hat er mir den heißen Tip gegeben, daß sie sich hier befindet. Was fällt Ihnen eigentlich ein, sich einfach meine Spülmaschine auszuleihen?«

Sie funkelte mich böse an.

»Es war Matts Idee«, protestierte ich. »Ich dachte, es sei seine Maschine. Sind Sie von der Hausverwaltung?«

»Hausverwaltung«, schnaubte sie. »Es ist meine Spülmaschine, die ich für meine Wohnung gekauft habe.«

»Moment.« Ich stand auf.

»Die Maschine ist doch aus Matts Wohnung.«

»Meine Wohnung«, verbesserte sie. »Ich habe sie von April bis Dezember an diesen Matts, oder wie sie den Typ nennen, untervermietet, aber es war nicht abgemacht, daß er einzelne Einrichtungsgegenstände unter-untervermietet.«

»Sie meinen, daß Matts Ihre Wohnung von vornherein nur für einen begrenzten Zeitraum gemietet hat?«

»Klar. Ich hatte von April bis Ende des Jahres ein Stipendium in New York. Zufällig kannte eine Freundin einen Mann mit Kind. Ich fand den Typ ganz sympathisch.

Ist ja auch alles gut gelaufen, bis auf die Spülmaschine. Ich habe den Typ Silvester auf seinem Handy erwischt und er sagte, ich solle mir die Maschine hier abholen. Ein bißchen schräg, oder?«

Ich bot ihr eins von Resis butterzarten Vanillekipferln an.

»Das heißt, die Kamerakisten und Filmrollen gehören Ihnen?«

»Ja. Er meinte, die störten ihn nicht.«

»Mir hat er nämlich gesagt, es wären seine Sachen.«

Sie schnitt eine Grimasse. »Da kann ich ja von Glück reden, daß sie noch da sind.«

»Haben Sie seine Adresse?«

»Nee. Er hat mir zweitausend Euro Kaution gegeben und eine Kontonummer für die Rücküberweisung. Hamburger, oder?«

Sie stand auf und wandte sich den Kleiderschränken zu. »Alles klar, Jungs?«

In der Wohnungstür reichte sie mir versöhnlich die Hand und sagte: »Tut mit leid, wenn ich ein bißchen grob war. Aber stellen Sie sich vor, Sie kommen in Ihre Wohnung und das beste Stück fehlt.«

Dann fischte sie eine Visitenkarte aus der Tasche ihrer Winterjacke. Sie hieß Vivien Braun und drehte Dokumentarfilme.

Donnerstag, 3. Januar

Als Regula und ich am Nachmittag mit den Kindern von der Rodelbahn im Stadtpark kamen, trugen zwei Männer in Monteurskluft einen weißen Würfel im Einbauküchenformat von der Haustür zu einem Lieferwagen. Als sie die Kinder auf sich zu rennen sahen, setzten sie den Würfel ab.

»He, seid ihr die Seidel-Krollmanns?«

Ich ging eilig auf sie zu. »Ich bin Frau Seidel-Krollmann.«

»Das soll zu Ihnen – retour marsch!« rief der eine Blaumann seinem Kollegen zu.

»Was ist das?«

»'Ne Spülmaschine.«

Ich wäre rückwärts aufs Pflaster gekippt, wenn Regula mich nicht festgehalten hätte.

»Sehr gut. Die können wir gebrauchen«, sagte sie. »Schließen Sie sie auch gleich an?«

»Selbstverständlich«, sagte der Monteur. »Und kostet sie keinen Pfennig, junge Frau. Rechnung geht an Krollmann ohne Seidel in die Auguststraße. Verspätetes Weihnachtsgeschenk, wa?«

Freitag, 4. Januar

Dany ist aus München zurückgekehrt und verspürt den dringenden Wunsch, das Wochenende mit seinen beiden Kindern zu verbringen.

»Dreien, bitte«, korrigierte ich.

»Du meinst, dieser Psychofuzzi hat sich immer noch nicht gemeldet?«

»Gemeldet schon, aber –«

»Joe, du gehst jetzt zur Polizei. Laß die Mutter ausfindig machen.«

Ich bedankte mich für die Spülmaschine.

»Keine Ursache«, sagte er großzügig. »Sie hat so gut wie nichts gekostet, ist nämlich gebraucht.«

»Sie spült wie neu.«

»Hm. Ehrlich gesagt, es ist Cookys Maschine.«

»Nein«, brüllte ich ins Telefon.

»Cooky löst ihre Wohnung auf. In der neuen Wohnung in München ist schon eine drin.«

»Ach, wann zieht ihr denn um?«

»Wieso wir?« fragte er verdutzt. »Ich doch nicht. Irgendjemand muß schließlich hier den Laden schmeißen.«

»Du willst Cooky allein nach München gehen lassen?«
»Ich schätze, das wird sie verkraften.«

Montag, 7. Januar

Regula ist heute morgen nach Berkeley zurückgeflogen und ich bin endlich wieder in meinen Laden gegangen. Während der Weihnachtsferien haben Franky und Luigi gestrichen und umgeräumt. Resedagrün! In der ehemaligen Kinderecke steht ein Bauhaussofa-Imitat. Davor ein Glastisch, auf dem die Feinschmeckerzeitung und das neueste »Slow Food – Magazin für intelligenten Genuß« ausliegen.

In der ehemaligen Schmökerecke steht eine entzückende kleine Rattansitzgarnitur aus Britta Hansens erster Studentenbude. Mein altes Ikea-Sofa haben sie in die Teeküche geschleppt. Aber das Beste ist die Pendellampe über meinem Schreibtisch, ein quittegelber Kugelfisch aus Japanpapier.

Als erstes rief ich meine E-Mails ab: *Liebe Johanna. Hänge hier mit einer Lungenentzündung fest. Hoffentlich ist bei euch alles in Ordnung. Komme nach Berlin, sobald ich wieder auf den Beinen bin. Leider habe ich mein Handy in Hamburg vergessen, aber ich rufe dich an, sobald ich wieder ans internationale Fernsprechnetz angeschlossen bin. Euer Matts.*

Scheinen ja schützengrabenmäßige Zustände zu herrschen in Dänemark. Am liebsten hätte ich zurückgemailt: Du Arschloch.

Auf dem Anrufbeantworter waren zwei Nachrichten von Andrea. Sie sagte zweimal exakt das gleiche: »Hallo, Johanna. Hier ist Andrea. Ich muß dich in einer dringenden Angelegenheit sprechen. Bitte rufe mich zurück unter –.«

Mittwoch, 9. Januar

Das Elternmeeting war sehr schlecht besucht. Nicht mal alle Fruchtaufstrichmütter waren da, Hanna mußte ihre neue Wohnung renovieren und Simona war in Genf. An ihrer Stelle hatte Jens sich hergequält, konnte vor Müdigkeit aber kaum aus den Augen gucken.

Andrea schlich erst herein, als Mona-Lisa das Meeting schon eröffnet hatte. Ihr Teint war fleckig und die Talgproduktion ihrer Kopfhaut noch stärker als sonst. Unter dem formlosen Ringelpulli malte sich der Bauch deutlich ab. Besonders verdächtig war, daß sie nichts sagte.

Nicht mal, als Mona-Lisa fragte: »Wo ist denn Matts?« und ich »Lungenentzündung!« brüllte, gab sie einen Ton von sich.

Widerwillig erklärte ich mich dazu bereit, die Vorbereitungen für die Faschingsfeier zu übernehmen, allerdings nur unter der Bedingung, daß Jens mir »zur Hand gehen« würde.

»Wieso immer ich?« zischte er. »Ist dir eigentlich mal der Gedanke gekommen, Dany zu engagieren?«

Als wir uns lustlos wieder aus dem Raum schoben, spürte ich eine Hand in meiner. Es war Andreas, die versuchte, mir ein paar zusammengerollte DINA 4-Bögen zuzustecken.

»Da du es nicht für nötig hältst, mich zurückzurufen, gebe ich dir das hier. Bitte ruf' mich an, wenn du es durchgelesen hast. Ich möchte hier nicht darüber sprechen.«

»Ja, okay«, sagte ich erschrocken. Es war die Kopie eines längeren Artikels aus der Zeitschrift »Psychologie für Sie«.

Aus den Schützengräben der Mütterfront:
Tagebuch eines alleinerziehenden Vaters

Vorabdruck aus dem neuesten Buch unseres Mitarbeiters Thies Matthäus, das in diesem Frühjahr erscheint.

...nachdem alle Arrangements getroffen waren, rekapitulierten wir noch einmal die Tabus: Natürlich alles, was unserem Sohn Malte psychischen und physischen Schaden zufügen könnte. »Und no sex«, sagte Dorle. Das betraf weniger Malte als mich. Schließlich würde ich bei dem Projekt mit vielen Frauen zu tun haben.

»Und wie ist es mit Händchen halten?« wollte ich wissen.

»Darum wirst du nicht herumkommen«, sagte meine kluge Ehefrau. »Schließlich handelt es sich um Mütter. Sie werden dem Drang nicht widerstehen können, dein Händchen zu halten.« (...)

Nachdem ich eine Wohnung gefunden hatte, brauchte ich einen Kindergarten für Malte. Horst, mein alter Freund und Gewährsmann in Berlin, hatte mir den seiner Kinder empfohlen. Magdalena, die Leiterin, war eine übergewichtige, träge Frau, die ihren Job dazu nutzte, sich möglichst streßfrei ihren esoterischen Neigungen hinzugeben. Ihre Vorstellung von progressiver Pädagogik erschöpfte sich darin, daß sie den Kindern die Nahrungsaufnahme in jeder beliebigen Körperhaltung gestattete, solange das Essen nur vegetarisch war. Wie Horst vorausgesagt hatte, kam sie mir mit der Warteliste. Ich jammerte, daß ich arbeiten und ein Kind versorgen müsse, da meine Ex-Frau, eine skrupellose Karrieristin, sich um die Unterhaltszahlungen drückte. Die einzige Kita, die bisher Verständnis signalisiert habe, seien die Pfefferküchlein ein paar Straßen weiter (Tip von Horst) gewesen.

Es funktionierte. Ich trug meine neue Adresse als Wohnsitz in das Anmeldeformular ein, lediglich der Name war falsch. Aber sie war inzwischen so von mir angetan, daß sie nicht einmal einen Ausweis sehen wollte. Haarig wurde es, als sie nach Einkommensnachweisen fragte, die sie zur Festlegung des Monatsbeitrages brauchte. Ich sagte, als freier Drehbuchautor müsse ich erst meinen Steuerberater anrufen, und ob es ginge, daß ich bis dahin freiwillig den Höchstsatz zahlte. (...)

Den meisten Spaß hätte ich mit Kim gehabt. Allen Versprechungen, die ich Dorle gemacht hatte, zum Trotz, war ich schon nach dem ersten Eltern-Meeting scharf auf sie wie ein Rasiermesser. Nicht, daß sie besonders gut ausgesehen hätte, eher mager als schlank, franseliges rötliches Haar, Sommersprossen. Aber sie hatte den gewissen hungrigen Blick.... Natürlich hatte ich mein

Äußeres auf den Geschmack der Mütter abgestimmt. Ich sah so brav und gottesfürchtig aus, wie zuletzt bei der Konfirmation. Ich fürchtete, daß Kim mich zu bieder finden würde. Sie war die unkonventionellste von der ganzen Bande, trug Lederhosen und Cowboyhüte und war natürlich alleinerziehend. Aber Malte machte mir ohnehin einen Strich durch die Rechnung. Er mochte Kim nicht, und recht hatte er. Sie wirbelte allzu hektisch durch die Kita.

Einige Tage lang befürchtete ich, daß Malte sich Susi aussuchen könnte, die Frau meines alten Kumpels Horst. Susi wußte nichts von meiner wahren Identität. Und Horst zu Liebe war sie die einzige, von der ich mich tunlichst fernhalten mußte. Nicht, daß es mir schwer gefallen wäre... Aber ausgerechnet Susi zeigte sich sehr interessiert an mir und war wahnsinnig nett zu Malte. (...)

Meine zweite Wahl wäre Sophia gewesen. Sophia war Spanierin und die einzige Klassefrau im Verein. Pädagogisch war sie eine Null, mit ihrer Tochter kam sie überhaupt nicht zurecht, aber sicher wäre es möglich gewesen, sie zu einer kleinen Affäre herumzukriegen. Sie litt eindeutig unter emotionaler Vernachlässigung. Wie ich später mitkriegte, trainierte ihr Ehemann, ein gernegroßer Werbefuzzi der Berliner Mitte, seine Potenz an Praktikantinnen. Was mich von Sophia Abstand nehmen ließ, war schlicht der Fakt, daß ich sie mir nicht leisten konnte. Mit einem Frühlingsblumenstrauß oder einem Straßenitaliener brauchte ich ihr gar nicht erst zu kommen. Sie würde weder Zelten fahren, noch altbackene Brötchen auf Sonntagspicknicks verzehren.

Also blieb nur noch Frauke. Malte mochte sie. Vielleicht, weil sie die Mutter seines besten Kindergartenkumpels Nicki war, immer eine Rolle Schokokekse und mit Micky Mäusen bedruckte Heftpflaster in ihrem Lederrucksack mit sich herumtrug, vielleicht, weil sie so leckere Fischstäbchen briet. Sie war Bibliothekarin, ein Berufsstand, den ich von jeher mit Frigidität verbunden habe, und litt an einem geradezu krankhaften Verantwortungsbewußtsein. Wenn Frauke mit einem Kerl ins Bett ging, würde sie immer zuallererst dafür Sorge tragen, daß sie ihre Kinder nicht mit irgendwas infizierte. Noch mehr als unter ihrer Patente-Mutter-Erotik litt ich unter ihren Ernährungsgewohnhei-

ten. Sie kochte nur, was schnell ging und den Kindern schmeckte, also Nudeln und Fischstäbchen. Der Gedanke, mal ein kleines Diner à Deux zu zaubern, nachdem sie ihre Brut ins Bett gebracht hatte, kam ihr nie...

Ich unterbrach meine Lektüre und wählte Biancas Nummer. Zum Glück war sie an ihrem Schreibtisch. Ich hatte den Namen Thies Matthäus kaum ausgesprochen, als sie schon losschrie: »Natürlich, Joe! Das ist er!«

»Was weißt du über den Kerl?«

»Er hatte früher raspelkurze blonde Haare und ein Ziegenbärtchen, eine schwarze Brille und rote Turnschuhe«, sagte sie aufgeregt, »während dein Matts hier eher bürgerlich arriviert aussieht.«

Dann erklärte sie mir, daß es sich bei Thies Matthäus um einen Hamburger Modepsychologen handele, der hauptberuflich in Talkshows auf Privatsendern brilliert oder zynische Kolumnen für Tages- und Wochenzeitschriften schreibt. Vor zwei Jahren habe er sich an einem Buch mit dem Titel »Und Tschüs, Papa« versucht, das aber nicht gerade ein Verkaufsschlager gewesen war. Diesmal hatte der Verlag etwas ganz Großartiges angekündigt. Anfang März solle es rauskommen –

»Hast du echt noch nie von dem Typen gehört, Joe?«

Nachdem ich aufgelegt hatte, ging ich auf die Knie und durchwühlte unsere »Allgemeine Sachliteratur«, die Franky auf das Regalbrett über der Fußleiste verbannt hatte. Da stand tatsächlich noch ein Exemplar von »Und Tschüs, Papa« herum. Auf der hinteren Umschlagseite war ein Schwarzweißphoto des Autors nebst Sohn gedruckt. Eine gewisse Ähnlichkeit ließ sich ausmachen.

Das traurigste Kapitel: Die Väter. Natürlich war ich von Herzen bemüht, parteilich zu sein, mütterparteilich, versteht sich. Daß die wilde Kim ihrem dunkelhäutigen Lover um den halben Erdball hinterherjettete, verstand ich gut. Trotzdem brach mir der Anblick ihrer sechsjährigen Tochter, die ohne funktionierende

Vaterbindung heranwachsen mußte, fast das Herz. Wenn Kim einen Love-Trip nach New York oder Paris brauchte, brachte sie die Kleine einfach bei Frauke unter. Auch Fraukes Ehe schien in der Auflösung begriffen. Warum, habe ich nie ganz kapiert. Hatte ihr Mann, ein anspruchsloser und umgänglicher Zeitgenosse, die ewigen Nudeln und Fischstäbchen satt? Ich hätte ihn gern näher kennengelernt, aber leider begegnete mir dieser schlichte Geist, der keine Ahnung davon hatte, was seine patente Kindsmutter umtrieb, mit tiefem Mißtrauen. Einmal fiel sogar das Wort Psychofuzzi. Da war ich lieber vorsichtig –

Besonders berührte mich das Schicksal meines alten Kumpels Horst, eines stadtbekannten Chirurgen. Horst, eine Seele von Mensch und ein emotional hochinvolvierter Vater, rieb sich auf zwischen Susis überzogenen familiären Ansprüchen und den Leichen im Keller seiner wilden Jahre. Die Leiche war eine blühende, wenn auch gerade heftig pubertierende Tochter, die er nur ein oder zweimal im Monat zu Gesicht bekam. Unter dem Vorwand, Notoperationen durchzuführen, besuchte er heimlich seine Erstgeborene, immer die kalte Angst im Nacken, Susi könnte ihm auf die Spur kommen. Mirjams Existenz hätte ihr Weltbild zerstört. Vergeblich versuchte ich Horst davon zu überzeugen, daß er zumindest Anteilnahme und Verständnis von der Frau fordern durfte, der er ein Einfamilienhaus im Grünen, einen Zweitwagen, biologische Vollwertkost rund ums Jahr, teure Ökoklamotten und hemmungslose Mutterselbstverwirklichung finanzierte. Aber kaum hatte er sich dazu durchgerungen, ein offenes Wort mit ihr zu reden, war sie schon wieder schwanger. »Horst,« sagte ich, »dein Familienleben treibt dich in den Herzinfarkt.«

Freitag, 11. Januar

Heute morgen rief Andrea ganz schüchtern im Laden an und fragte, ob ich den Artikel gelesen hätte.

Bevor ich mir bewußt gemacht hatte, mit wem ich sprach, sagte ich: »Ruhig Blut, Mädchen, den Kerl machen wir fertig.«

»Ach, dann hast du dich also auch so von ihm täuschen lassen?« zirpte sie.

»Im Gegenteil«, grollte ich. »Der Gute hat sich in mir getäuscht.«

»Ach, übrigens«, sagte sie, »diese Horstgeschichte ist natürlich erstunken und erlogen. Nicht, daß du denkst, da wäre was dran.«

Samstag, 12. Januar

Neuigkeiten von Bianca: Sie hat mir die Anschrift und Telefonnummer eines Bauernhauses in Dänemark gegeben, in dem Thies Matthäus' Frau, eine gewisse Dorle Matthäus, Streßbewältigungsseminare für Frauen und Yoga-Workshops veranstaltet.

Bianca kennt Dorle sogar persönlich von Kursen im Bremer *Be-Yourself-Frauenzentrum*, hatte sie aber bisher nie mit Thies Matthäus in Verbindung gebracht. Zur Zeit recherchiert Dorle Matthäus in Japan über fernöstliche Streßbewältigungsmethoden.

Am Montag, den 4. Februar, hat sie bereits wieder einen Vortragstermin in Hamburg.

»Ach übrigens, Joe, von einer Trennung zwischen Dorle und Thies Matthäus hat hier noch niemand etwas gehört.«

Sonntag, 13. Januar

Ich habe Dany den Auszug aus Matts Buch gezeigt. Nach der Lektüre klopfte er Malte auf die Schulter: »Hat ein prima Buch geschrieben, dein Papa. Und da er damit jetzt fertig ist, wird er sicher auch bald zurückkommen.«

Montag, 14. Januar

Thies Matthäus' Buch über die Mütterfront wird erst am 28. Februar ausgeliefert.

Zum Glück war Britta Hansen im Laden, als ich mit der Presseabteilung des Verlags telefonierte. Britta macht gerade ein Praktikum bei einer Tageszeitung und meinte, sie würde versuchen, ein Rezensionsexemplar an Land zu ziehen. Wenn sie das hinkriegt, überlasse ich ihr und Franky das Sofa in der Teeküche zukünftig zum Sondertarif.

Außerdem kam ein E-Mail: *Liebe Johanna, ich hoffe, es geht euch allen gut. Ist mit Malte alles in Ordnung? Ich bin noch etwas wacklig auf den Beinen, möchte aber trotzdem nächste Woche nach Berlin kommen. Habe meine Wohnung an eine entfernte Bekannte untervermietet, die dringend etwas brauchte. Eventuell muß ich meine Zelte in Berlin sogar ganz abbrechen. Könnte ich ein, zwei Tage bei dir logieren? Bitte melde dich sofort zurück. Liebe Grüße, Euer Matts.*«

Ich mailte zurück: *Lieber Matts! Natürlich fehlst du uns allen sehr und kannst jederzeit bei uns logieren. Deine Untermieterin habe ich kennengelernt, als sie die Spülmaschine abholte. Liebe Grüße, Johanna.*«

Dienstag, 15. Januar

Bianca hat mir heute eine Liste der Vorträge gefaxt, die Dorle Matthäus an verschiedenen Frauenzentren in der Schweiz hält, bevor sie am Sonntag, den 27. Januar, von Zürich nach Hamburg zurückfliegt.

Ich habe die Liste umgehend an Simona, meine Mitarbeiterin vor Ort, weitergefaxt.

Als wir eine Stunde später telefonierten, bat Simona mich: »Kannst du ein Auge auf Jens und das neue Au-pair-Mädchen halten? Wenn er ihr an die Wäsche geht und die sagt das der Agentur, hat er ruck-zuck eine Anzeige am

Hals. Das wäre mir verdammt unangenehm, beruflich, verstehst du.«

Mittwoch, 16. Januar

Jens hat das neue Au-pair gleich am ersten Abend zur Schnecke gemacht, weil sie eines seiner italienischen Designer-Oberhemden beim Bügeln ruiniert hat. Sie ist vor Schreck barfuß und ohne Mantel auf die Straße gerannt. Heute morgen war die Polizei im Studio. Jetzt muß ich mich um Chiara kümmern, bis die Sache geklärt ist.

Donnerstag, 17. Januar

Gleich zur Ladenöffnung hat Britta mir das Buch vorbeigebracht. Sie hat sich vorne in den Laden gesetzt und einen Bildband über Krustentiere durchgeblättert, während ich in der Teeküche das Schlußkapitel las.

Als erstes sprach ich mit der heiligen Magdalena. Wenn ich keinen Verdacht erregen wollte, mußte ich Malte ordnungsgemäß abmelden.

Sie führte mich in ihr mit Steinersprüchen dekoriertes Büro, wo ich ihr mitteilte: »Meine Frau und ich wollen es noch einmal miteinander versuchen. Daher werden Malte und ich nach Hamburg zurückkehren.«

Ich hatte mit einem salbungsvollen Lächeln aus feuchten Augen gerechnet, aber sie blaffte: »Hättest du nicht früher Bescheid sagen können? Ich habe hier eine ellenlange Warteliste.«

Zu seiner eigenen Frau zurückzukehren, hat eben keinen Glamour. Ich lud sie trotzdem zu unserer Berlin-Abschiedsparty ein. In erster Linie war es Maltes Party. Ich hatte ihm erklärt, daß ich aus beruflichen Gründen wieder nach Hamburg mußte, und daß wir wieder mit Mama, die ihre Forschungsreise beendet hatte, in unsere alte Wohnung ziehen würden und auch Consuela, seine alte Kinderfrau, wiederkommen würde.

Um das Essen kümmerten sich »meine Mütter«. Frauke machte Nudelsalat und spendierte die Biowürstchen, Susi brachte ihre selbstgebackenen, briefbeschwerertauglichen Kartoffelbrötchen und ein paar Gläser selbstgekochte Marmelade mit, die ich mit nach Hamburg nehmen sollte. Sophia beglückte mich ein letztes Mal mit Tiramisu, und Kim stürmte die Bude mit einem Karton Rotkäppchensekt. Nachdem ihr samtäugiger Lover sich in unbekannte Regionen abgesetzt hatte, waren die feinen Linien um ihren leidenschaftlichen Mund schärfer geworden... Sogar Frauke hatte an diesem Abend feuchte Augen, und ich fürchtete einen Moment lang, daß ich ihre Zärtlichkeit der Fischstäbchen vermissen würde... Aber all mein Denken und Fühlen war schon auf den Moment gerichtet, in dem ich meine Dorle am Flughafen in die Arme schließen würde.

Ich rief Simona im *International* in Genf an, und wir besprachen die einschlägigen Passagen. Von dem Au-Pair-Skandal sagte ich erst mal nichts.

Mittwoch, 23. Januar

»Meine Karottenbrötchen?« fragte Andrea ungläubig. »Aber die magst du doch gar nicht!«

»Ach, und warum hast du mir die dann immer auf den Teller gelegt?« sagte ich empört.

»Aus Gemeinheit«, antwortete sie unverblümt. »Schließlich hast du das Recht auf Gemeinheit nicht gepachtet, Johanna. Aber Karottenbrötchen sind Knochenarbeit, und ich finde nicht, daß Matts Thien sie verdient hat. Er kriegt auch kein einziges Glas von dem Fruchtaufstrich.«

»Andrea, bitte«, flehte ich. »Es wird ein Heidenspaß.«

»Ich halte es für effektiver, ihn zu verklagen, anstatt eine Party zu geben.«

»Eine Klage ist nicht effektiv, da wir ihm nichts beweisen können. Er hat alle Namen verändert, die Kita nach Kreuzberg verlegt, die Hälfte des Buches ist erfunden, Wahrheitsansprüche hat es nicht –«

All das hatte mir Emmas Mann Jürgen, der Anwalt, erklärt.

»Okay«, seufzte sie. »Damit du endlich Ruhe gibst.«

Ich gab ihr einen Klaps auf die Schulter. »Prima, Andrea, und bring auch Ingo mit.«

»Ingo? Den back ich ein, geraspelt«, zischte sie.

Donnerstag, 24. Januar

Als ich Lotta-Paulina und Niklas morgens bei den *Apfelbäumchen* abgab, kam Mona-Lisa auf mich zugeflattert und winkte mich in ihr Büro. Sie goß mir eine Tasse Tee ein.

»Ich habe gestern Maltes schriftliche Abmeldung bekommen.«

Ich nippte an dem Tee.

»Warum hast du mich nicht vorher informiert, Johanna? Wir haben eine ellenlange Warteliste –.«

»Dann ist der freie Platz doch kein Problem –.«

»Aber die Eltern auf der Warteliste müssen ihre derzeitige Betreuung noch kündigen. Zum Monatsende ist es gerade noch eine Woche!«

»Dann laß ihn noch einen Monat zahlen. Sag mal, Mona-Lisa, wie hat er den Platz für Malte eigentlich gekriegt? Stand *er* jemals auf unserer Warteliste? Schließlich ist abgemacht, daß über bevorzugte Aufnahmen im Elterngremium abgestimmt wird. Ich kann mich an keine Abstimmung erinnern.«

»Dann hätte Andrea Maltes Aufnahme verhindert, das weißt du doch! Und Matts war total verzweifelt. Er hatte die Anwälte seiner Exfrau im Nacken. Sie ist eine von diesen skrupellosen Karriereweibern, die aus egoistischen Motiven versuchen, eine Vater-Kind-Beziehung zu verhindern. Tut mir leid, Johanna, aber für mich steht das Wohl des Kindes im Vordergrund. Und auch wenn du dich persönlich mit Matts überworfen haben solltest, für sein Kind war er immer da.«

»Meditier' weiter«, sagte ich, knallte ihr Thies Matthäus' Buch auf den Tisch und rauschte hinaus.

Freitag, 25. Januar

Matts ist gegen fünf Uhr angekommen. Malte war so glücklich, seinen Vater wiederzusehen, daß er ihn bis zur Schlafenszeit nicht los ließ. Dany ist übers Wochenende bei uns eingezogen und wich nicht von meiner Seite, damit Matts gar nicht erst die Gelegenheit bekam, mit mir zu reden. Zur Verstärkung hatten wir noch Jens und Chiara eingeladen. Während des Essens teilte ich Matts mit, daß die *Apfelbäumchen*-Mütter ein Abschiedsfest für ihn und Malte geben würden, das morgen in meiner Wohnung stattfände.

Er wischte sich irritiert die Augen und sagte: »Das ist ja superlieb von euch, aber es darf sich nicht allzulange hinziehen, weil Malte und ich am Sonntag ganz früh nach Hamburg müssen.«

Um zwölf landet dort nämlich ein Flieger aus Zürich. Er konnte ja nicht ahnen, daß wir den umgeleitet hatten.

Nachdem wir alle zusammen die Kinder ins Bett gebracht hatten, überredeten Jens und Dany Matts zu einem »gepflegten Bierchen« um die Ecke. Nachdem er fünfundzwanzig Mal gesagt hat, »Ach nein, wir lassen Johanna jetzt doch nicht mit den ganzen Kindern allein hier sitzen«, ist er endlich mitgegangen.

Samstag, 26. Januar

Als Dany gegen ein Uhr mittags mit rotunterlaufenen Augen aus dem Badezimmer getaumelt kam, schlief Matts immer noch auf dem Sofa. Ich überlegte, wie ich ihn da wegbekam, um das Wohnzimmer für die Party zu dekorieren.

»Laß ihn doch liegen«, sagte Dany. »Der arme Kerl verträgt nicht viel.«

Aber das hatte er erst bemerkt, als Matts nach dem dritten Bier begonnen hatte, sich euphorisch über die Beschaffenheit meines Arsches zu äußern.

»Seiner ist auch nicht schlecht«, sagte ich achselzuckend. »Aber den Rest kann man leider vergessen.«

»Genau das gleiche hat er über deinen Rest auch gesagt.«

Dany griff nach der Tasse gekörnte Brühe, mit der man einen Kater am besten in den Griff kriegt. »Zur Strafe habe ich ihn weitersaufen lassen.«

Um Viertel vor drei klingelte Andrea Sturm. Sie hatte eine Schüssel mit Karottenbrötchen unterm Arm und an jedem Bein ein Kind kleben. Sie sauste pfeilgerade auf Matts zu und schrillte: »Fühl mal, die sind sogar noch warm. Ich habe ein paar mehr gebacken, damit du sie mit nach Hamburg nehmen kannst. Außerdem habe ich deiner Frau das Rezept für den Kürbis-Orangen-Aufstrich aufgeschrieben.«

Sie stellte die Schüssel achtlos auf den Teppich und zog Matts an ihr bekleckertes Sweat-shirt. Neben einem kompletten Glas Aufstrich mußte sie eine halbe Leberwurst darauf verteilt haben.

»Wo hast du denn Ingo gelassen?« fragte ich, während ich die Brötchen auf den mit bunten Clowns-Gesicht-Servietten bedeckten Couchtisch stellte.

»Ach, der hat mal wieder Notdienst«, gellte sie. »Du weißt schon, reibt sich an den Leichen im Keller auf.«

Es klingelte, und Hanna stelzte herein. Sie hatte sich violette Schatten unter die Augen gemalt, das Haar zu einem Mop zerwühlt und sich von Kopf bis Fuß in schwarzes Leder geschnürrt.

»Mensch Matts!«

Der Rotkäppchenkarton knallte auf den Teppich. »Da kommt endlich mal ein appetitliches Stück männliches Frischfleisch in unsere öden mütterlichen Sphären und dann kehrst du schon wieder in den Schoß der Ehefrau zurück.«

Matts zwinkerte nervös. Die Bergseen erinnerten stark an Brackwasser.

Mona-Lisas Ankunft entschärfte die Situation ein bißchen. Ihr Lächeln war ein wenig matt, weil sie Matts Buch gelesen hatte, aber immerhin lächelte sie. Die Fruchtaufstrichmütter, die nach und nach eintrudelten, hatten wir nicht eingeweiht. Sie dienten als Kulisse. Hanna ging mit den Kindern zum Topfschlagen ins Nebenzimmer und ich hoffte, daß meine Ehrengäste endlich auftauchen würden. Wenn der Flieger Verspätung hatte, kam das ganze Programm ins Stocken. Ich wollte Matts bitten, uns ein paar Passagen aus seinem Buch vorzulesen und Autogramme zu geben. Um in der Zeit die Kinder abzulenken, hatte Dany den Fernseher und das Videogerät aus dem Studio mitgebracht und im Kinderzimmer aufgebaut. Ich schob gerade eine Winnie-Puuh-Folge in den Rekorder, als es kurz und heftig klingelte.

Simona hatte eine Schüssel Tiramisu dabei, Dorle Matthäus einen Schrankkoffer und eine Computertasche. Sie atmete heftig vom Treppensteigen. Ihre Locken wogten und ihre Ohrringe blitzten.

»Hallo, Joe, das ist –«, begann Simona, aber Dorle hatte sich schon an mir vorbei in den Flur geschoben.

»Oh Gott, Joe, sie kocht vor Wut! Und das seit gestern abend. Sie hat *sofort* den Vortrag in Zürich abgesagt, um mit mir hierherzufliegen. Oh Gott, ob das eine gute Idee war –.«

Sie drückte mir das Tiramisu in die Arme und eilte hinter Dorle her ins Wohnzimmer.

Dorle Matthäus hatte sich vor ihrem Mann aufgebaut, der wie ein verschrecktes Kaninchen auf dem Sofa kauerte.

Dorle machte einen Schritt vorwärts, holte schwungvoll

mit der Rechten aus und verpaßte ihm eine schallende Ohrfeige.

Montag, 28. Januar

Simona hat mich noch vor ihrem Rückflug nach Genf angerufen. Sie sagte, sie habe Jens mit Scheidung gedroht, falls er noch einmal ein Au-pair an seine Oberhemden lasse. »Und er soll nicht denken, daß er einen Pfennig Unterhalt sieht –.«

Dienstag, 29. Januar

Hamburg, den 27. Januar

Liebe Johanna,
wir möchten Dir noch einmal herzlich dafür danken, daß Du Thies (Wer ist Thies?) *bei seinem neuen Buch so tatkräftig unterstützt hast. Du hast dich liebevoll um unseren Sohn Malte gekümmert und Thies* (s.o.!?) *dabei den Rücken für seine kreative Tätigkeit freigehalten. Daher haben wir beschlossen, daß Thies sein Buch Dir und Deinen Kindern widmen wird: »In Liebe und Dankbarkeit für Johanna, Niklas und Lotta-Paulina.« In der ersten Auflage klappt das zwar nicht mehr, weil die schon gedruckt ist, aber in all den weiteren dann.*
Außerdem möchten wir Dich und Deine Familie sowie alle Freunde von den Apfelbäumchen in unser Wochenendhaus in Dänemark einladen. Schließlich gibt es was zu feiern.
Herzlich und bis bald, Dorle, Thies und Malte.

12

Februar

Dienstag, 5. Februar

Als ich zum Elternfrühstück eintraf, war kein Stuhl mehr frei. Ich holte mir einen Hocker aus dem Putzraum und quetschte mich zwischen Hanna und Jens.

Jens kaute lustlos an einem Honigbrötchen. Die Mütter waren völlig vom Thema Matts Thien absorbiert.

»Diese Ohrfeige hatte er nicht verdient«, sagte eine, deren Mann das Steuerberatungsbüro um die Ecke hat. »Sorgt ein Dreivierteljahr allein für sein Kind und schreibt nebenbei ein Buch. Ein ganzes Buch! Das sollte Walter mal passieren.«

»Und wie er immer zum Elterndienst kam, richtig süß«, schwärmte eine andere.

»Mütterliche Überreaktion, das kennt man ja«, gestand die nächste.

»Vielleicht können wir eine Sammelbestellung bei Johanna machen und Rabatt kriegen«, sagte eine vierte, die nicht bemerkt hatte, daß ich fast neben ihr saß.

Nachdem noch der Vorschlag gefallen war, Matts Thien zum nächsten Sommerfest zu einer Lesung einzuladen und sich pro Familie ein Buch signieren zu lassen, hatte ich die Nase voll.

Auch Hanna und Jens hatten genug gefrühstückt.

Als wir in der Garderobe unsere Mäntel zuknöpften, steckte Mona-Lisa ihren Kopf herein und bat uns auf einen Sprung ins Büro. Wie es aussah, war auch sie geflüchtet.

Zögernd streckte sie uns ein Fax entgegen. Es war von Thies und Dorle Matthäus. Sie bedankten sich für Mona-Lisas Kooperation und die herzliche Atmosphäre der Kita *Apfelbäumchen.* Ihren Dank und ihre Anerkennung wollten sie in einem Spendenscheck über tausend Euro für den Ziegenstall manifestieren.

Außerdem luden sie alle Eltern des Elterngremiums mit ihren Kindern zu einem Familienwochenende in ihr Haus in Dänemark ein. Die Organisation solle über mich laufen. Als Datum schlugen sie Maltes vierten Geburtstag am 2. März vor.

»Das ist doch toll!« jubelte Mona-Lisa. »Das nenne ich eine wahnsinnige Vernetzung familiärer Strukturen.«

»Ich auch«, murmelte ich.

Hanna stemmte ihre Arme in die Hüften. »Sag mal, Mona, hast du eigentlich das Buch gelesen?«

»Nur das, was Johanna unterkringelt hat«, gab sie zu. »Da sind vielleicht zarte Ähnlichkeiten mit gewissen Personen. Na ja, eigentlich nur mit dir, Kim, äh Hanna, meine ich, und Johanna und Andrea. Aber ich glaube kaum, daß die jemandem außer euren eigenen Ehemännern auffallen, sofern ihr welche habt, meine ich. Und außerdem«, ihr Lächeln bekam einen spitzbübischen Zug, »sind wir doch alle lernfähig.«

Als wir in der nebelfeuchten Februarluft standen, sagte Jens: »Jedenfalls weiß ich jetzt, was der Kerl hat, was ich nicht habe. Tausend Euro für einen bescheuerten Ziegenstall.«

»Zumindest Andrea wird sich darüber freuen«, meinte Hanna.

Erst da fiel uns auf, daß es das erste Elternfrühstück gewesen war, bei dem Andrea unentschuldigt gefehlt hatte.

Kurz nach eins rief sie mich im *Kugelfisch* an. Sie sagte, sie sei heute morgen mit Ingo zur Kontrolle ins Krankenhaus gefahren, und dabei habe sich herausgestellt, daß sie über Nacht bleiben müsse. Ob es ginge, daß ich Madita und Abbe abholte und bei mir übernachten ließe?

Ob Matts Abschiedsparty sie so überanstrengt hatte, daß irgendwelche Schwangerschaftskomplikationen eingetreten waren? Ihre Stimme klang so dünn, daß ich es nicht wagte, nachzufragen. Ich sagte nur schnell, das mit den Kindern ginge in Ordnung.

Glücklicherweise rief ein wenig später Dany an und bot sich an, bei der abendlichen Kinderversorgung zu assistieren. Mit Kindern wie Madita und Abbe, die gegen Mitternacht nach Ziegenmilch verlangen, habe ich nämlich keine Erfahrung.

»Ich komme vorbei«, sagte er. »Hier ist gerade sowieso nicht viel zu tun.«

»Ach, ist Cooky noch in München?«

»Das auch. Aber viel schlimmer: Der Fernseher steht noch bei euch.«

Madita aß sechs Fischstäbchen und Abbe drei. Nachdem Dany und ich die Kinder ins Bett gebracht hatten, setzten wir uns vor den Fernseher. Während ich mit der Fernbedienung nach einem Krimi fahndete, nahm er sich wieder diese Namensliste vor. Dany sollte drei weibliche und drei männliche aussuchen und das Ergebnis nach München faxen, wo Cooky die letzte Entscheidung treffen will. Der Geburtstermin ist am 16. Februar.

Übrig blieben »Calista«, »Lätta« und »Sapho« sowie »Daim«, »Calvin« und »Sash«.

Mittwoch, 6. Februar

Beim Frühstück erwähnte Dany kurz, nur Madita sei gegen zwei einmal im Wohnzimmer aufgetaucht, habe gesagt ihr Papa schliefe jetzt auch immer auf dem Sofa und sich anstandslos wieder ins Bett bringen lassen.

Ich brachte alle vier zu den *Apfelbäumchen* und ging in den Laden. Es war einiges zu tun, da Franky für März zwei Käse-und-Wein-Seminare organisiert hat, die im *Kugelfisch* stattfinden sollen. Den Käse-und-Wein-Experten hatte Britta ihm vermittelt. Ich mußte die Bücher für das Schaufenster und den Sondertisch aussuchen.

Gegen elf meldete Andrea sich endlich. Ihre Stimme schrillte schon fast wieder wie gewohnt in mein Ohr: »Ich wollte dir sagen, daß meine Eltern angekommen sind. Du brauchst dich um nichts mehr zu kümmern.«

»Mensch, du hörst dich ja schon wieder ganz gut an!«

»Alles Show. Mir geht's beschissen. Vor allem, wenn ich daran denke, daß ich letzte Woche noch gesagt habe, daß ich ihn in die Karottenbrötchen rasple. Ich hoffe, du hast das nicht ernst genommen.«

Karottenbrötchen?

»Ingo«, sagte sie sanft. »Nicht ich liege flach, sondern Ingo. Ein kleiner Infarkt. Sie behalten ihn noch zur Beobachtung auf der Intensivstation. Ich melde mich später wieder, Johanna.«

Donnerstag, 7. Februar

Ich traf Andrea morgens in der Garderobe, als sie Madita und Abbe aus ihren Anoraks pellte. Spontan lud ich sie auf eine Tasse Tee in den *Kugelfisch* ein. Während ich ihn aufbrühte, streifte sie ruhelos durch den neu gestalteten Laden. Schließlich setzte sie sich auf das Bauhaussofa und blätterte mechanisch durch das Slow-Food-Magazin.

Als ich ihr von Thies Matthäus' Tausend-Euro-Spende für den Ziegenstall erzählte, begann sie laut zu schreien.

»Tausend Euro für einen Ziegenstall? Soll das ein Schweigegeld dafür sein, daß er unsere Ehen ruiniert hat?«

»Meine war schon ruiniert«, sagte ich.

Sie knallte ihre Tasse auf den Glastisch.

»Also Johanna, wenn ihr das Geld annehmt, suchen Ingo und ich uns eine andere Kita.«

Noch vor zwei Monaten hätte ich diese Drohung als höchst verlockend empfunden.

»Aber Andrea, du weißt doch so gut wie ich, daß wir immer knapp bei Kasse sind. Wir müssen das Geld ja nicht für den Ziegenstall verjubeln –.«

Die Tasse knallte wieder.

»Wegen Matts Thien oder Thies Dingsbums oder wie immer der sich nennt, wäre fast unsere Familie in die Brüche gegangen.«

Sie fing an zu weinen.

»Besonders ekelhaft ist, daß er und Ingo wirklich gut befreundet waren, auch wenn das ein paar Jahre her ist. Solche widerlichen Sachen zu verbreiten, bloß um ins Fernsehen zu kommen –.«

»Das heißt also, Horsts pubertierende Tochter ist nicht völlig aus der Luft gegriffen –.«

»Es ist ein Sohn«, sagte sie widerwillig. »Er ist fünfzehn und seine Mutter hat es nie geschafft, wieder einen passenden Partner zu finden. Das Ganze geht noch in Ingos Assistenzarztzeiten zurück. Sie ist Krankenschwester und beruflich so überlastet, daß sie keine Nerven für den Jungen hat... Aber alles wäre gar nicht erst soweit gekommen, wenn ich früher davon erfahren hätte.«

»Dann ist das Problem doch fast geritzt«, sagte ich und nahm einen Schluck Tee. »Jetzt weißt du es doch, Andrea.«

Freitag, 8. Februar

Erst rief Jens an, um mich daran zu erinnern, daß am Dienstag die Faschingsparty bei den *Apfelbäumchen* stattfindet, für deren Organisation wir beide zuständig sind. Er schlug vor, eine Seeräuberparty zu machen und gab mir zwei Adressen von Geschäften durch, die Bastelfilz für Augenklappen en gros verkaufen. Dann fuhr er mit Chiara zum Flughafen. Die beiden fliegen übers Wochenende zu Simona nach Genf und kommen erst am Montag abend zurück. Während der Party wird Jens aber »voll da sein«.

Ich hatte mich gerade wieder einigermaßen beruhigt, als auch noch Dany anrief. Er bereitete mich darauf vor, daß er sich nur am Samstag um Lotta-Paulina und Niklas kümmern könne, da er am Sonntag Cooky vom Flughafen abholen müsse.

Sie wolle nämlich nicht in München, sondern in der Klinik Havelglück in Berlin entbinden.

Samstag, 9. Februar

Als Dany die Kinder zurückbrachte, sagte er: »Was soll ich bloß mit ihr anstellen? Sie kann in ihrem Zustand doch nicht mehr arbeiten, und der Geburtstermin ist erst am Sechzehnten. Sie wird den ganzen Laden aufmischen.«

Da ich den ganzen Tag damit verbracht hatte, sechzig Augenklappen aus schwarzem Filz für die Seeräuberparty zu basteln, war ich nicht in der Stimmung, Trost zu spenden. Daher sagte ich: »Ihr könnt ihr ja abwechselnd das Kreuzbein massieren, und wer die Wehen auslöst, kriegt eine Prämie.«

Montag, 11. Februar

Am Vormittag rief Simona aus Genf an und teilte mir mit zuckersüßer Stimme mit, daß Jens und Chiara bis Aschermittwoch in der Schweiz bleiben würden. Die Schweizer Fasnacht sei ganz einzigartig, und wann hätten sie schon mal wieder die Gelegenheit, alle drei zusammen so etwas Schönes zu erleben. Ich hätte doch bestimmt Verständnis.

Wenigstens ist es mir gelungen, Hanna für die Saftbar zu engagieren. Sie erklärte sich sogar bereit, Saft und Krapfen parallel zu verkaufen. Also brauchte ich nur noch jemanden für die Kaffeemaschinen.

Ich probierte es bei Andrea.

»Ich glaube nicht, daß ich überhaupt zu der Feier kommen kann«, sagte sie mit Grabesstimme. »Wie du weißt, sind wir gerade tief in familiäre Probleme verstrickt –«

»Aber Ingo geht es doch schon wieder besser, oder?«

»Das schon. Aber uns ist trotzdem nicht nach der Zelebration heidnischer Riten.«

Dienstag, 12. Februar

Andrea kam dann doch. »Das Leben geht ja schließlich weiter. Und ich helfe gern. Aber nicht die Kaffeemaschinen in meinem Zustand!«

Also stellte ich sie hinter die Krapfen und kümmerte mich selber um die Maschinen. Für die Tanzspiele hatte Dany sich zur Verfügung gestellt. (Da Cooky ihre durch Schwangerschaft aufgezwungene Untätigkeit fast wahnsinnig macht, hatte sie sich bereit erklärt, ihn im Studio zu vertreten.)

Während ich ihm die Seeräuber-Augenklappe umband, raunte er mir zu, daß Cooky sich einbilde, seit dem Morgen leichte Wehen zu haben. »Dabei ist der Geburtstermin erst am Sechzehnten.«

Seine eigene Erstgeborene war auch früher gekommen, aber daran wollte ich ihn nicht gerade in diesem Moment erinnern, in dem ich ihn dringend für das Mohrenkopfwettessen, den Luftballontanz, das Sackhüpfen und die Schatzsuche im Garten brauchte.

Als er mit einem Pulk von Kindern hinter dem Kaninchenstall den Schatz hob, klingelte sein Handy. Er ließ den Spaten fallen, riß das Telefon aus der Brusttasche seiner Fotografenweste und preßte es ans Ohr.

»Kaiserschnitt!« brüllte er. »Wie kann denn so was passieren? Das ist doch eine anthroposophische Klinik. Kaiserschnitt, ach du meine Scheiße!«

Die Kinder waren zum Glück mit dem Schatz beschäftigt, aber alle Mütter wurden bei dem Wort »Kaiserschnitt« hysterisch.

Sie beruhigten sich erst, als Dany ihnen nach mehreren Anrufen in der Klinik Havelglück mitteilen konnte, daß das Baby weiblichen Geschlechts sei, gut zweitausendachthundert Gramm wiege, gesund, aber noch namenlos sei, da die Mutter sich unter Einfluß des Narkosemittels nicht erinnern könne, wo sie die Namensliste hingetan habe.

»Und der Vater?« fragte Andrea, bei allen Schicksalsschlägen auf geordnete Familienverhältnisse bedacht.

»Zur Zeit nicht greifbar«, sagte Dany kurz angebunden.

Ich verzog mich in die Küche, um frischen Kaffee aufzusetzen und ein paar heimliche Tränen zu zerquetschen. Seitdem ich Mutter bin, muß ich jedes Neugeborene beheulen, ganz egal, wer der Vater ist. Hanna war mir gefolgt. Auch sie wirkte emotional geschafft.

»Hat er was über die Hautfarbe gesagt?« erkundigte sie sich leise.

Ich zuckte mit den Schultern. Danach hatte ihn niemand gefragt.

»Soll *ich* ihn mal fragen oder findest du das unsensibel?«

»Tu, wonach dir ist«, sagte ich kurz.

»Dann hoffe ich einfach das Beste.«

Sie tänzelte aus der Küche. Seitdem sie die Wohnung in Luigis Haus bezogen hat, ist sie erstaunlich ausgeglichen.

Donnerstag, 14. Februar

Hanna hat heute eine geschlagene Stunde lang versucht, mich dazu zu überreden, sie in die Klinik Havelglück zu begleiten, um Cooky und ihre Tochter zu besuchen. In Wirklichkeit will sie sich natürlich wegen der Hautfarbe vergewissern.

Ich sagte, nein danke, das wolle ich mir lieber nicht antun, ich leide so schon an einer ausgewachsenen Kindsbett-Depression.

Freitag, 15. Februar

Als ich das *Il Ponte* betrat, saß Hanna schon an einem Fenstertisch und studierte die Speisekarte.

»Lammkotelett mit Rosmarinkartoffeln als Tagesgericht«, sagte sie.

Ich bestellte eine Minestrone.

»Und?« fragte ich. »Wie sieht der kleine Alien aus, grün?«

»Sie ist kein Alien«, sagte Hanna empört. »Sie heißt Mari-Sol und ist zum Anbeißen süß, drall und glatt und ein richtiger kleiner Schluckspecht.«

»Grün oder nicht grün?« beharrte ich.

»Gelblich. Aber die Säuglingsschwester meinte, alle seien am Anfang ein wenig gelb.«

»Mischlingskinder auch?«

»Gelbsucht ist rassenübergreifend, nehme ich an. Außerdem hat die Schwester mir erklärt, daß die farbigen Kinder am Anfang eher heller sind. Sie dunkeln allmählich nach. Manchmal merkt man es erst nach Monaten.«

»Dann war dein Besuch wohl etwas verfrüht. Hat sie wenigstens schwarze Haare?«

»Ob du's glaubst oder nicht: Die meisten Säuglinge haben am Anfang schwarze Haare und blaue Augen –.«

»Blaue Augen? Vielleicht von Cooky.«

»Nee, die hat grüne... Aber sie behauptet, sie habe Mari-Sol sofort an den spitz zulaufenden Ohrmuscheln erkannt, die ein Hoggenobbsches Familienmerkmal sind. Mich erinnert das eher an Vampire.«

Ich verstand gar nichts mehr. Was hatte das Kind mit der *Hoggenobb*-Kampagne zu tun, und was hatte die *Hoggenobb*-Kampagne mit spitzen Ohren zu tun? Das Essen kam.

»Na, Wernher ist doch der Glückliche«, sagte Hanna und spießte ein Rosmarinkartöffelchen auf. »Hätte sein Glück ja vielleicht ein wenig getrübt, wenn seine Tochter keine spitzen Ohren gehabt hätte, wo er doch schon die Geburt verpaßt hat, weil sie einfach früher gekommen ist.«

»Wernher?«

»Jetzt behaupte nicht, daß du noch nichts davon gehört hast! Cooky und Wernher von Hoggenobb, das Münchner-Berliner Traumpaar! Altes Geld und neues Design. Im Mai wollen sie ganz groß auf Mallorca heiraten. Ich sag dir, das wird eine Party quer durch die neue Mitte und den aristokratischen Bodensatz. Und was glaubst du, wer für Mari-Sols Hochzeitsgarderobe zuständig ist? Na, dreimal darfst du raten!«

Ich aß meine Minestrone.

Dienstag, 19. Februar

»Ach, so ist das«, sagte Marian enttäuscht. »Und ich habe gedacht, du bist wegen deiner Haare gekommen.«

Ich hatte ihn gebeten, mich in die tieferen Schichten der Geschäftsbeziehungen zwischen dem *Hoggenobb*-Imperium und *Cookys Coop*. einzuweihen.

»Aber eigentlich ist es ja noch ein bißchen früh, wo du den letzten Umsonstschnitt erst vor Weihnachten eingestrichen hast.«

»Sei nicht fies, Marian!«

»Warum fragst du nicht einfach deinen Mann?«

»Ex-Mann.«

»Ach, richtig. Sowas muß eine Frau heutzutage ja haben. Tanja arbeitet auch hart daran. Aber die Show werde ich ihr vermasseln.«

Ich beschloß, mich nicht irritieren zu lassen.

»Ist dieser Wernher von Hoggenobb nicht uralt?«

Ich hatte ihn gelegentlich auf den Fotos der Gesellschaftskolumne gesehen und bildete mir ein, mich an eine glänzende Glatze zu erinnern.

»Geht so, Anfang fünfzig. Dafür hat er eine Menge Geld und seine Platte ist echt. Eins muß man Cooky lassen, abgesehen von ihren Haaren weiß sie, was sie will. Bei allem Respekt für deinen Gatten, Joe, glaubst du wirklich, jemand wie Cooky würde sich mit einem mittelmäßigen Fotofuzzi, der zudem noch die Alimente für zwei Gören abdrücken müßte und ein renitentes Weib wie dich an der Hacke hätte, die Zukunft ruinieren?«

»Und wieso haben sie es dann geheim gehalten?«

»Das Problem lag wohl bei Wernhers Ex. Die beiden leben zwar schon ewig getrennt, und die Kinder sind erwachsen, aber er war noch nicht geschieden, als Cooky feststellte, daß sie einen dritten Erben ausbrütet. Und Adel verpflichtet schließlich zu Schicklichkeit, nicht wahr? Eigentlich hätte dieser schöne Rastafari, mit dem Cooky seit Jahren herumzieht, als Alibimann herhalten sollen, aber den hatte ja deine Freundin Hanna in die Flucht geschlagen. Ich schätze, in dem Moment ist Dany eingesprungen. Wenn er Cooky nicht das Händchen gehalten hätte, wäre am Ende die ganze *Hoggenobb*kampagne baden gegangen, und dann wäre das *Studio* auch erledigt gewesen.«

Er schnippelte fröhlich an meinem Kopf herum. Ich hatte das Gefühl, daß er mehr abschnitt als sonst, dabei hatte ich gar nichts abhaben wollen.

»Aber jetzt ist die Sache ja durchgestanden. Und wenn dein Gatte Cookys Job hier in Berlin macht, während sie in München ihr Kindlein wiegt, ist er so gut beschäftigt, daß er dich die nächsten drei Jahre bestimmt nicht ärgert. Brauchst dich also nicht mal scheiden zu lassen, Darling. Was ist denn nun eigentlich mit deinem Fernsehtypen, hm?«

Energisch riß ich ihm meinen Kopf weg.

»Was heißt das, Dany übernimmt Cookys Job?«

»Er vertritt sie hier in Berlin, während sie auf Mutter macht, und der kesse Jens schmeißt das Studio solange alleine.«

»Und wieso sagt mir das keiner?«

»Ich habe es dir doch gerade gesagt, Joe, Darling. Sag mal, hättest du vielleicht Lust auf ein bißchen Farbe?«

Zwei Stunden später stand mir mein Haar in rotblonden, erdbeerblonden und weißblonden Fransen vom Kopf ab, und er wollte achtzig Euro dafür haben.

»Als Gattin des Interimschefs von *Cookys* bist du jetzt auf meiner Promiliste. Und Promis müssen immer zahlen.«

Mittwoch, 20. Februar

Auf Mona-Lisas Schreibtisch lag die Einladung zu Maltes Geburtstagsparty. Er hatte sie selbst gemalt. Ein apfelgrüner Dinosaurier fraß eine pinkfarbene Sonnenblume, und darunter stand: »Malte freut sich schon sehr auf seine Berliner Freunde.«

»Ich verstehe eure Vorbehalte, Andrea, Johanna und Kim, äh Hanna«, sagte Mona-Lisa. »Aber ich finde, ihr solltet im Sinne der Kinder handeln. Eure Kinder wollen Malte wiedersehen, und Malte will eure Kinder wiedersehen. Sie haben Freundschaft erfahren.«

»Man kann im Leben nicht alles haben«, sagte Hanna schnippisch.

Jens verdrehte die Augen, Andrea tätschelte ihren Bauch, und ich murmelte etwas Unverständliches. Die Fruchtaufstrichmütter waren aus dem Projekt ohnehin schon ausgestiegen. Der Glanz des Matts Thien war verblaßt. Sie hatten andere Interessen, als mit Windelpaketen bewaffnet übers Wochenende nach Dänemark zu fahren.

»Wir dürfen auch die tausend Euro für den Ziegenstall nicht vergessen«, lächelte Mona-Lisa.

»Ich hoffe, du hast den Scheck eingelöst«, fauchte Hanna.

Sie lächelte weiter. »Aber natürlich. Es ist das Geld eurer Kinder. Hört mal, ich hatte bei meinem Einstellungsgespräch klargestellt, daß ich nur daran interessiert bin, in einer Elterninitiativkita zu arbeiten, wenn die Eltern auch mitmachen. Joe, sagst du Dorle bis Ende nächster Woche Bescheid, wer von euch kommt? Und du, Andrea, hängst vielleicht eine Liste aus wegen der Fahrgemeinschaften?«

Wir schlichen mit hängenden Köpfen aus dem Büro.

»War das eine Kündigungsdrohung?« fragte Hanna. »Was meinst du, Joe, können wir sie nicht vorher feuern?«

»Erst müssen wir jemand anderen finden«, sagte Andrea. »Erzieherinnen wie Mona-Lisa wachsen nicht auf den Bäumen.«

»Dem Himmel sei Dank«, meinte Jens.

Donnerstag, 21. Februar

Simona rief mich heute morgen im *Kugelfisch* an. »Was ist denn das für ein Theater mit dieser Dänemarkfahrt? Ich muß mein verlängertes Faschingswochenende reinarbeiten. Meinst du, ich kann Jens schicken? Chiara will unbedingt da hin.«

Mona-Lisas Werk. Auch Lotta-Paulina redet ständig davon, wie sehr sie Malte vermisse.

Also sagte ich zu Simona: »Das ist vielleicht gar keine schlechte Idee. Dann schicke ich Dany mit den Kindern.«

»Klar«, sagte sie. »Die beiden sind doch ein prima Team.«

Freitag, 22. Februar

Marianne und Regula sind heute nachmittag eingetroffen. Ich hatte mir den Anblick meiner schwangeren Schwester als eine Art historischen Augenblick vorgestellt, aber in ihren Latzhosen sah man kaum was.

Regula war für eine Woche von Berkeley herübergekommen, und die beiden hatten spontan beschlossen, einen Geburtsvorbereitungskurs zu machen. Den einzigen, den sie in der Eile ausfindig machen konnten, findet ausgerechnet in Berlin statt, ein Wochenendkurs vom *Weibernetzwerk e.V.*

Aber es ging nicht anders. Regulas Lehrauftrag wurde bis Juni verlängert, und wenn sie im Juli zur Geburt zurückkommt, muß sie wissen, was zu tun ist. Es stört Marianne übrigens überhaupt nicht, daß sie den größten Teil ihrer Schwangerschaft alleine ist.

»Im Gegenteil«, sagte sie, »es macht mich wahnsinnig, wenn Regi mich die ganze Zeit bemuttert. Außerdem steht mir noch eine Lammzeit ins Haus, und da hat sie schon immer gestört.«

Samstag, 23. Februar

Ich mußte heute in den Laden, aber Marianne und Regula waren zu Hause, als Dany die Kinder abholte. Ich hatte den beiden eingeschärft, ihn daran zu erinnern, daß am kommenden Wochenende die Fahrt nach Dänemark ansteht.

Er ließ mir zurück ausrichten, »daß mir das so passen könnte«. Ich hätte diese Mattssuppe eingebrockt, und er werde sie nicht für mich auslöffeln.

»Ich kann das verstehen«, sagte Regula, »daß er nicht scharf darauf ist, sich mit dem Kerl abzugeben, der seine Frau gevögelt hat.«

Montag, 25. Februar

Heute morgen habe ich die »Gästeliste« für Maltes Geburtstag nach Hamburg gefaxt. Es kommen die Kinder Lotta-Paulina, Niklas, Chiara, Milena, Abbe und Madita. Andrea und Ingo nehmen noch Ingos Erstgeborenen mit. Sie wollen aber nicht an Maltes Feier teilnehmen, sondern mit Ingos großem Sohn wandern gehen. Außerdem fühle Andrea sich für Kinderfeste zu schwanger.

Dorle faxte zurück, das sei kein Problem.

Hanna wird zusammen mit Luigi nach Dänemark fahren, aber sie hat mir schon anvertraut, daß sie sich nach

Kopenhagen absetzen wollen, um ein paar Spezialitätenrestaurants zu testen.

Jens wird Chiara begleiten.

Ob Mona-Lisa fahren kann, ist noch ungewiß. Sie wurde gestern mit Blinddarmverdacht ins Krankenhaus eingeliefert, und wir zittern alle um ihr Leben.

Hinter Lotta-Paulina und Niklas habe ich »plus Betreuungsperson« geschrieben. Diese Betreuungsperson wird Dany heißen.

»Ich kann nicht«, sagte er. »Ich fahre übers Wochenende weg. Joe, auch ein engagierter Familienvater braucht gelegentlich eine kleine Auszeit.«

»Natürlich«, giftete ich zurück. »Nur engagierte Familienmütter brauchen keine.«

»Das hast du gesagt, nicht ich«, konterte er. »Warum läßt du Franky nicht mal ein paar Tage den Laden machen, der Junge ist doch ganz fix?«

»Du, ganz im Ernst«, sagte Franky, nachdem ich wütend das Telefon auf den Schreibtisch geknallt hatte. »Ich finde auch, daß du mal ausspannen solltest. Fahr ruhig nach Dänemark und bleib, so lange du willst. Ich hab ja Britta.«

Mittwoch, 27. Februar

Heute ist Hanna mittags in den Laden gekommen. Sie überredete mich dazu, das »Bin-gleich-zurück-Schild« in die Tür zu hängen und auf eine schnelle Pizza mit ins *Il Ponte* zu kommen. Aus der schnellen Pizza wurde Rumpsteak mit Bratkartoffeln ihrerseits, während ich nervös in meiner Minestrone rührte.

»Fahr einfach nicht, wenn du keine Lust hast«, sagte sie unbekümmert. »Die Kinder sind doch in den besten Händen. Sie können bei mir und Luigi mitfahren. Außerdem sind Jens, Super-Andrea samt Gatte und Matts und Dorle da. Ich glaube nicht, daß deine beiden dich überhaupt vermissen werden.«

»Ich habe sie noch nie allein wegfahren lassen.«

»Ich bin schon oft ohne Milena weggefahren. Sie hat das sehr genossen.«

»Ich auch«, sagte ich, und sie wurde tatsächlich ein bißchen rot.

»Ich würde mich gern revanchieren, Joe. Vertraust du mir etwa nicht? Ich werde sie hüten wie meine Augäpfel.«

»Während du mit deinem Luigi Restaurants in Kopenhagen testest?«

Sie legte ihre Gabel aufs Tischtuch und musterte mich kopfschüttelnd.

»Ich glaube, Dany hat recht. Du brauchst wirklich mal eine kleine Auszeit. Du siehst alles viel zu eng. Luigi mag Kinder schrecklich gern, wie alle Italiener.«

»Er ist kein Italiener!«

»Er ist der allererste, der mit Milena klarkommt.«

»Das ist wirklich schön«, sagte ich matt.

Sie grinste und schob sich eine Bratkartoffel zwischen die Zähne.

»Es bedurfte allerdings eines Tricks, das kleine Biest zur Kooperation zu bewegen.«

»Und der wäre?«

»Ich habe ihr ein Geschwisterchen versprochen.«

»Ewig wirst du sie damit auch nicht hinhalten können.«

»Nö, nur siebeneinhalb Monate.«

Mein Löffel platschte in die Suppe.

»Nein!«

»Doch. Und es wird noch viel schöner als Mari-Sol. Ißt du deine Minestrone jetzt bitte auf?«

Am Abend rief auch noch Jens an.

»Hör mal, Dany meint, daß du keinen Bock hast, nach Dänemark runterzufahren.«

Ich war gerade dabei, die Socken für die Kinder zu sortieren. Um diese Jahreszeit braucht man in Dänemark Unmengen von Socken.

»Sie können bei mir mitfahren. Dann ist Chiara nicht so

allein. Du brauchst dir wirklich keine Sorgen zu machen. Ich werde deine Kinder hüten wie meine, äh, Augäpfel. Nimm doch mal eine kleine Auszeit, Joe.«

Donnerstag, 28. Februar

Ich habe für jeden der beiden eine riesige Reisetasche gepackt. Das Wetter ist um diese Zeit unberechenbar in Dänemark. Den ganzen Tag ging es hin und her, wer wo mitfährt. Inzwischen haben sie sich darauf geeinigt, daß Niklas mit seinem Freund Abbe bei Andrea und Ingo mitfährt, Ingos pubertierender Sohn bei Jens mitfährt, weil er da ungestört Discman hören kann, und Milena, Chiara und Madita bei Luigi und Hanna mitfahren. Ich habe Franky angeboten, über die Tage, die die Kinder in Dänemark sind, frei zu nehmen. Aber er wollte nicht.

13

März

Freitag, 1. März

Um neun hatte ich Lotta-Paulina und Niklas in die Autos von Luigi und Ingo verfrachtet und war danach tränenblind in den Laden getaumelt.

Zwei Stunden später kam Dany zusammen mit Franky und Britta hereingestürmt.

»Um Gottes willen! Was ist passiert?«

»Wir sind ein bißchen knapp dran«, sagte Dany. »Hast du deine Handtasche, Joe? Bis dann, Franky.«

Er zerrte mich aus dem Laden und verfrachtete mich in den Kombi. Dann düste er in die Hallandstraße und befahl mir, das Notwendigste in eine Reisetasche zu packen, während er sich nach einem Parkplatz umsah.

Mit zitternden Knien wankte ich in die Wohnung. Warum sagte er nicht, was passiert war? Was war das Notwendigste? Ich zerrte ein paar dicke Pullover aus der Kommode. Wozu brauchte ich dicke Pullover, wenn die Kinder irgendwo in einem Krankenhaus zwischen Berlin und Rostock um ihr Leben kämpften? Ich brauchte höchstens eine Zahnbürste. Ich rannte ins Badezimmer. Eigentlich brauchte ich auch keine Zahnbürste. Oder hatte Dany was ganz anderes vor und wollte mit mir als geeinte Familie in Dänemark aufkreuzen? Mein Herz begann heftig zu schlagen. War es das, was ich mir gewünscht hatte? Ich sank auf den Badewannenrand und starrte auf den Fön in meiner Hand.

Dany riß die Tür auf.

»Du hast noch fünf Minuten, Joe!«

»Sag mir wenigstens, ob sie noch leben.«

Verblüfft sah er mich an.

»Wer lebt?«

»Die Kinder.«

»Spinnst du, Joe? Gib mir mal den Fön. So viele Pullover brauchst du nicht. Wo ist dein Bikini? Na egal, kaufen wir am Flughafen einen.«

Zwei Stunden später saßen wir im Flugzeug nach La Palma. Wir hatten nicht mal mehr Zeit gehabt, den Bikini zu kaufen. Und ich hatte immer noch nicht ganz kapiert, wozu ich einen brauchte.

Dany zog meinen Kopf an seine Brust und strich mir zärtlich übers Haar. »Weißt du, ich hatte einfach nicht die Nerven, dich wochenlang zu einer kleinen Auszeit zu überreden. Ein bißchen Sonne wird dir guttun.«

Ich schloß die Augen und kuschelte mich an seine Schulter. Als die Stewardeß mit dem Essen kam, hatte ich mich an den Gedanken schon richtig gewöhnt.

»Schade, daß es nur für ein Wochenende ist.«

Er nahm die Nase aus meinen Haaren und begann die Alufolie von seinem Styroporteller zu ziehen.

»Wieso nur ein Wochenende?«

»Na, wir fliegen doch übers Wochenende.«

Er zog den Hotelvoucher aus der Innentasche seines Jacketts und hielt ihn mir unter die Nase. »Zwei Wochen! Du sagst doch immer, unter zwei Wochen lohnt sich ein Familienurlaub nicht.«

Ich stieß einen Entsetzensschrei aus: »Und die Kinder?«

Ungerührt begann er, mit der Plastikgabel Erbsen in seinen Mund zu schaufeln. Dazu gab es Hacksteak in Rahmsoße.

»Die sind bei Thies und Dorle Matthäus in professioneller Betreuung.«

»Aber doch nur fürs Wochenende.«

»Da wird Herr Matthäus sich schon was einfallen lassen. Er kennt das Problem schließlich. Und jetzt iß, Joe, vor Santa Cruz kannst du sowieso nicht aussteigen.«

Die Luft umschmeichelte uns samtig und warm, und der Himmel war von einem so grellen Blau, daß ich mir in dem ersten Dorfladen, an dem wir vorbeifuhren, eine Sonnenbrille kaufen mußte.

Dany hatte uns in einer romantischen kleinen Finca inmitten einer Bananenplantage eingemietet. Wenn man sich auf dem Balkon auf die Zehenspitzen stellte, konnte man hinter den Bananenwipfeln das Meer sehen.

Als wir am Abend vor der Dorfkneipe saßen und Wein tranken, fielen mir die Kinder ein. Ich bat Dany, mir sein Handy zu geben, damit ich mal schnell bei Matts in Dänemark anrufen konnte.

Dany knurrte unwillig, legte den Wanderführer zur Seite und begann seine Jackentaschen abzuklopfen. Schließlich blinzelte er mich durch seine Brillengläser verwirrt an und sagte: »Das liegt im Büro und glotzt blöd.«

Edda Helmke

Alles hat sein Gutes

Roman. 307 Seiten. Serie Piper

Am Berliner Weddingplatz, wo die Öfen noch qualmen, wenn die Bäume schon ausschlagen, hoffen die vierjährige Pepsi und ihre Mutter Itha auf den Frühling. Während Itha hinterm Tresen der Szenekneipe »Cin-Cin« Gläser spült, hauptberuflich aber mit den Salatkunden aus dem gegenüberliegenden Schering-Konzern flirtet und Pepsi derweil den Montessori-Kinderladen schwänzt, braut sich ein wahrer Krisensommer zusammen: Itha flattert die Kündigung ihrer günstigen Wohnung ins Haus, sie bekommt dubiose Heiratsanträge – und verliebt sich ausgerechnet in einen Polizisten namens Schubert. Als dann noch ihre Sandkastenfreundin Elke, diese Luxushausfrau mit Balkonblick nach Mitte, Hals über Kopf Mann und Kind verläßt, verliert Itha beinahe die Nerven. Bis sie tatkräftige Unterstützung vom Kiez-Sheriff bekommt …

05/1504/01/L

Franziska Stalmann

Annas Mann

Roman. ca. 192 Seiten. Serie Piper

Annas geliebter Mann stirbt bei einem Autounfall. Für Anna geht die Welt unter. Sie sucht Zuflucht in Jochens Ermittlungsbüro und findet Hinweise, dass sein Tod kein Unfall war, sondern Mord. Naiv und unerfahren beginnt sie zu ermitteln. Dabei trifft sie auf Andreas, in dessen Bett sie Jochen für eine Weile vergessen kann. Hin und her gerissen zwischen neuer Leidenschaft und alter Liebe, ermittelt sie weiter, bis sie in einen unheimlichen Irrgarten aus Spurensuche und Bedrohung gerät … Franziska Stalmanns neuer Roman besticht durch Wärme, Ironie, Spannung und den schwebenden Ton, in dem sie vom Verlust einer großen Liebe erzählt und davon, wie Anna den Boden unter den Füßen zurück gewinnt.

Von der Autorin des Bestsellers »Champagner und Kamillentee«

05/1503/01/R